Berthold Auerbach

Barfüßele

e-artnow 2018

Levin Schücking
Die Marketenderin von Köln (Historischer Roman)

Julius Wolff
Das Wildfangrecht: Historischer Roman

Wilhelm Raabe
Gesammelte Werke: Romane, Erzählungen und Novellen: 49 Titel in einem Buch: Die schwarze Galeere + Die Chronik der Sperlingsgasse + Stopfkuchen + Die Kinder …Nach dem Großen Kriege + Keltische Knochen…

Miguel Cervantes de Saavedra
Don Quijote: Band 1 & 2

Henryk Sienkiewicz
Sintflut (Historischer Roman)

Berthold Auerbach
Barfüßele

e-artnow, 2018
Kontakt: info@e-artnow.org

ISBN 978-80-268-8932-8

Inhaltsverzeichnis

In einer Erzählung Berthold Auerbachs wandert ein schwäbischer Bauer nach Amerika aus, und vor seinem neuen Besitztum errichtet er einen Wegweiser, auf dem geschrieben steht: Nach Nordstetten. Das ist nämlich seine Heimat. In diesem kleinen Gedanken steht der ganze Berthold Auerbach vor uns. Auch er ist aus seinem Schwarzwälder Heimatdorfe Nordstetten in die große Welt hinausgewandelt, hat sein Glück gesucht und gefunden – aber immerdar und überall hat dieser nach Nordstetten weisende Zeiger vor seiner Seele gestanden, immer wieder ist er dahin zurückgekehrt und schließlich hat er sich dort beerdigen lassen. Auch in geistigem Sinne hat er sich immer wieder dem engen Bezirk von Nordstetten zugewandt. Es ist der Schauplatz seiner Dorfgeschichten, der Boden, in dem seine Bauerngestalten wurzeln. Als er ihn verließ und es mit einem großen Roman versuchte, hatte er wenig Glück. Mit den nächsten Schöpfungen kehrte er zu dem Schwarzwalddorf zurück. Und auch nachdem er sich später im großen Zeitroman des damaligen Stils ehrenvoll hervorgetan, kam es trotzdem doch noch zu einer zweiten Umkehr und Heimkehr nach Nordstetten in Gestalt einer neuen Folge von Schwarzwälder Dorfgeschichten.

Berthold Auerbach wurde am 28. Februar 1812 geboren als das neunte Kind jüdischer Eltern. Unter den knorrigen, doch herzensguten Bauern von Nordstetten, die später durch ihn zu Weltberühmtheiten weiden sollten, gab es keinen Unterschied zwischen Christen und Juden, und so wuchs er unter der Knabenwelt des Dorfes auf ohne jegliche Absonderung, ohne das Bewußtsein einer Kluft zwischen ihm und den andern, bis eines Tages ein seltsames Erlebnis ihn stutzig machte. Er holte aus einer nahegelegenen Kreisstadt Salz für die Eltern. Da lauerten ihm ein paar Jungen aus der Stadt unterwegs auf, fielen über ihn her und hießen ihn Christum preisen. Er weigerte sich, da schlugen sie ihn, fesselten ihn, knebelten ihn und ließen ihn liegen. Als er daheim vermißt wurde, ging man mit einem Hunde auf die Suche und fand ihn, halbtot vor Angst und Erschöpfung. Dieser Vorfall, der ihn an den Rand des Todes brachte, hat einen tiefen Eindruck auf ihn gemacht, und später, als er in der Talmudschule zu Hechingen weilte, um dem Wunsch der Eltern gemäß sich zum Rabbiner auszubilden, mag das Abenteuer aus seiner Kindheit zu einer Art Symbol für ihn geworden sein. Sich befehden, sich hassen, sich verfolgen: das war nichts für sein friedfertiges, liebevolles Gemüt. Aber Brücken schlagen, Gegensätze ausgleichen, Fäden von einer Partei zur andern spinnen: das war nach seinem Herzen. Und damit treffen wir einen der Grundzüge seines Wesens. Er ist immer eine Art Vermittler gewesen, zwischen dem Christentum und dem Judentum, zwischen der vornehmen Gesellschaft und dem Bauernstande, und schließlich auch in politischem Sinne zwischen Süddeutschland und Norddeutschland, zwischen denen zu seiner Zeit bis zum einigen Deutschland noch harte Steine wegzuräumen waren. Allein nach einem langen Leben solcher Vermittlerarbeit fand das feindselige Begebnis aus seiner Kinderzeit sein Gegenstück in dem wilden Haß, mit dem plötzlich der Antisemitismus auch über Berthold Auerbach herfiel und ihn einen Erzjuden schalt, mit dem ein Deutscher nichts zu tun hätte. Da mag er wieder an die Stunden der Angst und der Qual zurückgedacht haben, wo er als kleiner Junge mißhandelt und gefesselt am Boden lag.[1]

Als er sich darüber klar geworden war, daß er sich zum Beruf eines Rabbiners nicht eigne, waren seine ersten vermittelnden Arbeiten zwei auf jüdischem Boden spielende Romane, »Spinoza« und »Dichter und Kaufmann«, durch die er das Judentum der Allgemeinheit näherzubringen versuchte. Zugleich schloß er persönlich in diesen Werken seine Rechnung mit dem rabbinischen Studium und bekehrte sich zur freien Philosophie. Nun studierte er in Tübingen, München und Heidelberg, und der stille, friedfertige Träumer, der er im Grunde immer geblieben ist, nahm ein kleines Weilchen teil an dem tollen Verbindungsleben der damaligen Tage, das von Staats wegen nachdrücklich verfolgt wurde. Er mußte es denn auch mit einem unfreiwilligen Spaziergang auf den Hohenasperg büßen, welchen man im Volksmunde deshalb den höchsten Berg Schwabens nannte, weil es oft Monate dauerte, bis man wieder herunterkam. Hiernach widmete er sich ganz der schriftstellerischen Laufbahn, und nun hieß es arbeiten. Neben einer Uebersetzung der Werke seines Lieblingsphilosophen Spinoza, in dessen Geisteswelt er sich eingesponnen hatte, war es abermals eine Vermittlerarbeit, die er in dem Buche »Der gebildete Bürger« in die Welt schickte. Er schlug hierin eine Brücke zwischen Bildung und Volk und legte den arbeitenden Ständen die ernste Pflicht ans Herz, den Geist zu vervollkommnen. Er wollte ihnen einen Weg weisen zur Höhe des Wissens. Aber trotz allem liebevollen Bemühen, die wissenschaftliche und die volkstümliche Ausdrucksweise zu vereinbaren, traf er den rechten Ton noch nicht und fand keine Gegenliebe.

Er hatte es gut gemeint und auch wohl einen Erfolg erhofft. Der Fehlschlag war für ihn eine bittere Enttäuschung, zumal er sich mit der Feder sein tägliches Brot erwerben mußte. Mitten in diesen Schmerzen und Sorgen traf ihn der Tod des Vaters. Ueber der mühseligen Arbeit um des Leibes Nahrung und Notdurft hatte er Elternhaus und Heimat vergessen. Kraft jenes starken Familiensinnes, jener zähen Anhänglichkeit, die seiner Rasse eigen ist, fühlte er sich wie mit Zaubermacht in die Vergangenheit zurückgezogen. Der Tod des Vaters ließ eine halb vergessene Welt in ihm lebendig werden, und, wie mancher vor ihm und nach ihm, fand er unter der Einwirkung eines tiefen Schmerzes den ersten und wahren Ausdruck ureigenen Dichtergefühls. In der Innigkeit der Trauer versetzte er sich zurück in die Welt, der der Verlorene angehört hatte, und so entstanden die ersten seiner »Schwarzwälder Dorfgeschichten«.

Sie wirkten wie eine Offenbarung. Wohl war die Dorfgeschichte nichts Neues mehr. Immermann hatte in seinem »Oberhof« die Thüringer Bauern, Gotthelf, der erste große Realist des 19. Jahrhunderts ,die Schweizer Bauern, Alexander Weill die Elsässer Bauern, der Däne Vlicher die jütländischen Bauern geschildert; aber das waren Erscheinungen geblieben, die nicht das Uebergewicht über den hochtrabenden Adels- und Künstlerroman der damaligen Literaturperiode zu gewinnen vermochten. Auerbachs Erzählungen aber hatten die Frische des Quellwassers, an dem man sich nun nach dem dickblütigen, schwerflüssigen Gebräu der »jungdeutschen« Romane gesund trank. Die Jungdeutschen gefielen sich in einem geistreichen Spiel mit den Emanzipationsideen ihrer Zeit, bewegten sich in einer Sphäre exklusiver Bildung, schwelgten in einem Hautgout der Ueberzivilisation und hatten sich mehr und mehr zu einer Stickluft überreizter Empfindung verstiegen, die die Köpfe verwirrte, den Magen beschwerte. Aber diese Ueberreizung machte es nicht allein. Was Auerbachs Erzählungen sofort Geltung verschaffte, was ihnen vom Augenblick des Erscheinens an zum Welterfolg verhalf, das war wiederum das Vermittelnde, das ihnen innewohnte.

Indem er versuchte, das Leben und Weben der Landleute mit dem der andern Stände in Beziehung zu setzen, die Bauernschaft an der sozialen und politischen Entwicklung der Zeit teilnehmen zu lassen, brachte er das Dorf der Stadt nahe, erweckte er bei dem Städter, bei dem Gebildeten Sympathie mit dem Dörfler, mit dem schlichten, naiven, bildungslosen Bauern, und leitete anderseits aus der derben Kraft des Volksgemüts frische Säfte in das kränkelnde Blut der höheren Welt. Einer in Skeptizismus versinkenden, an Gefühlen verarmenden Zivilisation wies er einen frischen, kernhaften Boden, aus dem noch der Born der Empfindung lebendig und belebend quoll.

Als er die ersten Erzählungen schrieb, für die er, nebenbei bemerkt, nur mit großer Mühe einen Verleger fand, war er sich einer solchen Vermittlung nicht bewußt. Erst der Erfolg und die kritische Beurteilung klärten ihn darüber auf. Und nun ließ sein vermittelnder Eifer ihn in den Fehler verfallen, mehr und mehr Bildung in seine Bauern hineinzulegen, oder, wie die Kritik sich ausdrückte, sie erst sorgfältig Toilette machen zu lassen, damit sie in den Salons vorstellbar wären. Das Quellwasser erhielt einen künstlichen Zusatz, es wurde geschont, Wohl auch ein bißchen gefärbt, aber schmackhaft blieb es bei allem eben doch. Es lag auch ganz und gar in der Natur Auerbachs, daß er der Neigung auf die Dauer nicht widerstehen konnte, in seine Erzählungen allerlei Erläuterungen, Zurechtweisungen, allgemeine Gedanken und Einfälle hineinzuflechten. Diese Kunstmängel entsprangen aus Charaktervorzügen. Er war eine mitteilsame Natur, die stets das Verlangen trug, ihre Schätze auszuteilen, die Mitmenschen mitgenießen zu lassen. Der Drang, zu belehren, war in ihm so übermächtig, daß er es nicht empfand, wie die Redelust schließlich zur Redseligkeit ausartete. Auch die Lesewelt verzieh ihm das. Aus allem, was er sagte, sprach eben immer das lautere, reine Herz, der liebe, gute Mensch, der für das

Schöne, Edle und Wahre eintrat. Und als solcher hat er durch seine Schriften Tausende und Abertausende erfreut, gebessert und belehrt, ohne das Gemüt eines Einzigen zu verwunden.

Wie sehr man das anerkannte und ihm dafür Dank wußte, das zeigte sich, abgesehen von dem Ruhm, den er zu Lebzeiten erwarb, von dem Erfolg, der ihm bis zuletzt treu blieb, am schönsten bei seiner Beerdigung (1882). Stadt und Dorf nahm daran teil, alle Schichten des Volkes umstanden seine Bahre, zwei Minister folgten dem Sarge im Auftrag ihrer Regierungen, Hunderte und Aberhunderte gaben ihm das letzte Geleit. An der Gruft sprach Vischer, einer der vier großen Ludwigsburger, die Gedenkrede.

»Hier wolltest du begraben sein.« hieß es darin, »hier in der Heimat, bei dem stillen Dorf, wo deine Wiege stand, wo du als Kind geträumt, als Knabe gespielt hast. Du hast wohlgetan. Denn hier in der traulichen Enge, fern von der lauten, bunten Welt war ja die Heimat deines besten Schaffens, in diesem Elemente floß die vollste Quelle deines wohlverdienten Ruhmes. Hier, wo sich, nach der Natur, menschlich der Mensch noch erzieht, hier ist dein Eigenstes. Hierin tut es dir keiner gleich. So bist du der Schöpfer der lebenswahren Idylle geworden. Du hattest Vorläufer, vereinzelt ist diese Form vor dir dagewesen, aber der Schöpfer heißt, wer eine Form reichlich entwickelt und als bleibende Gattung aufstellt im Saale der Dichtung. Bleibend – so werden auch deine Charaktergestalten bleiben, sie sind ewig, denn sie sind. Hoch, weit, ungehemmt von den Schranken des Raumes und der Zeit geht nun dein Geist durch die Welt. In fernen Tagen wird er noch bei manchem still in deine Blätter vertieften Leser anklopfen, hier im Vaterland und weit hinaus über seine Marken, wird ihm leise die Schulter berühren und ihn grüßen, und er wird innig dankend den Gruß erwidern. Leb wohl. Toter! Sei gegrüßt, Lebendiger!«

Das Wort Vischers wurde nur zum Teil zur Wahrheit. Die Gattung, die Auerbach »modern« gemacht hatte, fand zunächst sehr viele Pfleger. Schon der große Erfolg verlockte zur Nacheiferung. In Melchior Meyr (»Erzählungen aus dem Ries«), Rank (»Aus dem Böhmerwald«), Otto Ludwig (»Heiteretei«) schritt die Dorfgeschichte weiter, bis sie in Anzengrubers »Dorfgängen« einen neuen Aufschwung nahm und in Fritz Reuters »Stromtid« ihren Höhepunkt erreichte. In neuester Zeit ist sie, nachdem kraftvolle Autoren wie Hansjakob, Ganghofer, Rosegger und andere sie mit Vorliebe weitergepflegt hatten, unter der Stichmarke der »Heimatskunst« abermals in große Mode gekommen.

Zu unrecht aber ist dabei die neueste Zeit über Berthold Auerbach hinweggegangen. Es ist etwas in ihm, das bleiben wird, das dem wechselnden Geschmack trotzt: Liebe und Seelenreinheit. Die realistische Literatur glaubt die Nase über ihn rümpfen zu sollen, aber noch ist die Zeit nicht alt genug, um sich ein Urteil anzumaßen, und die Duldung, die Auerbach selbst stets in Fragen des Geschmacks gepredigt hat, die versöhnliche Haltung, aus der er nie herausgetreten ist, sollte auch an ihm nicht vergessen werden. »Denn wenn selbst Deutschland,« schreibt Anton Vettelheim, der Biograph Auerbachs, »so reich an Denkern und Dichtern sein sollte, daß es einen Volksmann von Auerbachs Gaben und Gesinnungen vergessen dürfte, seine Sache kann niemals verdunkelt werden. Sie ist größer als seine Person, unzerstörbarer als seine Werke und sein Nachlaß, mächtiger als eine ganze Zeit, unvergänglicher als ein ganzes Volk. Sie gleicht der messianischen Idee, der nie ganz erfüllten, nie ganz verlorenen Sehnsucht nach dem Reich Gottes auf Erden.«

Arno Holst.

1. Kapitel.

Die Kinder klopfen an.

Eines Morgens früh im Herbstnebel wandern zwei Kinder von sechs bis sieben Jahren, ein Knabe und ein Mädchen, Hand in Hand durch die Gartenwege zum Dorf hinaus. Das Mädchen, merklich älter, hält Schiefertafel, Bücher und Schreibhefte unter dem Arm; der Knabe hat das gleiche in einem offenen grauleinenen Beutel, der ihm über der Schulter hängt. Das Mädchen hat eine Haube von weißem Drill, die fast bis an die Stirne reicht und die weit vorstehende Wölbung der Stirn um so schärfer hervortreten läßt; der Knabe ist barhaupt. Man hört nur einen Schritt, denn der Knabe hat feste Schuhe an, das Mädchen aber ist barfuß. So oft es der Weg gestattet, gehen die Kinder nebeneinander, sind aber die Hecken zu eng, geht das Mädchen immer voraus.

Auf dem falben Laub und an den Sträuchern liegt ein weißer Duft und die Mehlbeeren und Pfaffenhütchen, besonders aber die aufrechtstehenden Hagebutten auf nacktem Stengel sind wie versilbert. Die Sperlinge in den Hecken zwitschern und fliegen in unruhigen Haufen auf beim Herannahen der Kinder und setzen sich wieder nicht weit von ihnen, bis sie von neuem aufschwirren und endlich sich hinein in den Garten werfen, wo sie sich auf einem Apfelbaum niederlassen, daß die Blätter raschelnd niederfallen.

Eine Elster fliegt rasch auf vom Wege, feldein auf den großen Holzbirnenbaum, wo die Raben still hocken; sie muß ihnen etwas mitgeteilt haben, denn die Raben fliegen auf, kreisen um den Baum, und ein Alter läßt sich auf der höchsten schwankenden Kronenspitze nieder und die anderen finden auf den niederen Aesten auch gute Plätze zum Ausschauen; es verlangt sie wohl auch zu wissen, warum die Kinder mit dem Schulzeuge den verkehrten Weg einschlagen und zum Dorfe hinauswandern; ja ein Rabe fliegt wie ein Kundschafter voraus und setzt sich auf eine geköpfte Weide am Weiher. Die Kinder aber gehen still ihres Weges, bis da wo sie am Weiher bei den Erlen die Fahrstraße erreichen, sie gehen über die Straße nach einem jenseits stehenden niedrigen Hause. Das Haus ist verschlossen, und die Kinder stehen an der Haustüre und klopfen leise an. Das Mädchen ruft beherzt: »Vater! Mutter!« und der Knabe ruft zaghaft nach: »Vater! Mutter!« Das Mädchen faßt die bereifte Türklinke und drückt erst leise; die Bretter an der Türe knittern, es horcht auf, aber es folgt nichts nach, und jetzt wagt es in raschen Schlägen die Klinke auf und nieder zu drücken, aber die Töne verhallen in dem öden Hausflur; es antwortet keine Menschenstimme, und, den Mund an den Türspalt gelegt, ruft der Knabe: »Vater! Mutter!« Er schaut fragend auf zur Schwester, sein Hauch an der Türe ist auch zu Reif geworden.

Aus dem nebelbedeckten Dorfe tönt der Taktschlag der Drescher, bald wie rascher sich überstürzender Wirbel, bald langsam und müde sich nachschleppend, bald hell knatternd und wieder dumpf und hohl; jetzt tönen nur noch einzelne Schläge, aber rasch fällt alles wiederum ein von da und dort. Die Kinder stehen wie verloren. Endlich lassen sie ab von Klopfen und Rufen und setzen sich auf ausgegrabene Baumstümpfe. Diese liegen auf einem Haufen rings um den Stamm des Vogelbeerbaums, der an der Seite des Hauses steht und jetzt mit seinen roten Beeren prangt. Die Kinder heften den Blick noch immer auf die Türe, aber diese bleibt verschlossen.

»Die hat der Vater im Moosbrunnenwald geholt,« sagt das Mädchen, auf die Baumstümpfe zeigend, und mit altkluger Miene setzt es hinzu: »die geben gut warm, die sind was wert, da ist viel Kien drin, das brennt wie eine Kerze; aber der Spalterlohn ist das größte dabei.«

»Wenn ich nur schon groß wär',« erwiderte der Knabe, »da nähm' ich des Vaters große Axt und den buchenen Schlägel und die zwei eisernen Speidel[2] und den eschenen und da muß alles auseinander wie Glas, und dann mach' ich draus einen schönen spitzigen Haufen wie der Kohlenbrenner Mathes im Wald, und wenn der Vater heimkommt, der wird sich aber freuen! Darfst ihm aber nicht sagen, wer's gemacht hat.« So schloß der Knabe, indem er den Finger drohend gegen die Schwester aufhob. Diese schien doch schon eine dämmernde Ahnung davon zu haben, daß das Warten auf Vater und Mutter nicht geheuer sein könne, denn sie sah den

Bruder von unten auf gar traurig an, und da ihr Blick an den Schuhen haftete, sagte sie: »Dann mußt du auch des Vaters Stiefel haben. Aber komm', wir wollen Bräutle lösen. Wirst sehen, ich kann weiter werfen als du.«

Im Fortgehen sagte das Mädchen: »Ich will dir ein Rätsel aufgeben: Welches Holz macht heiß, ohne daß man's verbrennt?«

»Des Schullehrers Lineal, wenn man Tatzen kriegt,« erwiderte der Knabe.

»Nein, das mein' ich nicht; das Holz, das man spaltet, das macht heiß, ohne daß man's verbrennt.« Und bei der Hecke stehen bleibend, fragte sie: »Es sitzt auf einem Stöckchen, hat ein rotes Röckchen, und das Bäuchlein voll Stein', was mag das sein?«

Der Knabe besann sich ganz ernsthaft und rief: »Halt, du darfst mir's nicht sagen, was es ist … Das ist ja eine Hagebutte.«

Das Mädchen nickte beifällig und machte ein Gesicht, als ob sie ihm das Rätsel zum erstenmal aufgegeben hätte, während sie es doch schon oft getan hatte und immer wieder aufnahm, um ihn dadurch zu erheitern.

Die Sonne hatte die Nebel zerteilt und das kleine Tal stand in hellglitzernder Pracht als die Kinder nach dem Teiche gingen, um flache Steine auf dem Wasser tanzen zu lassen. Im Vorübergehen drückte das Mädchen nochmals an der Hausklinke, aber sie öffnete sich noch immer nicht und auch am Fenster zeigte sich nichts. Jetzt spielten die Kinder voll Lust und Lachen am Teiche und das Mädchen schien eigentlich zufrieden, daß der Bruder immer geschickter war und darüber triumphierte und ganz hitzig wurde; ja, das Mädchen machte sich offenbar ungeschickter als es wirklich war, denn seine Steine plumpsten fast immer beim ersten Anwürfe in die Tiefe, worüber es weidlich ausgelacht wurde. Im Eifer des Spiels vergaßen die Kinder ganz, wo sie waren und warum sie eigentlich dahergekommen, und doch war beides so traurig als seltsam.

In dem jetzt verschlossenen Hause wohnte noch vor kurzem der Josenhans mit seiner Frau und seinen beiden Kindern Amrei (Anna Marie) und Dami (Damian). Der Vater war Holzhauer im Walde, dabei aber auch anstellig zu allerlei Gewerke, denn das Haus, das er in verwahrlostem Zustand gekauft, hatte er noch selber verputzt und das Dach umgedeckt, im Herbste wollte er's noch von innen frisch ausweißen; der Kalk dazu liegt schon dort in der mit rötlichem Reisig überdeckten Grube. Die Frau war eine der besten Taglöhnerinnen im Dorfe, Tag und Nacht in Leid und Freud' zu allem bei der Hand, denn sie hatte ihre Kinder und besonders die Amrei gut gewöhnt, daß sie schon frühe für sich selber sorgen konnten. Erwerb und haushälterische Genügsamkeit machten das Haus zu einem der glücklichsten im Dorfe. Da warf eine schleichende Krankheit die Mutter nieder, am andern Abend auch den Vater und nach wenigen Tagen trug man zwei Särge aus dem kleinen Hause. Man hatte die Kinder alsbald in das Nachbarhaus zum Kohlenmathes gebracht und sie erfuhren den Tod der Eltern erst, als man sie sonntäglich ankleidete, um hinter den Leichen drein zu gehen.

Der Josenhans und seine Frau hatten keine nahen Verwandten im Ort, und doch hörte man laut weinen und die Verstorbenen rühmen und der Schultheiß führte die beiden Kinder hüben und drüben an der Hand, als sie hinter den Särgen dreingingen. Noch am Grabe waren die Kinder still und harmlos, ja, sie waren fast heiter, wenn sie auch oft nach Vater und Mutter fragten, denn sie aßen beim Schultheiß am Tische und jedermann war überaus freundlich gegen sie, und als sie vom Tische aufstanden, bekamen sie noch Küchle in ein Papier gewickelt zum Mitnehmen. Als am Abend indes, nach Anordnung des Gemeinderats, der Krappenzacher den Dami mitnahm und die schwarze Marann' die Amrei abholte, da wollten sich die Kinder nicht trennen und weinten laut und wollten heim. Der Dami ließ sich bald durch allerlei Vorspiegelungen beschwichtigen, Amrei aber mußte mit Gewalt gezwungen werden, ja, sie ging nicht vom Fleck, und der Großknecht des Schultheißen trug sie endlich auf dem Arm in das Haus der schwarzen Marann'. Dort fand sie zwar ihr Bett aus dem Elternhause, aber sie wollte sich nicht hineinlegen, bis sie, vom Weinen müde, auf dem Boden einschlief und man sie mitsamt den Kleidern ins Bett steckte. Auch den Dami hörte man beim Krappenzacher laut weinen, worauf er dann jämmerlich schrie und bald darauf ward er stille. Die vielverschriene schwarze Marann' bewies aber schon an diesem ersten Abende, wie still bedacht sie für ihren Pflegling war. Sie hatte schon viele, viele Jahre kein Kind mehr in ihrer Umgebung gehabt und jetzt stand sie vor dem schlafenden und sagte fast laut: »Glücklicher Kinderschlaf! Das weint noch und gleich darauf im Umsehen ist es eingeschlafen, ohne Dämmern, ohne Hin- und Herwerfen.«

Sie seufzte schwer.

Am andern Morgen ging Amrei bald zu ihrem Bruder und half ihn ankleiden und tröstete ihn über das, was ihm geschehen war; wenn der Vater käme, werde er den Krappenzacher schon bezahlen. Dann gingen die beiden Kinder hinaus an das elterliche Haus, klopften an die Türe und weinten laut, bis der Kohlenmathes, der in der Nähe wohnte, herzukam und sie in die Schule brachte. Er bat den Lehrer, den Kindern zu erklären, daß ihre Eltern tot seien, er selber wisse ihnen das nicht deutlich zu machen und besonders die Amrei scheine es gar nicht begreifen zu wollen. Der Lehrer tat sein Möglichstes und die Kinder waren ruhig. Aber von der Schule gingen sie doch wieder nach dem Elternhause und warteten dort hungernd wie verirrt, bis man sie abholte.

Das Haus des Josenhans mußte der Hypothekengläubiger wieder an sich ziehen, die Anzahlung, die der Verstorbene darauf gemacht, ging verloren, denn durch die Auswanderungen ist namentlich der Häuserwert beispiellos gesunken; es stehen viele Häuser im Dorfe leer, und so blieb auch das Haus des Josenhans unbewohnt. Alle fahrende Habe war verkauft und daraus ein kleines Besitztum für die Kinder gelöst worden; das reichte aber bei weitem nicht aus, das Kostgeld für sie zu erschwingen, sie waren Kinder der Gemeinde und darum brachte man sie unter bei solchen, die sie am billigsten nahmen.

Amrei verkündete eines Tages mit Jubel ihrem Bruder, sie wisse jetzt, wo die Kuckucksuhr der Eltern sei, der Kohlenmathes habe sie gekauft; und noch am Abend standen die Kinder draußen am Hause und warteten, bis der Kuckuck rief, dann lachten sie einander an.

Und jeden Morgen gingen die Kinder nach dem elterlichen Hause, klopften an und spielten dort am Weiher, wie wir sie heute sehen, aber jetzt horchen sie auf, das ist ein Ruf, den man in dieser Jahreszeit sonst nicht hört, denn der Kuckuck beim Kohlenmathes ruft achtmal.

»Wir müssen in die Schule,« sagte Amrei und wanderte rasch mit ihrem Bruder wiederum den Gartenweg hinein in das Dorf. An der hintern Scheuer des Rodelbauern sagte Dami: »Bei unserm Pfleger haben sie heute schon viel gedroschen.« Er deutete dabei auf die Wieden der abgedroschenen Garben, die wie Merkzeichen über dem Halbtore der Scheune hingen. Amrei nickte still.

2. Kapitel

Die ferne Seele.

Der Rodelbauer, dessen Haus mit dem rotangestrichenen Gebälke und einem frommen Spruche in einer großen Herzform nicht weit vom Haufe des Josenhans war, hatte sich vom Gemeinderat zum Pfleger der verwaisten Kinder ernennen lassen. Er weigerte das um so weniger, da Josenhans vordem als Anderknecht bei ihm gedient hatte. Seine Pflegschaft bestand aber in weiter nichts, als daß er die unverkauften Kleider des Vaters aufbewahrte und manchmal, wenn er einem der Kinder begegnete, im Vorübergehen fragte: »bist brav?« und ohne die Antwort abzuwarten, weiter schritt. Dennoch war in den Kindern ein seltsamer Stolz, da sie erfuhren, daß der Großbauer ihr Pfleger sei; sie kamen sich dadurch als etwas ganz Besonderes, fast Fürnehmes vor. Sie standen oft abseits bei dem großen Hause und schauten verlangend hinauf, als erwarteten sie etwas und wußten nicht was, und bei den Eggen und Pflügen neben der Scheune saßen sie oft und lasen immer wieder den Bibelspruch am Hause. Das Haus redete noch mit ihnen, wenn auch sonst niemand.

Es war am Sonntag vor Allerseelen, als die Kinder wiederum vor dem verschlossenen Elternhause spielten – sie waren wie an den Ort gebannt – da kam die Landfriedbäuerin den Hochdorfer Weg herein; sie trug einen großen roten Regenschirm unterm Arm und ein schwarzes Gesangbuch in der Hand. Sie machte ihren letzten Besuch in ihrem Geburtsorte, denn schon gestern hatte der Knecht auf einem vierspännigen Wagen den gesamten Hausrat zum Dorfe hinausgeführt und morgen in der Frühe wollte sie mit ihrem Manne und ihren drei Kindern auf das neugekaufte Gut im fernen Allgäu ziehen. Schon von weitem bei der Hanfbreche nickte die Landfriedbäuerin den Kindern zu, denn Kinder sind ein guter »Angang« – so nennt man die erste Begegnung – aber die Kinder konnten nichts davon sehen, so wenig als von den wehmutsvollen Mienen der Bäuerin. Als sie jetzt bei den Kindern stand, sagte sie: »Grüß Gott, Kinder! Was tut denn ihr schon da? Wem gehört ihr?«

»Dem Josenhans da,« antwortete Amrei, auf das Haus deutend.

»O, ihr armen Kinder,« rief die Bäuerin, die Hände zusammenschlagend. »Dich hätte ich kennen sollen, Mädle, gerad so hat deine Mutter ausgesehen, wie sie mit mir in die Schul' gangen ist. Wir sind gute Kamrädinnen gewesen und euer Vater hat ja bei meinem Vetter, dem Rodelbauern, gedient. Ich weiß alles von euch. Aber sag', Amrei, warum hast du keine Schuhe an? Du kannst ja krank werden bei dem Wetter. Sag' der Marann', die Landfriedbäuerin von Hochdorf ließe ihr sagen, es sei nicht brav, daß sie dich so herumlaufen läßt. Nein, brauchst nichts sagen, ich will schon selber mit ihr reden. Aber Amrei, du mußt jetzt groß und gescheit sein und selber auf dich achtgeben. Denk' daran, wenn das deine Mutter wüßt', daß du in solcher Jahreszeit so barfuß herumläufst.« Das Kind schaute die Bäuerin groß an, als wollte es sagen: weiß denn die Mutter nichts davon? Die Bäuerin aber fuhr fort: »Das ist noch das Aergste. daß ihr nicht einmal wissen könnt, was für rechtschaffene Eltern ihr gehabt; drum müssen's euch ältere Leute sagen. Denket daran, daß ihr euren Eltern erst die rechte Seligkeit gebt, wenn sie im Himmel droben hören, wie hier unten die Menschen sagen: des Josenhansen Kinder, die sind die Probe von allem Guten, da sieht man recht deutlich den Segen der rechtschaffenen Eltern.«

Rasche Tränen rannen bei diesen letzten Worten der Bäuerin von den Wangen. Die schmerzliche Rührung in ihrer Seele, die noch einen ganz andern Grund hatte, brach jetzt bei diesen Gedanken und Worten unaufhaltsam hervor, und Eigenes und Fremdes floß ineinander. Sie legte ihre Hand auf das Haupt des Mädchens, das im Anblicke der weinenden Frau auch heftig zu weinen begann; es mochte fühlen, wie sich eine gute Seele ihm zuwendete, und eine dämmernde Ahnung, daß es wirklich seine Eltern verloren, begann ihm aufzugehen.

Das Angesicht der Frau leuchtete plötzlich. Sie richtete das Auge, in dem noch Tränen hingen, zum Himmel auf und sagte: »Guter Gott, das schickst du mir.« Dann fuhr sie, zu dem Kinde gewendet, fort: »Horch, ich will dich mitnehmen. Meine Lisbeth ist mir in deinem Alter genommen worden. Sag', willst du mit mir ins Allgäu gehen und bei mir bleiben?«

»Ja,« sagte Amrei entschlossen.

Da fühlte sie sich von hinten angefaßt und geschlagen.

»Du darfst nicht,« rief Dami, der sie umfaßte; sein ganzes Wesen zitterte.

»Sei stet,« beruhigte Amrei, »die gute Frau nimmt dich ja auch mit. Nicht wahr, mein Dami geht auch mit uns?«

»Nein, Kind, das geht nicht, ich hab' Buben genug.«

»Dann bleib' ich auch da,« sagte Amrei und faßte ihren Bruder bei der Hand.

Es gibt einen Schauder, in dem Fieber und Frost sich streiten, Freude an der Tat und Furcht vor ihr. So war die fremde Frau in sich zusammengeschauert und jetzt sah sie mit einer Art von Erleichterung auf das Kind. In überwallender Empfindung, vom reinsten Zuge des Wohltuns erfaßt, hatte sie eine Tat und eine Verpflichtung auf sich nehmen wollen, deren Schwere und Bedeutung sie nicht sattsam überlegt hatte, und namentlich wie ihr Mann, ohne vorher gefragt zu sein, das aufnehmen werde. Als jetzt das Kind selber sich weigerte, trat eine Ernüchterung ein und alles ward ihr rasch klar; darum ging sie mit einer gewissen Erleichterung schnell auf die Abwehr ihres Unternehmens ein. Sie hatte ihrem Herzen genügt, indem sie die Tat tun wollte, und jetzt, da sich Hindernisse entgegenstellten, hatte sie eine Art Befriedigung, daß sie unterblieb, ohne daß sie selbst ihr Wort zurücknahm.

»Wie du willst.« sagte die Bäuerin. »Ich will dich nicht überreden. Wer weiß, vielleicht ist es besser so. daß du zuerst groß wirst. In der Jugend Not ertragen lernen, das tut gut, das Bessere nimmt sich leicht an; wer noch etwas Rechtes geworden ist. hat in der Jugend Schweres erfahren müssen. Sei nur brav. Aber das behalt' im Andenken, daß du allzeit, wenn du brav bist, um deiner Eltern willen, eine Unterkunft bei mir haben sollst, so lange mir Gott das Leben läßt. Denk' daran, daß du nicht verlassen bist auf der Welt, wenn dir's übel geht. Merk' dir nur die Landfriedbäuerin in Zusmarshofen im Allgäu. Und noch eins. Sag' im Dorf nichts davon, daß ich dich habe annehmen wollen; es ist auch wegen der Leute, sie werden dir's übelnehmen, daß du nicht mitgegangen bist. Aber es ist schon gut so. Wart', ich will dir noch was geben, daß du an mich denkst.« Sie suchte in den Taschen, aber plötzlich fuhr sie sich an den Hals und sagte: »Nein, nimm nur das.« Sie hauchte sich mehrmals in die steifen Finger, bis sie es zustande brachte, denn sie nestelte eine fünfreihige Granatschnur, daran ein gehenkelter Schwedendukaten hing, vom Halse und schlang das Geschmeide um den Hals des Kindes, wobei sie es küßte. Amrei sah wie verzaubert drein unter all diesen Hantierungen. »Für dich hab' ich leider nichts.« sagte die Frau zu Dami, der eine Gerte, die er in der Hand hatte, in immer kleinere Stücke zerbrach, »aber ich schicke dir ein Paar lederne Hosen von meinem Johannes, sie sind noch ganz gut. Du kannst sie tragen, wenn du größer bist. Jetzt b'hüt euch Gott, ihr lieben Kinder. Wenn's möglich ist, komme ich noch zu dir, Amrei. Schicke mir jedenfalls nach der Kirche die Marann'. Bleibet brav und betet fleißig für eure Eltern in der Ewigkeit und vergesset nicht, daß ihr im Himmel und auf Erden noch Annehmer habt.«

Die Bäuerin, die zum behenden Gang ihren Oberrock in Zwickel aufgesteckt hatte, ließ ihn jetzt beim Eingang des Dorfes herab; mit raschen Schritten ging sie das Dorf hinein und wendete sich nicht mehr um.

Amrei faßte sich an den Hals, beugte das Gesicht nieder und wollte die Denkmünze betrachten, aber es gelang ihr nicht ganz. Dami kaute an dem letzten Stück seiner Gerte, und als ihn jetzt die Schwester betrachtete und Tränen in seinen Augen sah, sagte sie:

»Wirst sehen, du kriegst das schönste Paar Hosen im Dorf.«

»Und ich nehm' sie nicht,« sagte Dami und spie dabei ein Stück Holz aus.

»Ich will ihr schon sagen, daß sie dir auch ein Messer kaufen muß. Ich bleib' heut' den ganzen Tag daheim, sie kommt ja noch zu uns.«

»Ja, wenn sie schon da wär'!« entgegnete Dami, ohne zu wissen, was er sagte; nur sein Zorn und das Gefühl der Zurücksetzung hatte ihm diesen mißtrauischen Vorwurf eingegeben.

Es läutete schon zum erstenmal, die Kinder eilten ins Dorf zurück. Amrei übergab mit kurzem Berichte den neugewonnenen Schmuck der Marann', und diese sagte:

»Du bist ja ein Glückskind! Ich will dir's gut aufheben. Jetzt hurtig in die Kirche.«

Während des Gottesdienstes sahen die beiden Kinder immer nach der Landfriedbäuerin und beim Ausgange warteten sie an der Türe, aber die vornehme Bäuerin war mit so vielen Menschen umringt, die alle in sie hineinredeten, daß sie sich immer im Kreise drehen mußte, um bald da, bald dort zu antworten. Für den wartenden Blick der Kinder und deren ständiges Nicken fand sie keine Aufmerksamkeit.

Die Landfriedbäuerin hatte das jüngste Töchterchen des Rodelbauern, die Rosel, an der Hand; sie war um ein Jahr älter als Amrei, und diese stieß in der Entfernung immer vor sich hin, als müßte sie die Zudringliche, die ihren Platz einnahm, wegdrängen. Oder hatte die vornehme Bäuerin nur ein Auge für Amrei draußen beim letzten Hause in der Einsamkeit, aber mitten unter den Menschen kannte sie sie nicht? Gelten da nur die Kinder reicher Leute, die Kinder der Verwandten? Amrei erschrak, als sie diesen leise sich regenden Gedanken plötzlich laut hörte, denn Dami sprach ihn aus; aber während sie mit dem Bruder in ziemlicher Entfernung dem großen Trupp folgte, der die Landfriedbäuerin umgab, suchte sie dem Bruder und wohl damit auch sich den bösen Gedanken auszureden. Die Landfriedbäuerin verschwand endlich in dem Hause des Rodelbauern und die Kinder kehrten still zurück, wobei Dami plötzlich sagte:

»Wenn sie zu dir kommt, sag' nur auch, daß sie auch zum Krappenzacher gehen muß und ihm sagen, daß er gut gegen mich sein soll.«

Amrei nickte und die Kinder trennten sich, ein jedes ging nach dem Hause, wo es Unterkunft gefunden hatte.

Die Nebel, die sich am Morgen verzogen hatten, kamen am Mittag als voller Regenguß hernieder.

Der große rote Regenschirm der Landfriedbäuerin bewegte sich aufgespannt hin und her im Dorfe und man sah die Gestalt kaum, die darunter war. Die schwarze Marann' hatte die Landfriedbäuerin nicht getroffen und sagte bei der Heimkunft: »Sie kann ja auch zu mir kommen, ich will nichts von ihr.« Die beiden Kinder wanderten wieder hinaus nach dem elterlichen Hause und saßen dort zusammengekauert auf der Türschwelle und redeten fast kein Wort. Wieder schien es ihnen zu ahnen, daß die Eltern doch nicht wiederkämen, und Dami wollte zählen, wieviel Tropfen von der Dachtraufe fielen; aber es ging ihm allzu schnell und er machte sich's leicht und schrie auf einmal: »tausend Millionen!«

»Da muß sie vorbei, wenn sie heimgeht,« sagte Amrei, »und da rufen wir sie an; schrei nur auch recht mit, und dann wollen wir schon weiter mit ihr reden.« So sagte Amrei, denn die Kinder warteten hier noch auf die Landfriedbäuerin.

Es klatschte eine Peitsche im Dorfe. Man hörte jenes nachspritzende Pferdegetrapp im aufgeweichten Wege und ein Wagen rollte herbei.

»Wirst sehen, der Vater und die Mutter kommen in einer Kutsche und holen uns,« rief Dami.

Amrei schaute traurig nach ihrem Bruder um und sagte: »Schwätz nicht so viel.« Als sie sich umwendete, war der Wagen ganz nahe, es winkte jemand von demselben unter einem roten Regenschirm hervor, und fort rollte das Gefährte, und nur der Spitz des Kohlenmathes bellte ihm eine Weile nach und tat, als wollte er mit seinen Zähnen die Speichen aufhalten; aber am Weiher kehrte er wieder zurück, bellte unter der Haustüre noch einmal hinaus und schlüpfte dann ins Haus.

»Heidi! fort ist sie!« sagte Dami wie triumphierend; es war ja die Landfriedbäuerin. »Hast des Rodelbauern Rappen nicht gekannt? Die haben sie davongeführt. Vergiß meine ledernen Hosen nicht!« schrie er noch laut mit aller Kraft seiner Stimme, obgleich der Wagen bereits im Tale verschwunden war und jetzt schon die kleine Anhöhe am Holderwasen hinaufkroch.

Die Kinder kehrten still ins Dorf zurück.

Wer weiß, wie dies Ereignis eine feine Wurzel im innern Dasein bildet und was daraus aufsprossen wird?

Zunächst deckt ein anderes Gefühl dasjenige der ersten schweren Täuschung zu.

3. Kapitel.

Vom Baum am Elternhause.

Am Tage vor Allerseelen sagte die schwarze Marann' zu den Kindern:

»Jetzt holt ordentlich Vogelbeeren, morgen brauchen wir sie auf dem Kirchhof.«

»Ich weiß wo, ich kann holen,« sagte Dami mit einer wahrhaft gierigen Freude und rannte zum Dorf hinaus, daß ihn Amrei kaum erreichen konnte, und als sie am elterlichen Hause ankam, war er schon oben auf dem Baume und neckte stolz, sie solle auch heraufkommen; weil er wußte, daß sie das nicht könne. Er pflückte nun die roten Beeren und warf sie hinab in die Schürze der Schwester. Sie bat ihn, er möge auch die Stiele mit abpflücken, sie wolle einen Kranz machen. Er sagte: »Das tu' ich nicht!« Und doch kam fortan keine Beere ohne Stiel mehr herunter.

»Horch, wie die Spatzen schelten,« rief Dami vom Baume, »die ärgern sich, daß ich ihnen ihr Futter wegnehme.« Und als er endlich alles abgepflückt hatte, sagte er: »Ich gehe nicht mehr herunter, ich bleib' da oben Tag und Nacht, bis ich tot herunter falle, und komme gar nicht mehr zu dir, wenn du mir nicht was versprichst.«

»Was denn?«

»Daß du deinen Anhenker von der Landfriedbäuerin nie trägst, so lange ich's sehe; versprichst du mir das?«

»Nein!«

»So komm' ich nicht mehr herunter!«

»Meinetwegen,« sagte Amrei und ging mit den Vogelbeeren davon. Sie setzte sich aber nicht weit entfernt hinter einen Holzstoß, wand einen Kranz und schielte dabei immer hinaus, ob Dami nicht endlich käme. Sie setzte sich den Kranz auf und plötzlich überfiel sie eine unnennbare Angst wegen Dami. Sie rannte zurück, Dami saß rittlings auf einem Aste an den Stamm zurückgelehnt und die Arme übereinandergeschlagen.

»Komm herunter, ich verspreche dir, was du willst,« rief Amrei und im Nu war Dami bei ihr auf dem Boden.

Zu Hause schalt die schwarze Marann' über das alberne Kind, das sich aus den Beeren, die man zum Grabe der Eltern brauche, einen Kranz gemacht habe. Sie zerriß denselben schnell und sprach dabei einige unverständliche Worte; dann nahm sie beide Kinder an der Hand und führte sie hinaus nach dem Kirchhof. Wo zwei Erdhaufen nahe aneinander waren, sagte sie:

»Da sind eure Eltern.« Die Kinder sahen sich staunend an. Die Marann' machte nun mit einem Stocke Furchen in Kreuzesform auf den Gräbern und wies die Kinder an, die Beeren da herein zu stecken. Dami war behend dabei und triumphierte, da er mit seinem roten Kreuze früher fertig war als die Schwester. Amrei schaute ihn nur groß an und erwiderte nichts, und erst als Dami sagte: »das wird den Vater freuen,« schlug sie ihn hinterrücks und sagte: »Sei still!« Dami weinte, vielleicht ärger, als es ihm ernst war; da rief Amrei laut: »Um Gottes willen verzeih mir, verzeih mir, daß ich dir das getan hab'; gelt, Dami, ich hab' dir nicht weh getan? Kannst dich drauf verlassen, es geschieht nie mehr, so lang ich lebe, nie mehr, nie. O, Mutter, o, Vater, ich will brav sein, ich versprech's euch; o, Mutter, o, Vater!« – Sie konnte nicht weiter reden, aber sie weinte nicht laut, nur sah man, es gab ihr einen Herzstoß nach dem andern, und erst als die schwarze Marann' laut weinte, weinte Amrei mit ihr.

Sie gingen heim, und als Dami »gute Nacht« sagte, raunte ihm Amrei leise ins Ohr: »Jetzt weiß ich's, wir sehen unsere Eltern nie mehr auf dieser Welt;« aber noch in dieser Mitteilung lag eine gewisse kindische Freude, ein Kinderstolz, der sich damit brüstet, etwas zu wissen, und doch war in der Seele dieses Kindes etwas aufgetaucht vom Bewußtsein jenes auf ewig abgeschnittenen Zusammenhanges mit dem Leben, das sich auftut im Gedanken der Elternlosigkeit.

Wenn der Tod die Lippen geschlossen, die dich Kind nennen mußten, ist dir ein Lebensatem verschwunden, der nimmer wiederkehrt.

Noch als die schwarze Marann' bei Amrei am Bette saß, sagte diese: »Ich mein', ich fall' und fall' jetzt immerfort, lasset mir nur Eure Hand;« und sie hielt die Hand fest und begann zu schlummern, aber so oft sie die schwarze Marann' zurückziehen wollte, haschte sie wieder danach. Die Marann' verstand, was das Gefühl vom endlosen Fallen bei dem Kinde zu bedeuten hatte: das ist ja beim Innewerden vom Tode der Eltern, als schwebe man im Wurfe, man weiß nicht woher und weiß nicht wohin. Erst spät gegen Mitternacht konnte die schwarze Marann' das Bett des Kindes verlassen, nachdem sie ihre gewohnten zwölf Vaterunser wer weiß zum wievielten Mal wiederholt hatte.

Ein strenger Trotz lag auf dem Gesicht des schlafenden Kindes. Es hatte die eine Hand auf die Brust gelegt, die schwarze Marann' hob sie ihm leise weg und sagte halblaut vor sich hin:

»Wenn nur immer ein Auge, das über dich wacht, und eine Hand, die dir helfen will, so wie jetzt im Schlafe, ohne daß du es weißt, dir die Schwere vom Herzen nehmen könnte! Das kann aber kein Mensch, das kann nur Er ... Tu du meinem Kinde in der Fremde, was ich diesem da tue.«

Die schwarze Marann' war eine »geschiechene« Frau, das heißt die Leute fürchteten sich fast vor ihr, so herb erschien sie in ihrem Wesen. Sie hatte bald vor achtzehn Jahren ihren Mann verloren, der bei einem räuberischen Anfall, den er mit Genossen auf den Eilwagen gemacht hatte, erschossen worden war. Die Marann' trug ein Kind unter dem Herzen, als die Leiche ihres Mannes mit dem schwarzberußten Gesichte ins Dorf gebracht wurde; aber sie faßte sich und wusch dem Toten das Gesicht rein, als könnte sie auch damit seine schwarze Schuld abwaschen. Drei Töchter starben ihr, und nur das Kind, das sie damals unter dem Herzen trug, war noch am Leben. Es war ein schmucker Bursch geworden, wenn auch mit seltsam schwärzlichem Gesichte, und er war jetzt als Maurergesell in der Fremde. Denn von der Zeit Brosis her, und namentlich seitdem dessen Sohn Severin sich mit dem Steinhammer zu so hohen Ehrenstellen hinaufgearbeitet, hatte sich ein großer Teil des Nachwuchses im Dorfe dem Maurerhandwerk gewidmet. Unter den Kindern war allezeit von Severin die Rede, wie von dem Prinzen im Märchen. So war auch das einzige Kind der schwarzen Marann' trotz ihrer Widerrede Maurer geworden und jetzt auf der Wanderschaft, und sie, die ihr Lebenlang nicht aus dem Dorfe gekommen war und auch kein Verlangen hatte, hinauszukommen, sagte manchmal, sie komme sich vor wie eine Henne, die eine Ente ausgebrütet; aber sie gluckste fast immer in sich hinein.

Man sollte es kaum glauben, daß die schwarze Marann' eine der heitersten Personen im Dorfe war; man sah sie nie traurig, sie gönnte es den Menschen nicht, daß sie Mitleid mit ihr haben sollten. Und darum war sie ihnen unheimlich. Sie war im Winter die fleißigste Spinnerin, so daß sie noch einen guten Teil davon verkaufen konnte, und »mein Johannes,« – so hieß ihr noch lebender Sohn – »mein Johannes,« hörte man in jeder ihrer Reden. Die kleine Amrei hatte sie, wie sie sagte, nicht aus Gutmütigkeit zu sich genommen, sondern nur weil sie ein lebendiges Wesen um sich haben wollte. Sie tat gern recht rauh vor den Leuten und genoß dabei um so mehr den Stolz eines heimlichen Rechtes.

Der gerade Gegensatz zu ihr war der Krappenzacher, bei dem Dami ein Unterkommen gefunden; der stellte sich draußen vor der Welt gern als der gutmütigste Allesverschenker, im Geheimen aber knuffte und mißhandelte er seine Angehörigen und besonders den Dami, für den er nur geringes Kostgeld erhielt. Er hieß eigentlich Zacharias und hatte seinen Spitznamen davon, weil er einst seiner Frau ein Paar fein hergerichtete Tauben als Braten heimgebracht hatte; es waren dies aber ein Paar gerupfte Raben, hierzulande Krappen genannt. Der Krappenzacher, der einen Stelzfuß hatte, verbrachte seine meiste Zeit damit, daß er wollene Strümpfe und Jacken strickte, und so saß er mit seinem Strickzeug überall im Dorfe herum, wo es was zu plaudern gab, und dieses Geplauder, wobei er allerlei hörte, diente ihm zu sehr einträglichen Nebengeschäften. Er war der sogenannte Heiratsmacher in der Gegend, denn namentlich da, wo sich noch die großen geschlossenen Güter finden, geschehen die Heiraten in der Regel durch Vermittler, die die entsprechenden Vermögensverhältnisse genau auskundschaften und alles vorher bestimmen. Wenn dann eine solche Heirat zustande gebracht war, spielte der Krappenzacher noch bei der Hochzeit die Geige auf, denn darin war er ein landeskundiger Meister. Er verstand aber auch

Klarinette und das Horn zu blasen, wenn ihm die Hände vom Geigen müde waren. Er war eben ein Allerweltsmensch.

Das weinerliche und empfindliche Wesen Damis war dem Krappenzacher höchst zuwider und er wollte es ihm damit austreiben, daß er ihn recht viel weinen machte und ihn neckte, wo er nur konnte.

So waren die beiden Stämmchen, aus demselben Boden gewachsen, in verschiedenes Erdreich verpflanzt. Standort und Bodensaft und die eigene Natur, die sie in sich trugen, ließen sie verschiedenartig gedeihen.

4. Kapitel.

Tu' dich auf.

Am Allerseelentag, er war trübe und neblig, waren die Kinder mitten unter den Versammelten auf dem Kirchhofe. Der Krappenzacher hatte Dami an der Hand dahin geführt. Amrei aber war allein gekommen ohne die schwarze Marann', und viele schimpften über die hartherzige Frau, und einige trafen einen Teil der Wahrheit, indem sie sagten: die Marann' wolle nichts von dem Besuchen der Gräber, weil sie nicht wisse, wo das Grab ihres Mannes sei. Amrei war still und vergoß keine Träne, während Dami bei dem mitleidigen Reden der Menschen jämmerlich weinte, freilich auch, weil ihn der Krappenzacher mehrmals heimlich geknufft und gezwickt hatte. Amrei starrte eine Zeitlang träumerisch vergessen hinein in die Lichter zu Häupten der Gräber und sah staunend, wie die Flamme das Wachs auffrißt, der Docht immer mehr verkohlt, bis endlich das Licht ganz herabgebrannt ist.

Unter den Versammelten bewegte sich auch ein Mann in vornehmer städtischer Kleidung, mit einem Band im Knopfloch: es war der Oberbaurat Severin, der, auf einer Inspektionsreise begriffen, hier das Grab seiner Eltern, Brosi und Moni, besuchte. Seine Geschwister und deren Angehörige umgaben ihn stets mit einer gewissen Ehrerbietung, und die Andacht war fast ganz abgelenkt und alle Aufmerksamkeit auf diesen Vornehmen gerichtet.

Auch Amrei betrachtete ihn und fragte den Krappenzacher: »Ist das ein Hochzeiter?«

»Warum?«

»Weil er ein Bändel im Knopfloch hat.«

Statt aller Antwort hatte der Krappenzacher nichts Eiligeres zu tun, als auf eine Gruppe loszugehen und zu sagen, welch eine dumme Rede da das Kind getan habe. Und mitten unter den Gräbern erschallte lautes Gelächter über solche Albernheit. Nur die Rodelbäuerin sagte: »Ich finde dies gar nicht so hirnlos. Wenn's auch ein Ehrenzeichen ist, was der Severin hat, es bleibt doch wunderlich, da auf dem Kirchhof mit einer Auszeichnung herumzulaufen; da, wo sich zeigt, was aus uns allen wird, habe man im Leben Kleider von Seide oder von Zwillich angehabt. Es hat mich schon verdrossen, daß er damit in der Kirche war; so etwas muß man abtun, ehe man in die Kirche geht, um wie viel mehr auf dem Kirchhof.«

Die Kunde von der Frage der kleinen Amrei mußte doch auch bis zu Severin gedrungen sein, denn man sah ihn hastig seinen Oberrock zuknöpfen und dabei nickte er nach dem Kinde hin. Jetzt hörte man ihn fragen, wer das sei, und kaum hatte er die Antwort vernommen, als er auf die beiden Kinder an den frischen Gräbern zueilte und zu Amrei sagte: »Komm her, Kind, mach' deine Hand auf, hier schenke ich dir einen Dukaten; davon schaffe dir an, was du brauchst.«

Das Kind starrte drein und antwortete nicht. Und kaum hatte Severin den Rücken gewendet, als es ihm halblaut nachrief: »Ich nehm' nichts geschenkt,« und ihm dabei den Dukaten nachschleuderte. Viele, die das gesehen hatten, kamen auf Amrei zu und schimpften auf sie hinein, und eben als sie daran waren, sie zu mißhandeln, wurde sie wiederum von der Rodelbäuerin, die sie schon einmal mit Worten beschützt hatte, von den rohen Händen gerettet. Auch sie verlangte indes, daß Amrei wenigstens Severin nacheile und ihm danke; doch Amrei gab auf keinerlei Rede eine Antwort; sie blieb starr, so daß auch ihre Beschützerin von ihr abließ. Nur mit großer Mühe fand man den Dukaten wieder und ein Gemeinderat, der zugegen war, nahm ihn sogleich in Verwahrung, um ihn dem Pfleger der Kinder zu übergeben.

Dieses Ereignis brachte der kleinen Amrei einen seltsamen Ruf im Dorfe. Man sagte, sie sei doch erst wenige Tage bei der schwarzen Marann' und habe schon ganz deren Art und Weise. Man fand es unerhört, daß ein Kind aus solcher Armut einen solchen Stolz haben könne, und indem man ihr diesen Stolz auf Wegen und Stegen vorwarf, ward sie dessen erst recht inne, und in der jungen Kinderseele regte sich ein Trotz, ihn nur desto mehr zu bewahren. Die schwarze Marann' tat auch das Ihrige, um solche Stimmung zu befestigen, denn sie sagte: »Es kann einem Armen kein größeres Glück geschehen, als wenn man es für stolz hält; dadurch ist man bewahrt, daß jedes auf einem herumtrampelt und noch verlangt, daß man sich dafür bedanke.«

Im Winter war Amrei sehr viel bei dem Krappenzacher und hörte ihn besonders gern geigen. Ja, der Krappenzacher sagte ihr einmal das große Lob: »Du bist nicht dumm,« denn Amrei hatte nach einem langen Geigenspiel bemerkt: »Es ist doch wunderlich, wie so eine Geige den Atem so lange anhalten kann, das kann ich nicht.« Und wenn daheim in stillen Winternächten die schwarze Marann' funkelnde und schauererregende Zaubergeschichten erzählte, da sagte Amrei mehrmals tief aufatmend, wenn sie zu Ende waren: »O, Marann', ich muß jetzt Atem schöpfen, ich hab', so lang Ihr gesprochen habt, den Atem anhalten müssen.«

War das nicht ein Zeichen tiefer Hingebung an alle Vorkommnisse und doch wieder ein Merkmal freier Beobachtung derselben und besonders des eigenen Verhaltens dabei?

Das beste ist aber, daß auf die Kinder elementarische Kräfte einwirken, die nicht fragen: was wird daraus werden?

Niemand achtete sehr auf Amrei, und diese konnte träumen, wie es ihr in den Sinn kam, und nur der Lehrer sagte einmal in der Gemeinderatssitzung: solch ein Kind sei ihm noch nicht vorgekommen; es sei trotzig und nachgiebig, träumerisch und wachsam. In der Tat bildete sich schon früh bei allem kindischen Selbstvergessen ein Gefühl der Selbstverantwortlichkeit, eine Wehrhaftigkeit im Gegensatze zur Welt, ihrer Güte und Bosheit in der kleinen Amrei aus; während Dami bei allen kleinen Anlässen weinend zur Schwester kam und ihr klagte. Er hatte immer Mitleid mit sich selber, und wenn er in Raufhändeln von Spielgenossen niedergeworfen wurde, klagte er: »Ja, weil ich ein Waisenkind bin, schlagen sie mich. O, wenn das mein Vater, meine Mutter wüßte!« und dann weinte er doppelt über die erfahrene Unbill. Dami ließ sich von allen Menschen zu essen schenken und wurde dadurch gefräßig, während Amrei mit Wenigem vorlieb nahm und sich dadurch äußerst mäßig gewöhnte. Selbst die wildesten Buben fürchteten Amrei, ohne daß man wußte, woran sie ihre Kraft bewiesen hätte, während Dami vor ganz kleinen Jungen davonlief. In der Schule war Dami stets spielerisch, er bewegte die Füße und bog mit der Hand die Ecken der Blätter um, während er las. Amrei dagegen war stets zierlich und gewandt, aber sie weinte oft in der Schule, nicht wegen der Strafen, die sie selbst bekam, sondern so oft Dami gestraft wurde.

Am meisten konnte Amrei den Dami vergnügen, wenn sie ihm Rätsel schenkte. Noch immer saßen die beiden Kinder viel am Hause ihres reichen Pflegers, bald bei den Wagen, bald beim Backofen hinter dem Hause, an dem sie sich von außen wärmten, besonders im Herbste. Und Amrei fragte: »Was ist das beste am Backofen?«

»Du weißt ja, ich kann nichts erraten,« erwiderte Dami klagend.

»So will ich dir's sagen: das beste am Backofen ist, daß er das Brot nicht selber frißt.« Und auf den Wagen vor dem Hause deutend, fragte Amrei: »Was ist lauter Loch und hält doch?«

Ohne lange auf Antwort zu warten, setzte sie gleich hinzu: »Das ist die Kette.«

»Jetzt diese Rätsel schenkst du mir,« sagte Dami und Amrei erwiderte: »Ja, du darfst sie aufgeben. Aber siehst du dort die Schafe kommen? Jetzt weiß ich noch ein Rätsel.«

»Nein,« rief Dami, »nein, ich kann nicht drei behalten, ich hab' genug an zweien.«

»Nein, das mußt noch hören, sonst nehm' ich die andern wieder.« Und Dami sagte ängstlich in sich hinein, um es ja nicht zu vergessen: »Kette. Selberfressen,« während Amrei fragte: »Auf welcher Seite haben die Schafe die meiste Wolle? Mäh! Mäh! auf der auswendigen,« setzte sie sogleich mit scherzendem Gesange hinzu, und Dami sprang davon, um seinen Kameraden die Rätsel aufzugeben.

Er hielt beide Hände fest zu Fäusten zusammengepreßt, als hätte er darin die Rätsel und wolle sie nicht verlieren. Als er aber bei den Kameraden ankam, wußte er doch nur noch das von der Kette, und des Rodelbauern Aeltester, den er gar nicht gefragt hatte und der viel zu groß dazu war, sagte schnell die Auflösung und Dami kam wiederum weinend zu seiner Schwester zurück.

Die Rätselkunst der kleinen Amrei blieb aber nicht lange verborgen im Dorfe und selbst reiche, ernsthafte Bauern, die sonst mit niemand, am wenigsten mit einem armen Kinde, viel Worte machen, ließen sich herbei, da und dort der kleinen Amrei ein Rätsel aufzugeben. Daß sie selber viele dergleichen wußte, das konnte sie von der schwarzen Marann' haben, aber daß sie neugesetzte so oft zu beantworten verstand, das erregte allgemeine Verwunderung. Amrei hätte nicht mehr unaufgehalten über die Straße oder aufs Feld gehen können, wenn sich nicht bald ein Mittel dagegen gefunden hätte. Sie stellte als Gesetz fest, daß sie niemanden ein Rätsel löse, dem sie nicht auch eines aufgeben dürfe. Sie aber wußte solche zu drechseln, daß man wie gebannt war. Noch nie war im Dorfe einem armen Kinde so viel Beachtung zugewendet worden als der kleinen Amrei. Aber je mehr sie heranwuchs, um so weniger Aufmerksamkeit wurde ihr geschenkt; denn die Menschen betrachten nur die Blüten und die Früchte mit teilnehmendem Auge, nicht aber jenen langen Uebergang, wo das eine zum andern wird.

Noch bevor Amrei aus der Schule entlassen wurde, gab ihr das Schicksal ein Rätsel auf, das schwer zu lösen war.

Die Kinder hatten einen Ohm, der sieben Stunden von Haldenbrunn, in Fluorn, Holzhauer war; sie hatten ihn nur einmal gesehen bei dem Begräbnisse des Vaters, er ging hinter dem Schultheiß, der die Kinder an der Hand führte. Seitdem träumten die Kinder viel von dem Ohm in Fluorn. Man sagte ihnen oft, der Ohm sähe dem Vater ähnlich, und nun waren sie noch mehr begierig, ihn zu sehen, denn wenn sie auch noch manchmal glaubten, Vater und Mutter müßten plötzlich kommen … es könnte ja gar nicht sein, daß sie nicht mehr da wären … so gewöhnten sie sich doch nach und nach daran, die Hoffnung aufzugeben und um so mehr, je mehr Jahre vergingen, in denen sie das Grab der Eltern mit Vogelbeeren besteckten, und nachdem sie schon lange den Namen der Eltern auf ein und demselben schwarzen Kreuze lesen konnten. Auch den Ohm in Fluorn vergaßen sie fast ganz, denn sie hörten viele Jahre nichts von ihm.

Da wurden eines Tages die beiden Kinder in das Haus ihres Pflegers gerufen. Dort saß ein Mann groß und lang und mit braunem Gesichte.

»Kommet her, Kinder,« rief der Mann den Eintretenden zu. Er hatte eine rauhe, trockene Stimme. »Kennet ihr mich nicht mehr?«

Die Kinder sahen ihn mit aufgerissenen Augen an. Erwachte in ihnen eine Erinnerung an den Klang der väterlichen Stimme? Der Mann fuhr fort: »Ich bin ja eures Vaters Bruder. Komm her, Lisbeth! Und auch du, Dami!«

»Ich heiße nicht Lisbeth! Ich heiße Amrei.« Sagt das Mädchen und weinte. Es gab dem Ohm keine Hand. Ein Gefühl der Verfremdung machte es zittern, weil der Ohm es bei falschem Namen genannt. Es mochte fühlen, daß da nicht die rechte Anhänglichkeit war, wo man seinen Namen nicht mehr wußte.

»Wenn Ihr mein Ohm seid, warum wisset Ihr denn nicht mehr, wie ich heiße?« fragte Amrei.

»Du bist ein dummes Kind, gleich gehst du hin und gibst ihm die Hand,« herrschte der Rodelbauer und setzte dann zu dem Fremden halblaut hinzu: »Es ist ein unebenes Kind. Die schwarze Marann’ hat ihm allerlei Wunderliches in den Kopf gesetzt und du weißt ja, es ist nicht geheuer bei ihr.«

Amrei schaute sich verwundert um und gab dem Ohm zitternd die Hand. Dami hatte das schon früher getan und fragte jetzt: »Ohm, hast du uns auch was mitgebracht?«

»Hab’ nicht viel zum Mitbringen; ich bring’ euch selber mit, ihr geht mit mir. Weißt du, Amrei. daß das gar nicht brav ist, daß du deinen Ohm nicht gern hast? Du hast ja sonst niemand auf der Welt. Wen hast du denn sonst noch? Komm besser her, da setz dich neben mich – noch näher. Siehst du? Dein Dami, der ist viel gescheiter. Er sieht auch mehr in unsere Familie, aber du gehörst doch auch zu uns.«

Eine Magd kam und brachte viele Mannskleider und legte sie auf den Tisch.

»Das sind deines Bruders Kleider,« sagte der Rodelbauer zu dem Fremden und dieser fuhr zu Amrei fort: »Siehst du? Das sind deines Vaters Kleider, die nehmen wir jetzt mit und ihr geht auch mit, zuerst nach Fluorn und dann über den Bach.«

Amrei berührte zitternd den Rock des Vaters und seine blaugestreifte Weste. Der Ohm aber hob die Kleider auf, wies auf die zertragenen Ellenbogen hin und sagte zum Rodelbauer: »Die sind nicht viel wert, die lasse ich mir nicht hoch anschlagen, und ich weiß nicht einmal, ob ich die drüben in Amerika tragen kann, ohne ausgespottet zu werden.«

Amrei faßte krampfhaft einen Rockzipfel. Daß man die Kleider ihres Vaters wenig wert nann-te, an die sie wie an ein kostbares Kleinod gedacht hatte, das schien sie zu kränken, und daß diese Kleider in Amerika getragen und dort ausgespottet werden sollten, das alles verwirrte sie fast, und überhaupt, was sollte denn das mit Amerika?

Sie wurde darüber bald aufgeklärt, denn die Rodelbäuerin kam und mit ihr die schwarze Marann', und die Rodelbäuerin sagte: »Hör' einmal, Mann, ich meine, das geht nicht so schnell, daß man die Kinder da mit dem Mann nach Amerika schickt.«

»Es ist ja ihr einziger leiblicher Verwandter, der Bruder des Josenhans.«

»Ja freilich, aber er hat bis jetzt nicht viel davon gezeigt, daß er ein Verwandter ist, und ich meine, man kann das nicht ohne den Gemeinderat, und der kann's nicht einmal allein. Die Kinder haben hier ein Heimatsrecht, und das kann man ihnen nicht im Schlaf nehmen, denn die Kinder können ja noch nicht selber sagen, was sie wollen. Das heißt einen im Schlaf forttragen.«

»Meine Amrei ist aufgeweckt genug, die ist jetzt dreizehn, aber gescheiter als eine andere von dreißig Jahr, die weiß, was sie will,« sagte die schwarze Marann'.

»Ihr beide hättet sollen Gemeinderat werden,« sagte der Rodelbauer; »aber ich bin auch der Meinung, daß man die Kinder nicht wie Kälber am Strick nimmt und fortzieht. Gut, lasset den Mann selber mit ihnen reden, nachher läßt sich schon weiter sehen, was zu machen ist; er ist einmal ihr natürlicher Annehmer und hat das Recht, Vaterstelle an ihnen zu vertreten, wenn er will. Hör' einmal, geh du jetzt mit deinen Bruderskindern ein wenig vor's Dorf hinaus, und ihr Weiber bleibet da, es redet ihnen keines zu und keines ab.«

Der Holzhauer nahm die beiden Kinder an der Hand und verließ mit ihnen Stube und Haus.

»Wohin wollen wir gehen?« fragte er die Kinder auf der Straße.

»Wenn du unser Vater sein willst, geh mit uns heim, da drunten ist unser Haus,« sagte Dami.

»Ist es denn offen?« fragte der Ohm.

»Nein, aber der Kohlenmathes hat den Schlüssel, er hat uns aber noch nie hineingelassen. Ich springe voraus und hole den Schlüssel.« Und behend machte sich Dami los und sprang davon.

Amrei kam sich wie gefesselt vor an der Hand des Ohms, und dieser redete doch jetzt mit zutraulicher Innigkeit in sie hinein, er erzählte fast wie zu seiner Entschuldigung, daß er selber eine schwere Familie habe, so daß er sich mit Frau und fünf Kindern nur mit Not fortbringen könnte. Nun aber erhalte er von einem Manne, der große Waldungen in Amerika besitze, freie Ueberfahrt und nach fünf Jahren, wenn er den Wald umgerodet habe, ein großes Ackergut vom besten Boden als freies Eigentum. Als Dank gegen Gott, der ihm das für sich und seine Kinder bescherte, habe er sich sogleich vorgesetzt, eine Wohltat zu tun und die Kinder seines Bruders mitzunehmen; er wolle sie aber nicht zwingen und nehme sie überhaupt nur mit, wenn sie ihn von ganzem Herzen gern hätten und ihn als ihren zweiten Vater betrachteten. Amrei sah ihn nach diesen Worten groß an. Wenn sie es nur hätte machen können, daß sie diesen Mann liebte! Aber sie fürchtete sich fast vor ihm; sie wußte nichts dagegen zu tun. Und daß er so plötzlich wie aus den Wolken fiel und verlangte: Hab' mich lieb! das machte sie eher widersacherisch gegen ihn.

»Wo ist denn deine Frau?« fragte Amrei. Sie mochte wohl fühlen, daß eine Frau sie milder und allmählicher angefaßt hätte.

»Ich will dir nur ehrlich sagen,« erwiderte der Ohm, »meine Frau mengt sich nicht in diese Sache, sie hat gesagt, sie rede mir nicht zu und nicht ab. Sie ist ein bißchen herb, aber nur von Anfang, und wenn du gut gegen sie bist, und du bist ja gescheit, so kannst du sie um den Finger wickeln. Und wenn dir auch einmal etwas geschieht, was dir nicht recht ist, denk', du bist bei deines Vaters Bruder, und sag' mir's ganz allein, und ich will dir helfen, wo ich kann. Aber du wirst sehen, du fängst jetzt erst zu leben an.«

Amrei standen die Tränen in den Augen bei diesen Worten, und doch konnte sie nichts sagen, sie fühlte sich diesem Manne gegenüber fremd. Seine Stimme bewegte sie, aber wenn sie ihn ansah, wäre sie gern entflohen.

Da kam Dami mit dem Schlüssel. Amrei wollte ihm denselben abnehmen, aber er gab ihn nicht her. In der eigentümlich pedantischen Gewissenhaftigkeit der Kinder sagte er, daß er des Kohlenmathesen Frau heilig versprochen habe, den Schlüssel nur dem Ohm zu geben. Dieser empfing ihn, und Amrei war's, als ob sich ein zaubervolles Geheimnis auftue, da der Schlüssel zum erstenmal im Schlosse rasselte und sich jetzt drehte – die Klinge bog sich nieder und die Türe ging auf. Eine eigentümliche Gruftkälte hauchte aus dem schwarzen Hausflur, der zugleich als Küche gedient hatte. Auf dem Herde lag noch ein Häufchen Asche, an der Stubentüre waren noch die Anfangsbuchstaben vom Caspar Melchior Balthes und darunter die Jahrzahl vom Tode der Eltern mit Kreide angeschrieben.

Amrei las sie laut, das hatte noch der Vater angeschrieben. »Schau,« rief Dami, »der Achter ist gerade so gezogen, wie du ihn machst, und wie's der Lehrer nicht leiden will, so von rechts nach links.« Amrei winkte ihm, still zu sein. Sie fand es fürchterlich und sündhaft, daß der Dami hier so leicht sprach, hier, wo es ihr war wie in der Kirche, ja wie mitten in der Ewigkeit, ganz außerhalb der Welt und doch mitten drin. Sie öffnete selber die Stubentüre. Die Stube war finster wie ein Grab, denn die Laden waren geschlossen, und nur durch eine Ritze drang ein zitternder Sonnenstrahl herein und just auf einen Engelkopf am Kachelofen, so daß der Engel zu lachen schien. Amrei fiel erschreckt nieder, und als sie sich aufrichtete, hatte der Ohm einen Fensterladen geöffnet und warme Luft drang von außen herein. Hier innen war es so kalt. In der Stube war nichts mehr von Hausrat als eine an die Wand genagelte Bank. – Dort hatte die Mutter gesponnen und dort hatte sie die Händchen Amreis zusammengefügt und sie stricken gelehrt.

»So, Kinder, jetzt wollen wir wieder gehen,« sagte der Ohm, »da ist nicht gut sein. Kommet mit zum Bäcker. ich kauf' jedem ein Weißbrot; oder wollet ihr lieber eine Brezel?«

»Nein, noch eine Weile dableiben,« sprach Amrei und streichelte immer den Platz, worauf die Mutter gesessen hatte. Auf einen weißen Fleck an der Wand deutend, fuhr sie dann halblaut fort: »Da hat unsere Kuckucksuhr gehangen und dort der Soldatenabschied von unserm Vater, und da sind die Stränge Garn gehangen, die die Mutter gesponnen hat; sie hat noch feiner spinnen können, als die schwarze Marann', ja, die schwarze Marann' hat's selber gesagt: immer einen Schneller mehr aus dem Pfund als jedes andere und alles so gleichling – da ist kein Knötele drin gewesen, und siehst da den Ring da oben an der Decke? Das ist schön gewesen, wenn sie da den Zwirn gemacht hat. Wenn ich damals schon bei Verstand gewesen wäre, hätte ich nicht zugegeben, daß man der Mutter ihre Kunkel verkauft, es wäre mein Erbstück; aber es hat sich niemand unserer angenommen. O, Mutter lieb! o, Vater lieb! wenn ihr es wüßtet, wie wir herumgestoßen worden sind, es täte euch noch jammern in der Seligkeit.«

Amrei fing laut an zu weinen und Dami weinte mit. Selbst der Ohm trocknete sich eine Träne und drang nochmals darauf, daß man jetzt fortgehe, denn es ärgerte ihn zugleich, daß er sich und den Kindern dieses unnötige Herzeleid gemacht; Amrei aber sagte streng: »Wenn Ihr auch geht, ich gehe nicht mit.«

»Wie meinst du das? Du willst gar nicht mitgehen?«

Amrei erschrak, sie ward jetzt erst inne, was sie gesagt hatte, und fast mochte es ihr sein, als wenn das eine Eingebung gewesen wäre, aber sie erwiderte bald:

»Nein, vom andern weiß ich noch nichts. Ich meine nur so, gutwillig gehe ich jetzt nicht aus dem Haus, bis ich alles wiedergesehen habe. Komm, Dami, du bist ja mein Bruder, komm mit auf den Speicher, weißt, wo wir Versteckens gespielt haben, hinterm Kamin; und dann wollen wir zum Fenster 'nausgucken, wo wir die Morcheln getrocknet haben. Weißt nicht mehr, das schöne Guldenstück, das der Vater dafür bekommen hat?«

Es raschelte etwas und kollerte über der Decke. Alle drei erschraken. Aber der Ohm sagte schnell: »Bleib da, Dami, und du auch. Was wollet ihr da oben? Höret ihr nicht, wie die Mäus' rasseln?«

»Komm du nur mit, die werden uns nicht fressen,« drängte Amrei, aber Dami erklärte, daß er nicht mitgehe, und obgleich Amrei innerlich Furcht hatte, faßte sie doch ein Herz und ging allein zum Speicher hinauf. Sie kam aber bald wieder zurück, leichenblaß, und hatte nichts als einen Büschel altes Kümmelstroh in der Hand.

»Der Dami geht mit mir nach Amerika,« sagte der Ohm zu der Hinzutretenden, und diese erwiderte, das Stroh in der Hand zerbrechend: »Ich habe nichts dagegen. Ich weiß noch nicht, was ich tue, aber er kann auch allein gehen.«

»Nein,« rief Dami, »das tu' ich nicht. Du bist damals mit der Landfriedbäuerin nicht gegangen, wie sie dich hat mitnehmen wollen, und so gehe ich auch nicht allein, aber mit dir.«

»Nun denn, so überleg' dir's, du bist gescheit genug,« schloß der Ohm, verriegelte wiederum den Laden so daß man im Finstern stand, drängte dann die Kinder zur Stubentür und zum Hausflur hinaus, verschloß die Haustüre und ging, dem Kohlenmathes den Schlüssel wiederzubringen, und dann mit Dami allein ins Dorf hinein. Noch aus der Ferne rief er Amrei zu: »Du hast noch bis morgen früh Zeit; dann geh' ich fort, ob ihr mitgehet oder nicht.«

Amrei war allein, sie schaute den Weggehenden nach, und es kam ihr seltsam vor, daß ein Mensch vom andern Weggehen kann. »Dort geht er hin, und er gehört doch zu dir und du zu ihm.«

Seltsam! Wie es im wirklichen Traume geht, daß das bloß leise Angeregte sich in ihm erneuert und mit allerlei Wunderlichkeiten verflicht, so erging es jetzt Amrei im wachen Traume. Nur ganz flüchtig hatte Dami von der Begegnung mit der Landfriedbäuerin gesprochen; ihr Gedenken war halb erloschen in der Erinnerung, und jetzt wachte es wieder hell auf wie ein Bild aus vergangenem vorgeträumtem Leben. Amrei sagte sich fast laut: »Wer weiß, ob sie nicht auch einmal so plötzlich, man kann nicht sagen woher, an dich denkt, und vielleicht jetzt eben in dieser Minute, und hier, dort unten hat sie dir's ja versprochen, daß sie dir eine Annehmerin sein will, wenn du kommst, dort bei den Kopfweiden. Warum bleiben nur die Bäume stehen, daß man sie allzeit sieht? Warum wird nicht auch ein Wort so etwas wie ein Baum, das steht fest und man kann sich dran halten? Ja, es kommt nur darauf an, ob man will, da hat man's so gut wie einen Baum ... und was so eine ehrenhafte Bäuerin sagt, das ist fest und getreu, und sie hat doch auch geweint, weil sie fort gemußt von der Heimat, und ist doch schon lang hinaus verheiratet aus dem Dorf und hat Kinder, ja, und der eine heißt Johannes.« Amrei stand an dem Vogelbeerbaum und legte die Hand an seinen Stamm und sagte: »du, Warum gehst denn du nicht fort? Warum heißen dich die Menschen nicht auch auswandern? Vielleicht wäre dir's auch besser anderswo. Aber freilich, du bist zu groß und du hast dich nicht selber hergesetzt, und wer weiß, ob du nicht an einem andern Ort verkämest. Man kann dich nur umhacken und nicht versetzen. Dummes Zeug! Ich hab' ja auch von da weggemußt. Ja, wenn's mein Vater wäre, da müßt' ich mit ihm gehen. Er hat mich nicht zu fragen, und wer lang fragt, geht viel irr'. Es kann mir niemand raten, auch die Marann' nicht. Und beim Ohm ist's doch so, er denkt: ich tu' dir Gutes und du mußt mir's wieder bezahlen. Wenn er hart gegen mich ist und gegen den Dami, weil er ungeschickt ist, und wir gehen auf und davon ... Wohin sollen wir dann in der wilden fremden Welt? Und hier kennt uns jeder Mensch und jede Hecke, jeder Baum hat ein bekanntes Gesicht. Gelt, du kennst mich?« sagte sie wieder ausschauend zu dem Baum. »O, wenn du reden könntest! Du bist doch auch von Gott geschaffen, o, warum kannst du nicht reden? Du hast doch auch meinen Vater und meine Mutter so gut gekannt, warum kannst du mir nicht sagen, was sie mir raten würden? O, lieber Vater, o, liebe Mutter, mir ist so weh, daß ich fort soll. Ich habe doch hier nichts und fast niemand, aber mir ist's, als müßt' ich aus dem warmen Bett in den kalten Schnee. Ist das, was mir so weh tut, ein Zeichen, daß ich nicht fort soll? Ist das das rechte Gewissen, oder ist es nur eine dumme Angst? O, lieber Himmel, ich weiß es nicht. Wenn jetzt nur eine Stimme vom Himmel käm' und tät' mir's sagen.«

Das Kind zitterte vor innerer Angst und der Zwiespalt des Lebens tat sich zum erstenmal schreiend in ihm auf. Und wieder sprach sie halb, halb dachte sie, aber jetzt entschlossen:

»Wenn ich allein wäre, da weiß ich fest, ich ginge nicht, ich bliebe da; es tut mir zu weh; und ich kann mir schon allein forthelfen. Gut, merk' dir das. Also eins hast du fest, mit dir selber bist du im reinen. Ja, aber was ist das für ein dummes Denken! Wie kann ich mir's denn denken, daß ich allein wäre ohne den Dami? Ich bin ja gar nicht allein da, der Dami gehört zu mir und ich zu ihm. Und für den Dami wär's doch besser, er wäre in einer Vatersgewalt; das tät' ihn aufrichten. Wozu brauchst du aber einen andern? Kannst du nicht selber für ihn sorgen, wenn's nötig ist? Und wenn er so eingeheimst wird, ich seh' schon, da bleibt er sein Lebenlang nichts als ein Knecht, der Pudel für andere Leute; und wer weiß, wie die Kinder des Ohms gegen uns sind. Weil sie selber arme Leute sind, werden sie die Herren gegen uns spielen. Nein, nein, sie sind gewiß brav und das ist schön, wenn man so sagen kann: Guten Tag, Vetter, guten Morgen. Bas'. Wenn nur der Ohm eins von den Kindern mitgebracht hätt', da könnt' ich viel besser reden, und könnte auch alles besser erkundschaften. O, lieber Gott, wie ist das alles auf einmal so schwer.«

Amrei setzte sich nieder am Baum und ein Buchfink kam dahergetrippelt, pickte ein Körnchen auf, schaute sich um und flog davon. Ueber das Gesicht Amreis kroch etwas, sie wischte es ab. Es war ein Abgottskäfer. Sie ließ ihn auf ihrer Hand herumkriechen, zwischen Berg und Tal ihrer Finger; bis er auf die Spitze des Fingers kam und davonflog. »Was der wohl erzählen wird, wo er gewesen sei,« dachte Amrei, »und so ein Tierchen hat es gut: wo es hinfliegt, ist es daheim. Und horch! wie die Lerchen singen, die haben's gut, die brauchen sich nicht zu besinnen, was sie zu sagen und was sie zu tun haben. Und dort treibt der Metzger mit seinem Hund ein Kalb aus dem Dorfe. Der Metzgerhund hat eine ganz andere Stimme als die Lerche, aber freilich, mit Lerchengesang kann man auch kein Kalb treiben...«

»Wohin mit dem Füllen?« rief der Kohlenmathes aus seinem Fenster einem jungen Burschen zu, der ein schönes, junges Füllen am Halfter führte.

»Der Rodelbauer hat's verkauft,« lautete die Antwort, und bald wieherte das Füllen weiter unten im Tale. Amrei, die das hörte, mußte wiederum denken: »Ja, so ein Tier verkauft man von der Mutter weg, und die Mutter weiß es kaum; und wer's bezahlt, der hat's eigen; und einen Menschen kann man nicht kaufen, und wer nicht will, für den gibt's kein Halfter. Und dort kommt jetzt der Rodelbauer mit seinen Pferden, und das große Füllen springt neben her. Du wirst auch bald eingespannt. Und vielleicht wirst du auch verkauft. Ein Mensch wird nicht gekauft, verdingt sich bloß. So ein Tier kriegt für seine Arbeit keinen andern Lohn als Essen und Trinken und braucht auch sonst nichts, aber ein Mensch kriegt noch Geld dazu als Lohn. Ja, ich kann jetzt Magd sein, und von meinem Lohn tue ich den Dami in die Lehre, er will ja auch Maurer werden. Und wenn wir beim Ohm sind, ist der Dami nicht mehr so mein wie jetzt. Und horch, jetzt fliegt der Star heim, da oben ins Haus, das ihm noch der Vater hergerichtet, und er singt noch einmal lustig. Und der Vater hat das Haus aus alten Brettern gemacht. Ich weiß noch, wie er gesagt hat, daß ein Star nicht in ein Haus von neuen Brettern zieht, und so ist mir's auch... Du, Baum, jetzt weiß ich's: wenn du rauschest, so lange ich heute noch da bin, so bleibe ich da.« ... Und Amrei horchte tief auf. Bald war's ihr, als rauschte der Baum, dann aber sah sie nach den Zweigen und diese waren unbewegt, sie wußte nicht mehr, was sie hörte.

Mit lärmendem Geschnatter kam es jetzt herbei und eine Staubwolke ging voraus. Es war die Gänseherde, die vom Holderwasen hereinkam. Amrei ahmte vor sich hin lange das Geschnatter nach.

Die Augen fielen ihr zu, sie war eingeschlummert.

Ein ganzer Frühling von Blüten war aufgebrochen in dieser Seele, und die Blütenbäume im Tale, die den Nachttau einsogen, schickten ihre Dünste hinüber zu dem Kinde, das eingeschlafen war auf der Heimaterde, von der es sich nicht trennen konnte.

Es war schon lange Nacht, als sie erwachte und eine Stimme rief: »Amrei, wo bist du?« Sie richtete sich auf und antwortete nicht. Sie schaute verwundert nach den Sternen, und es war ihr, als ob diese Stimme vom Himmel käme; erst als sich die Stimme wiederholte, erkannte sie den Ton der Marann' und antwortete: »Da bin ich!« Und jetzt kam die schwarze Marann' und sagte: »O, das ist gut, daß ich dich gefunden habe. Im ganzen Dorf sind sie wie närrisch. Der eine sagt: er habe dich im Walde gesehen; der. andere ist dir im Felde begegnet, wie du jammernd dahingerannt bist und auf keinen Ruf dich umgekehrt hast. Und mir ist's gewesen, als wenn du in den Teich gesprungen wärst. Brauchst dich nicht zu fürchten, liebes Kind, brauchst nicht zu entfliehen. Es kann dich niemand zwingen, daß du mit deinem Ohm gehst.«

»Wer hat denn gesagt, daß ich nicht will?«

Plötzlich fuhr ein rascher Windhauch durch den Baum, daß er mächtig rauschte.

»Und freilich will ich nicht,« schloß Amrei und hielt die Hand an den Baum.

»Komm heim, es bricht ein arges Wetter los, der Wind wird's gleich da haben,« drängte die schwarze Marann'.

Wie taumelnd ging Amrei mit der schwarzen Marann' ins Dorf hinein. Was war denn das. daß die Menschen sie durch Feld und Wald irrend gesehen haben wollten, oder sprach das nur die Marann'?

Die Nacht war stockdunkel, nur plötzlich leuchteten rasche Blitze und ließen die Häuser im hellen Tageslicht erscheinen, so daß das Auge geblendet wurde und man stillstehen mußte, und war der Blitz verschwunden, so sah man gar nichts mehr. Im eigenen Heimatsdorfe waren die beiden wie in der Fremde verirrt und schritten nur unsicher vorwärts. Dazu wirbelte es Staub auf. so daß man vor Betäubung fast nicht vom Flecke kam; in Schweiß gebadet arbeiteten sich die beiden vorwärts und kamen endlich unter schwer fallenden Tropfen an ihrer Behausung an.

Ein Windstoß riß die Haustüre auf und Amrei sagte:

»Tu dich auf.«

Sie mochte an ein Märchen gedacht haben, wo sich aus ein Rätselwort ein Zauberschloß auftut.

5. Kapitel.

Auf dem Holderwasen

Als am andern Morgen der Ohm kam, erklärt Amrei, daß sie dabliebe. – Es lag eine seltsame Mischung von Bitterkeit und Wohlwollen darin, als der Ohm sagte: »Freilich, du artest deiner Mutter nach, und die hat nie etwas von uns wissen wollen; aber ich kann den Dami allein nicht mitnehmen, wenn er auch ginge. Der kann noch lange nichts als Brot essen; du hättest es auch verdienen können.«

Amrei entgegnete, daß sie das vor der Hand hierzulande wolle, und daß sie mit ihrem Bruder später, wenn der Ohm noch so gut gesinnt bleibe, ja zu ihm kommen könne.

In der Art, wie nun der Ohm seine Teilnahme für die Kinder ausdrückte, wurde der Entschluß Amreis wieder etwas schwankend, aber in ihrer besondern Weise wagte sie das nicht kundzugeben; sie sagte nur: »Grüßet mir auch Eure Kinder und saget ihnen, daß es mir recht hart ist, daß ich meine nächsten Anverwandten gar nie gesehen hab, und daß sie jetzt weit über's Meer ziehen und ich sie vielleicht mein Lebenlang nicht mehr sehe.«

Der Ohm machte sich rasch auf und gab nur noch Amrei den Auftrag, den Dami von ihm zu grüßen, er habe keine Zeit mehr, ihm Lebewohl zu sagen.

Er ging davon.

Als bald darauf Dami kam und die Abreise des Ohms erfuhr, wollte er ihm nachrennen und selbst Amrei war entschlossen dazu; aber sie bezwang sich wieder, dem nicht nachzugeben. Sie redete und tat, als ob jemand ihr jedes Wort und jede Regung befohlen hätte, und doch schweiften ihre Gedanken fort, die Wege nach, die jetzt der Ohm ging. Sie ging mit ihrem Bruder Hand in Hand durch das Dorf und nickte allen Leuten zu, die ihr begegneten. Sie war jetzt erst wieder zu allen zurückgekehrt. Man hatte sie ja fortreißen wollen und sie meinte, alle anderen müßten ebenso froh sein wie sie selber; aber sie merkte bald, daß man sie nicht nur gerne gehen ließ, sondern daß man ihr sogar zürnte, weil sie nicht gegangen war. Der Krappenzacher machte ihr die Augen auf, indem er sagte: »Ja, Kind, du hast einen Trotzkopf, und das ganze Dorf ist dir bös, weil du dein Glück mit Füßen von dir gestoßen hast. Wer weiß, ob's ein Glück gewesen war', aber sie nennen's jetzt so, und wer dich ansieht, rechnet dir vor, was du alles aus der Gemeinde hast. Darum mach', daß du bald aus dem öffentlichen Almosen kommst.«

»Ja, was soll ich machen?«

»Die Rodelbäuerin möchte dich gern in Dienst nehmen, aber der Bauer will nicht.«

Amrei mochte fühlen, daß sie sich fortan doppelt tapfer halten müsse, damit sie kein Vorwurf treffe, weder von sich noch von andern, und sie fragte daher abermals: »Wisset Ihr denn gar nichts?«

»Freilich, du mußt dich nur vor nichts scheuen als vor'm Betteln. Hast denn nicht gehört, daß der närrische Fridolin gestern der Kirchbäuerin zwei Gänse totgeschlagen hat? Der Ganshirtendienst ist nun leer und ich rate dir, nimm du ihn.«

Das war nun bald geschehen, und am Mittag trieb Amrei die Gänse auf den Holderwasen, wie man den Weideplatz auf der kleinen Anhöhe beim Hungerbrunnen nannte. Dami half der Schwester getreulich dabei.

Die schwarze Marann' war indes sehr unzufrieden mit dieser neuen Bedienstung und behauptete, wohl nicht mit Unrecht: »Es geht einem sein Leben lang nach, wenn man so einen Dienst gehabt hat; die Leute vergessen's einem nie und sehen einen immer drauf an, und es besinnt sich jedes, dich einmal in den Dienst zu nehmen, weil es heißen wird: das ist ja die Gänsehirtin; und wenn man dich auch aus Barmherzigkeit nimmt, kriegst du schlechten Lohn und schlechte Behandlung, da heißt es immer: das ist gut genug für die Gänsehirtin.«

»Das wird nicht so arg sein,« erwiderte Amrei, »und Ihr habt mir ja viel hundert Geschichten erzählt, wie eine Gänsehirtin Königin geworden ist.«

»Das war in alten Zeiten. Aber wer weiß, du bist noch von der alten Welt; manchmal ist mir's gar nicht, als wärst du ein Kind, wer weiß, du alte Seele, vielleicht geschieht dir noch ein Wunder.«

Der Hinweis, daß sie noch nicht auf der untersten Stufe der Ehrenleiter gestanden, sondern daß es noch etwas gebe, wodurch sie herabsteige, machte Amrei plötzlich stutzig. Für sich selber eroberte sie nichts weiter daraus, aber sie duldete es fortan nicht mehr, daß Dami mit ihr die Gänse hütete. Er war ein Mann, er sollte einer werden, und ihm konnte es schaden, wenn man ihm einst nachsagte, daß er vormals die Gänse gehütet habe. Aber mit allem Eifer konnte sie ihm das nicht klar machen, und er trotzte mit ihr; denn so ist es immer: gerade an dem Punkte, wo das Verständnis aufhört, beginnt eine innere Verdrossenheit. Die innere Ohnmacht übersetzt sich in äußeres Unrecht und erfahrene Kränkung.

Amrei freute sich fast, daß Dami viele Tage so bös mit ihr sein konnte; er lernte doch jetzt an ihr sich gegen die Welt zu stemmen und auch seinen eigenen Willen zu behaupten. Dann bekam indes auch bald ein Amt. Er wurde von seinem Pfleger, dem Rodelbauern, als Vogelscheuche benutzt, er durfte im Baumgarten des Rodelbauern den ganzen Tag die Rassel drehen, um die Sperlinge von den Frühkirschen und aus den Salatbeeten zu verscheuchen, aber er gab das Amt, das ihn Anfangs als Spiel vergnügt hatte, bald wieder auf.

Es war ein fröhliches, aber auch ein mühsames Amt, das Amrei übernommen hatte, besonders war es ihr oft schwer, daß sie nichts zu machen wußte, wodurch sie die Tiere an sich fesselte. Ja, sie waren kaum von einander zu unterscheiden. Und es war nicht uneben, was ihr einst die schwarze Marann', als sie aus dem Moosbrunnenwalde kam, darüber sagte: die Tiere, die in Herden leben, sind jedes für sich allein dumm.

»Und ich mein' auch.« setzte Amrei fort: »die Gänse sind deswegen dumm, weil sie zu vielerlei können; sie können schwimmen, laufen und fliegen, sind aber nicht im Wasser, nicht auf dem Boden und nicht in der Luft recht daheim … das macht sie dumm.«

»Ich bleib' dabei,« entgegnete die schwarze Marann', »in dir steckt noch ein alter Einsiedel.«

In der Tat bildete sich auch ein einsiedlerisches Träumen in Amrei aus, seltsam durchzogen von allerlei heller Lebensberechnung. Wie sie bei allem Träumen und Betrachten emsig fortstrickte und keine Masche fallen ließ, und wie hier an der Ecke beim Holzbirnenbaum der betäubende Nachtschatten und die erfrischende Erdbeere so nahe beieinander wachsen, daß sie fast aus derselben Wurzel zu sprossen scheinen, so war klares Ausschauen und träumerisches Hindämmern in der Seele des Kindes nahe beieinander.

Der Holderwasen war kein einsam abgelegener Platz, den die stille Märchenwelt, draus es glimmt und glitzert, gerne heimsucht. Mitten durch den Holderwasen führte ein Feldweg nach Endringen und nicht weit davon standen die verschiedenfarbigen Grenzpfähle mit den Wappenschildern zweier Herren, deren Länder hier aneinander stießen. Mit Ackerfuhrwerk allerlei Art zogen hier die Bauern vorüber, und Männer, Frauen und Mädchen gingen hin und her mit Hacke, Sense und Sichel. Die Landjäger der beiden Länder kamen auch oft vorüber, und der Flintenlauf glitzerte von fernher und noch weit nach. Ja Amrei wurde fast immer vom Endringer Landjäger begrüßt, wenn sie am Wege saß, und sie sollte manchmal Auskunft geben, ob nicht dieser oder jener hier vorbeigekommen sei; aber sie wußte nie Bescheid, vielleicht auch verhehlte sie ihn aus jener inneren Abneigung des Volkes und besonders der Dorfkinder, die die Landjäger für alle Zeit gewaffnete Feinde der Menschheit halten, so da umgehen und suchen, wen sie verschlingen.

Der Theisles-Manz, der hier am Wege die Steine klopfte, redete fast kein Wort mit Amrei; er ging verdrossen von Steinhaufen zu Steinhaufen, und sein Klopfen war noch unaufhörlicher als das Picken des Spechtes im Moosbrunnenwalde und gehörte mit zu dem Schrillen und Zirpen der Heuschrecken in den nahen Wiesen und Kleefeldern.

Aber über alles menschliche Getriebe hinüber wurde Amrei doch oft ins Reich der Träume getragen. Wie die Lerchen in der Luft singen und jubeln und nichts davon wollen: wo ist die Grenze des Ackers von diesem und jenem? Ja, wie sie sich hinwegschwingen über die Grenzpfähle ganzer Länder, so wußte die Seele des Kindes nichts mehr von den Schranken, die das beengte Leben der Wirklichkeit setzt. Das Gewohnte wird zum Wunder, das Wunder wird zum Alltäglichen. Horch, wie der Kuckuck ruft! Das ist das lebendige Echo des Waldes, das sich selbst ruft und antwortet; und jetzt sitzt der Vogel über dir im Holzbirnenbaum, darfst aber nicht aufschauen, sonst fliegt er fort. Wie er so laut ruft, so unermüdlich! Wie weit das tönt, wie weit man das hört! Der kleine Vogel hat eine stärkere Stimme als ein Mensch. Setz' dich auf den Baum, ahme ihm nach, man hört dich nicht so weit als den faustgroßen Vogel. Still, vielleicht ist es doch ein verzauberter Prinz und plötzlich fängt er an zu reden. Ja, gib du mir nur Rätsel auf, laß mich nur besinnen, ich finde schon die Auflösung, und dann erlöse ich dich, und wir ziehen in dein goldenes Schloß und nehmen die schwarze Marann' und den Dami mit, und der Dami heiratet die Prinzessin, deine Schwester; und wir lassen den Johannes von der schwarzen Marann' in der ganzen Welt suchen, und wer ihn findet, kriegt ein Königreich. Ach, warum ist denn das alles nicht wahr? Und warum hat man denn das alles ausgedacht, wenn es nicht wahr ist?

Während die Gedanken Amreis über alle Grenzen hinausgegangen waren, fühlten sich auch die Gänse unbeschränkt und taten sich gütlich an benachbarten Klee- oder gar Gersten- und Haferäckern. Aus ihren Träumen erwachend, scheuchte dann Amrei mit schwerer Mühe die Gänse wieder zurück, und wenn diese Freibeuter bei ihrem Regiments angekommen waren, wußten sie gar viel zu erzählen von dem gelobten Lande, wo sie sich gütlich getan; da war des Erzählens und Schnatterns kein Ende, und noch lange sprach da und dort eine Gans, wie träumend, ein bedeutsames Wort vor sich hin, und da und dort steckte eine den Schnabel unter die Flügel und träumte in sich hinein.

Und wieder trug es Amrei hinauf. Schau, dort fliegen die Vögel; kein Vogel in der Luft strauchelt, auch die Schwalbe nicht in ihrem Kreuzfluge; immer sicher, immer frei. O! wer nur auch fliegen könnte! Wie müßte die Welt aussehen von da oben, wo die Lerche ist. Juchhe! Immer höher, immer höher und weiter und weiter! Ich fliege in die weite Welt zu der Landfriedbäuerin und sehe, was sie macht, und frage, ob sie noch mein gedenkt.

»Gedenkst du mein in fernen Landen?«

So sang Amrei plötzlich aus all dem Denken, Schwirren und Sinnen heraus. Und ihr Atem, der beim Gedanken des Fluges rascher gegangen war, als schwebte sie schon wirklich in höherer Luftschicht, wurde wieder ruhig und gemessen.

Aber nicht immer glühen die Wangen in wachen Träumen, nicht immer leuchtet die Sonne hell in die offenen Blüten und in die wogende Saat. Noch im Frühling kamen jene naßkalten Tage, in denen die Blütenbäume wie frierende Fremdlinge stehen; tagelang läßt sich die Sonne kaum blicken und ein starres Frösteln geht durch die Natur, nur bisweilen unterbrochen vom Aufzucken eines Windstoßes, der Ruten von den Bäumen reißt und fortträgt. Die Lerche allein jubiliert noch in den Lüften, wohl über den Wolken, und der Fink stößt seinen klagenden Ton aus vom Holzbirnenbaum, an dessen Stamm gelehnt Amrei steht. Der Theisles-Manz hat sich weiter unten beim rotangestrichenen hölzernen Kreuz unter die Linde gestellt, in streifenweisen Schüttern prasselt der Hagel hernieder, und die Gänse strecken die Schnäbel empor, wie man sagt, damit es ihnen das weiche Hirn nicht einschlage; aber da drüben hinter Endringen ist's schon hell, und die Sonne bricht bald hervor, und die Berge, der Wald, die Felder, alles sieht aus wie ein Menschenantlitz, das sich in Furcht ausgeweint hat und nun hellglänzend in Freude strahlt. Die Vögel in der Luft und von den Bäumen jubeln, und die Gänse, die sich im Wetterschauer zusammengedrängt und die Schnäbel verwundert aufgestreckt hatten, wagen sich wieder auseinander, und grasen und schnattern und besprechen das vorübergegangene Ereignis mit der jungen, flaumweichen Brut, die dergleichen noch nicht erlebt hat. –

Gleich nachdem Amrei vom ersten Unwetter überfallen worden war, hatte sie für künftige Fälle Vorsorge getroffen. Sie trug immer einen leeren Kornsack, den sie noch vom Vater ererbt hatte, mit hinaus auf den Ganstrieb. Zwei gekreuzte Aexte mit dem Namen des Vaters waren noch deutlich auf dem Sacke abgemalt, und bei Gewittern deckte sie sich mit dem Sacke zu und wickelte sich fest hinein; da saß sie dann wie unter einem schützenden Dache und schaute hinein in den unfaßbaren wilden Kampf am Himmel. Ein kalter Schauer, der in Wehmut überging, wollte sich gar oft Amreis bemächtigen, sie wollte weinen über ihr Schicksal, das sie so allein, verlassen von Vater und Mutter, hinaus stellte; aber sie gewann schon früh eine Kunst und eine Kraft, die sich schwer lernt und übt: die Tränen hinabwürgen. Das macht die Augen frisch und doppelt hell mitten in allem Trübsal und aus ihm heraus.

Amrei bezwang ihre Wehmut besonders in Erinnerung an einen Spruch der schwarzen Marann': »Wer nicht will, daß ihn die Hände frieren, muß eine Faust machen.« Amrei tat so, geistig und körperlich, sah trotzig in die Welt hinein, und bald kam Heiterkeit über ihr Antlitz; sie freute sich der prächtigen Blitze und ahmte leise vor sich den Donner nach. Die Gänse, die sich wieder zusammengeduckt hatten, schauten seltsam drein, sie hatten's aber doch gut: alle Kleider, die sie brauchen, sind ihnen auf den Leib gewachsen, und für das. was man ihnen im Frühling ausgerupft hat. ist schon wieder anderes da, und jetzt, da das Wetter vorüber ist, jubelt wieder alles in der Luft und auf den Bäumen, und die Gänse freuen sich des seltenen Schmauses; in drängenden Haufen zerren sie an Schnecken und Fröschen, die sich herausgewagt haben.

Von dem tausendfältigen Sinnen, das in Amrei lebte, erhielt nur die schwarze Marann' bisweilen Kunde, wenn sie, vom Walde kommend, ihre Holzlast und ihre in einem Sacke gefangenen Maikäfer und Würmer bei der Hirtin abstellte. Da sagte Amrei eines Tages: »Bas', wisset Ihr auch, warum der Wind weht?«

»Nein, weißt denn du's?«

»Ja, ich hab's gemerkt. Gucket, alles was wächst, muß sich umtun. Der Vogel da fliegt, der Käfer da kriecht, der Has', der Hirsch, das Pferd und alle Tiere die laufen, und der Fisch schwimmt und der Frosch auch, und da steht der Baum und das Korn und das Gras, und das kann nicht fort und soll doch wachsen und sich umtun, und da kommt der Wind und sagt: bleib du nur stehen, ich will dich schon umtun, so. Siehst du, wie ich dich drehe und wende und biege und schüttle? Sei froh, daß ich komm', du müßtest sonst Verhocken und es würde nichts aus dir; es tut dir gut, wenn ich dich müd' mache, du wirst es schon spüren.«

Die schwarze Marann' sagte in der Regel auf solche Kundgebungen nichts weiter als ihren gewohnten Spruch: »Ich bleibe dabei, in dir steckt die Seele von einem alten Einsiedel.«

Nur einmal half die Marann' den stillen Betrachtungen Amreis auf eine andere Spur.

Die Wachtel schlug bereits im hohen Roggenfelde, und neben Amrei sang fast einen ganzen Tag unaufhörlich eine Feldlerche am Boden, sie wanderte hin und her und sang immer so innig, so ins tiefste Herz hinein, es war ein Saugen der Lebenslust. Das klang noch viel schöner als die Töne der Himmelslerche, die sich aufschwingt in die Luft, und oftmals kam der Vogel ganz nahe, und Amrei sagte fast laut vor sich hin: »Warum kann ich dir's nicht sagen, daß ich dir nichts tun will? Bleib nur da!« Aber der Vogel war scheu und versteckte sich immer wieder. Und Amrei sagte schnell überlegt vor sich hin: »Es ist doch wieder gut, daß die Vögel scheu sind, man könnte ja sonst die diebischen Sperlinge nicht vertreiben.« Als am Mittag die Marann' kam, sagte Amrei: »Ich möcht' nur wissen, was so ein Vogel den lieben langen Tag zu sagen hat, und er schwätzt sich gar nicht aus.«

Darauf erwiderte die Marann': »Schau, so ein Tierlein kann nichts bei sich behalten und in sich hineinreden; im Menschen aber spricht sich immer etwas in ihm fort, das hört auch nie auf, aber es wird nicht laut; da sind Gedanken, die singen, weinen und reden, aber ganz still, man hört's selber kaum; so ein Vogel aber, wenn er zu singen aufgehört hat, ist fertig und frißt oder schläft.«

Als die schwarze Marann' mit ihrer Holztraget fortging, schaute ihr Amrei lächelnd nach: »Die ist jetzt ein stillsingender Vogel,« dachte sie, und niemand als die Sonne sah, wie das Kind noch lange vor sich hinlächelte.

Tag auf Tag lebte Amrei so dahin; stundenlang konnte sie träumerisch zusehen, wie der Schatten vom Gezweig des Holzbirnenbaums sich von dem Winde auf der Erde bewegte, daß die dunkeln Punkte wie Ameisen durcheinanderkrochen, dann starrte sie wieder auf eine feststehende Wolkenbank, die am Himmel glänzte, oder auf jagende flüchtige Wolken, die einander fortschoben. Und wie draußen im weiten Raume, so standen und jagten, stiegen und zerflossen auch in der Seele des Kindes allerlei Wolkenbilder, unfaßlich und nur vom Augenblick Dasein und Gestalt empfangend. Wer aber weiß, wie die Wolkenbildungen draußen in der Weite und im engen Herzensraum zerfließen und sich wandeln?

Wenn der Frühling anbricht über der Erde, du kannst nicht fassen all das tausendfältige Keimen und Sprossen auf dem Grunde, all das Singen und Jubeln auf den Zweigen und in den Lüften. Eine einzige Lerche fasse fest mit Auge und Ohr, sie schwingt sich auf, eine Weile siehst du sie noch, wie sie die Flügel schlägt, eine Weile unterscheidest du sie noch als dunkeln Punkt, dann aber ist sie verschwunden; du hörst nur noch ein Singen und weißt nicht, von wannen es kommt. Und könntest du nur einer einzigen Lerche im freien Raume einen ganzen Tag lauschen, du würdest hören, daß sie am Morgen, am Mittag und am Abend ganz anders singt; und könntest du ihr nachspüren vom ersten zaghaften Frühlingsjauchzen an, du würdest hören, wie ganz andere Töne sie im Frühling, im Sommer und im Herbste in ihren Gesang mischt. Und schon über den ersten Stoppelfeldern singt eine neue Lerchenbrut.

Und wenn der Frühling anbricht in einem Menschengemüte, wenn die ganze Welt sich auftut, vor ihm, in ihm, du kannst die tausend Stimmen, die es umfließen, das tausendfältige Knospen auf dem Grunde und wie es immer weiter gedeiht, nicht fassen und festhalten. Du weißt nur noch, daß es singt, daß es sproßt.

Und wie still lebt sich's dann wieder, wie eine festgewurzelte Pflanze. Da ist der Wiesenzaun beim Holzbirnenbaum, die Schlehen blühen früh auf und werden nur selten zeitig. Und welch eine schöne Blüte hatte die Mehlbeere, wie kräftig duftete das und jetzt sind schon kleine Birnen daraus geworden und schon färben sie sich rot, und auch die giftige Einbeere beginnt schon schwarz zu werden. Es kommen jene hellen, schnittreifen Erntetage, wo der Himmel so wolkenlos blau, daß man den ganzen Tag den Halbmond, und wie er sich dann füllt und wieder abnimmt, wie ein feingezirteltes Wölkchen am Himmel sieht. Draußen in der Natur und im Menschengemüte ist es wie ein leises Atemanhalten vor einem Ziele.

Das war bald ein Leben auf dem Wege, der durch den Holderwasen führt! Schnellrasselnd fuhren die leeren Leiterwagen dahin, und darauf saßen Frauen und Kinder und lachten, auf- und niedergehoben vom Schüttern des Wagens wie vom Lachen, und dann fuhren die garbenbeladenen Wagen leise und nur manchmal krächzend heimwärts, und Schnitter und Schnitterinnen gingen nebenher.

Amrei hatte von der reichen Ernte fast nicht mehr als ihre Gänse, die sich manchmal in kecker Zudringlichkeit an die beladenen Wagen herandrängten und eine herunterhängende Aehre abrauften.

Wenn das erste Stoppelfeld draußen im Feldgebreite sich auftut, kommt bei aller Freude über den eingeheimsten Erntesegen doch auch ein gewisses Bangen in das Menschengemüt; die Erwartung ist Erfüllung geworden, und wo alles so wogend stand, wird es nun kahl. Die Zeit wandelt sich. Der Sommer wendet sich zur Neige.

Der Brunnen auf dem Holderwasen, in dessen Abfluß sich die Gänse behaglich tummelten, hatte das beste Wasser in der Gegend, und die Vorüberziehenden versäumten selten, an der breiten Röhre zu trinken, während ihr Zugvieh indes vorauslief; sich den Mund abwischend und den Davongeeilten nachschreiend, lief man ihm dann nach. Andere tränkten vom Feld heimkehrend hier ihr Zugvieh.

Amrei erwarb sich die Gunst vieler Menschen durch einen kleinen irdenen Topf, den sie sich von der schwarzen Marann' erbettelt hatte, und so oft nun ein Vorüberziehender sich nach dem Brunnen begab, kam Amrei herbei und sagte: »Da könnet Ihr besser trinken.« Bei der Rückgabe des Topfes ruhte mancher freundliche Blick bald länger, bald kürzer auf ihr, und das tat ihr so wohl, daß sie fast böse wurde, wenn Leute vorübergingen, ohne zu trinken. Sie stand dann mit ihrem Topfe beim Brunnen, ließ voll laufen und goß aus, und wenn all dieses Zeichengeben nichts half, überraschte sie die Gänse mit einem unverhofften Bade und überschüttete sie.

Eines Tages kam ein Bernerwägelein mit zwei stattlichen Schimmeln dahergefahren, ein breiter, oberländischer Bauer nahm den Doppelsitz fast vollends ein. Er hielt am Wege und fragte:

»Mädle! hast du nichts, daß man da trinken kann?«

»Freilich, ich hol' schon.«

Behend brachte Amrei ihr Gefäß voll Wasser herbei.

»Ah,« sagte der Oberländer, nachdem er einen guten Zug getan und absetzte, und mit triefendem Munde fuhr er dann, halb in den Krug hineinsprechend, fort: »Es gibt doch in der ganzen Welt kein solches Wasser mehr.«

Er setzte wiederum an und winkte dabei Amrei, daß sie still sein solle, denn er hatte eben wieder mächtig zu trinken begonnen, und es gehört zu den besondern Unannehmlichkeiten, während des Trinkens angesprochen zu werden; man trinkt in Hast und spürt ein Drücken davon.

Das Kind schien das zu verstehen, und erst, nachdem der Bauer den Krug zurückgegeben, sagte es:

»Ja, das Wasser ist gut und gesund, und wenn Ihr Eure Pferde tränken wollt, für die ist es besonders gut; sie kriegen keinen Stränge!«

»Meine Gäul' sind heiß und dürfen jetzt nicht saufen. Bist du von Haldenbrunn, Mädle?«

»Freilich!«

»Und wie heißt du?«

»Amrei.«

»Und wem gehörst du?«

»Niemand mehr. Mein Vater ist der Josenhans gewesen.«

»Der Josenhans, der beim Rodelbauer gedient hat?«

»Hab' ihn gut gekannt. Ist hart, daß er so früh hat sterben müssen. Wart', Kind, ich geb' dir was.« Er holt einen großen Lederbeutel aus der Tasche, suchte lange darin und sagte endlich: »Säh! da nimm!«

»Ich will nichts geschenkt, ich danke, ich nehm' nichts.«

»Nimm nur, von mir kannst schon nehmen. Ist der Rodelbauer dein Pfleger?«

»Jawohl.«

»Hätt' auch was Gescheiteres tun können, als dich zur Ganshirtin zu machen. Behüt dich Gott!«

Fort rollte der Wagen und Amrei hielt eine Münze in der Hand.

»Von mir kannst schon nehmen ... Wer ist denn der Mann, daß er das sagt, und warum gibt er sich nicht zu erkennen? Ei, das ist ein Groschen, da ist ein Vogel drauf. Nun, er wird nicht arm davon und ich nicht reich.«

Den ganzen Tag bot Amrei keinem Vorüberziehenden mehr ihren Topf an. Sie hatte eine geheime Scheu, daß sie wieder beschenkt werden könnte.

Als sie am Abend heim kam, sagte ihr die schwarze Marann', daß der Rodelbauer nach ihr geschickt habe, sie solle gleich zu ihm kommen.

Amrei eilte zu ihm und der Rodelbauer sagte zu ihr beim Eintritt:

»Was hast du dem Landfriedbauer gesagt?«

»Ich kenne keinen Landfriedbauer.«

»Er ist ja heut bei dir gewesen auf dem Holderwasen und hat dir was geschenkt.«

»Ich hab' nicht gewußt, wer es ist, und da ist sein Geld noch.«

»Das geht mich nichts an. Sag offen und ehrlich, du Teufelsmädle: habe ich dir zugeredet, daß du Ganshirtin werden sollst? Und wenn du es nicht noch heut am Tage aufgibst, bin ich dein Pfleger nicht mehr. Ich lasse mir so was nicht nachsagen.«

»Ich werde allen Menschen berichten, daß Ihr nicht dran Schuld seid; aber den Dienst aufgeben, das kann ich nicht, den Sommer über wenigstens bleib' ich dabei. Ich muß ausführen, was ich angefangen hab'.«

»Du bist ein hagebüchenes Gewächs,« schloß der Bauer und verließ die Stube; die Bäuerin aber, die krank im Bette lag, rief: »Du hast recht, bleib nur so: ich prophezeie dir's, daß dir's noch gut geht. Man wird noch in hundert Jahren von einem, das Glück hat, im Dorfe sagen: dem geht's wie des Brosis Severin und wie des Josenhansen Amrei. Dir fällt dein trocken Brot noch in den Honigtopf.«

Die kranke Rodelbäuerin galt für überhirnt, und von einer wahren Gespensterfurcht gepackt, ohne ihr eine Antwort zu geben, eilte Amrei davon.

Der schwarzen Marann' erzählte Amrei, daß ihr ein Wunder geschehen sei: der Landfriedbauer, an dessen Frau sie so oft denke, habe mit ihr geredet, sich ihrer beim Rodelbauer angenommen und ihr etwas geschenkt. Sie zeigte nun das Geldstück. Da rief die Marann' lachend:

»Ja, das hätt' ich von selbst erraten, daß das der Landfriedbauer gewesen ist. Das ist der echte! Schenkt der dem armen Kind einen falschen Groschen.«

»Warum ist er denn falsch?« fragte Amrei, und Tränen schossen ihr in die Augen.

»Das ist ein abschätziger Vögelesgroschen, der ist nur anderthalb Kreuzer wert.«

»Er hat mir eben nur anderthalb Kreuzer schenken wollen,« sagte Amrei streng. Und hier zum ersten Mal zeigte sich ein innerer Widerspruch Amreis mit der schwarzen Marann'. Diese freute sich fast über jede Boshaftigkeit, die sie von den Menschen hörte, Amrei dagegen legte gern alles zum Guten aus, sie war immer glücklich, und so sehr sie sich auch in der Einsamkeit in Träume verlor, sie erwartete doch in der Tat nichts; sie war überrascht von allem, was sie bekam, und war stets dankbar dafür.

»Er hat mir nur anderthalb Kreuzer schenken wollen, nicht mehr, und das ist genug und ich bin zufrieden.« Das sagte sie noch oft trotzig vor sich hin, während sie einsam ihre Suppe aß, als spräche sie noch mit der Marann', die gar nicht in der Stube war und unterdes ihre Ziege molk.

Noch in der Nacht nähte sich Amrei zwei Flicken zusammen und den Groschen dazwischen, hing das wie ein Amulett um den Hals und verbarg es an der Brust. Es war. als ob der geprägte Vogel auf der Münze allerlei auf der Brust, darauf er ruhte, wecke; denn voll innerer Lust sang und summte Amrei allerlei Lieder, tagelang vom Morgen bis zum Abend, und dabei dachte sie immer wieder hinaus zu dem Landfriedbauern; sie kannte jetzt den Bauer und die Bäuerin und hatte von beiden ein Andenken, und es war ihr immer, als ließe man sie nur noch eine Weile da, dann kommt wieder das Bernerwägelein mit den zwei Schimmeln, drin sitzen die Bauersleute und holen sie ab und sagen: du bist unser Kind; denn gewiß erzählt jetzt der Bauer daheim von der Begegnis mit ihr.

Mit seltsamen Blicken starrte sie oft in den Herbsthimmel, er war so hell, so wolkenrein; und auf der Erde, da sind die Wiesen noch so grün, und der Hanf liegt zum Dörren darauf gebreitet wie ein feines Netz; die Zeitlosen schauen dazwischen auf, und die Raben fliegen darüber hin und ihr schwarzes Gefieder glitzert hell im Sonnenglanz; kein Luftzug weht, die Kühe weiden auf den Stoppeläckern. Peitschenknallen und Singen tönt von allen Aeckern, und der Holzbirnenbaum schauert still in sich zusammen und schüttelt die Blätter ab. Der Herbst ist da.

So oft Amrei jetzt abends heimkehrte, schaute sie die schwarze Marann' fragend an, sie meinte, diese müsse ihr sagen, daß der Landfriedbauer geschickt habe, um sie abzuholen, und mit schwerem Herzen trieb sie die Gänse auf die Stoppelfelder, die so entfernt waren vom Wege, und immer wieder lenkte sie nach dem Holderwasen. Aber schon standen die Hecken blätterlos, die Lerchen zwitscherten kaum mehr in schwerem niederem Fluge, und noch immer kam keine Nachricht, und Amrei hatte ein tiefes Bangen vor dem Winter, als wie vor einem Kerker. Sie tröstete sich nur mit dem Lohne, den sie jetzt erhielt, und der war allerdings reichlich. Keine ihrer Untergebenen war gefallen, ja nicht einmal eine flügellahm geworden. Die schwarze Marann' verkaufte nicht nur die Federn, die Amrei gesammelt hatte, zu gutem Preise, sondern wies auch Amrei an, daß sie sich nicht nach altem Brauche neben dem allgemeinen Geldlohn ein Stück Kirchweihkuchen geben lasse für jede einzelne Gans, die sie gehütet hatte; sie ließ sich vielmehr den Kuchen in Brot verwandeln, und so hatten sie fast den ganzen Winter vollauf Brot, freilich oft sehr altbackenes, aber Amrei hatte, wie die schwarze Marann' sagte, lauter gesunde Mauszähne, mit denen sie alles knuppern konnte.

Als man im Dorfs nichts als Dreschen hörte, sagte Amrei einmal: »Den ganzen Sommer lang hört das Korn in der Aehre nichts als Lerchengesang, und jetzt schlagen ihm die Menschen mit dem Dreschflegel auf den Kopf; das klingt ganz anders.«

»In dir steckt eben ein alter Einsiedel,« lautete wiederum der Endreim der schwarzen Marann'.

6. Kapitel.

Die Eigenbrödlerin.

Eine Frau, die ein einsam abgeschiedenes Leben führt, sich ihr Brot ganz allein backt, nennt man eine Eigenbrödlerin, und eine solche hat in der Regel auch noch allerlei Besonderheiten. Niemand hatte mehr Recht und mehr Neigung, eine Eigenbrödlerin zu sein als die schwarze Marann', obgleich sie nie etwas zu braten hatte, denn Habermus und Kartoffeln, und Kartoffeln und Habermus waren ihre einzigen Speisen. Sie lebte immer abgesondert in sich hinein und verkehrte nicht gern mit den Menschen. Nur gegen den Herbst war sie stets voll hastiger Unruhe, sie plauderte um diese Zeit viel vor sich hin und redete auch die Menschen von freien Stücken an, besonders Fremde, die durch das Dorf gingen; denn sie erkundigte sich, ob die Maurer von da und dort schon zur Winterrast heimgekehrt seien und ob sie nichts von ihrem Johannes berichtet hätten. Wenn sie die Leinwand, die sie den Sommer über gebleicht hatte, noch einmal kochte und auswusch und dabei die ganze Nacht aufblieb, murmelte sie stets vor sich hin. Man verstand nichts davon, nur der Zwischenruf war deutlich, denn da hieß es: »Das ist für dich und das ist für mich;« sie sprach nämlich täglich zwölf Vaterunser für ihren Johannes, aber in der Waschnacht, da wurden sie zu unzähligen. Und wenn der erste Schnee fiel, war sie immer besonders heiter. Jetzt gibt's keine Arbeit mehr draußen, jetzt kommt er gewiß heim. Sie sprach dann oft mit einer weißen Henne im Gitter und sagte ihr, daß sie sterben müsse, wenn der Johannes komme.

So trieb sie's nun schon viele Jahre, und die Leute im Dorfe ließen nicht ab, ihr vorzuhalten, daß es närrisch sei, immer an die Heimkehr des Johannes zu denken; aber sie ließ sich nicht bekehren und wurde den Menschen unheimlich.

In diesem Herbste wurden es nun achtzehn Jahre, seitdem der Johannes davongegangen war, und jedes Jahr wurde Johann Michael Winkler als verschollen ausgeschrieben in der Zeitung bis zu seinem fünfzigsten Jahre. Er stand jetzt gerade im sechsunddreißigsten.

Im Dorfe ging die Sage, Johannes sei unter die Zigeuner gegangen, und die Mutter hielt auch einmal einen jungen Zigeuner dafür, der dem Verschollenen auffallend ähnlich sah; er war auch so »Pfostig[3]«, hatte die gleiche dunkle Gesichtsfarbe und schien es nicht ungern zu haben, daß man ihn für den Johannes hielt; aber die Mutter hatte ihn auf die Probe gestellt, sie hatte noch das Gesangbuch und den Konfirmandenspruch des Johannes, und wer den nicht kennt und nicht anzugeben weiß, wer seine Paten sind, und was mit ihm geschehen ist an dem Tage, als des Brosis Severin mit der Engländerin ankam, und später, als der neue Rathausbrunnen gegraben wurde, wer diese und andere Merkzeichen nicht kennt, das ist der falsche. Dennoch beherbergte die Marann' immer den jungen Zigeuner, so oft er in das Dorf kam, und die Kinder auf der Straße schrien ihm Johannes nach.

Der Johannes wurde als militärpflichtig auch als Ausreißer ausgeschrieben, und obgleich die Mutter sagte, daß er als »zu klein« unter dem Maß durchgeschlüpft wäre, wußte sie doch, daß er bei der Heimkehr einer Strafe nicht entgehe, und sie meinte, er käme nur deswegen nicht wieder, und es war nun gar seltsam, wie sie in einem Atem um das Wohl des Sohnes und um den Tod des Landesfürsten betete; denn man hatte ihr gesagt, daß, wenn der regierende Fürst stürbe, der Thronfolger beim Regierungsantritt allgemeinen Straferlaß für alles Geschehene verkünden werde.

Jedes Jahr ließ sich die Marann' vom Schullehrer das Blatt schenken, in dem Johannes ausgeschrieben war, und sie legte es zu seinem Gesangbuch; aber dieses Jahr war es gut, daß die Marann' nicht lesen konnte, und der Lehrer schickte ihr ein anderes Blatt statt des gewünschten. Denn ein seltsames Gemurmel ging durch das ganze Dorf. Wo zwei beieinanderstanden, sprach man davon, und da hieß es: »Der schwarzen Marann' sagt man nichts. Das bringt sie um. Das macht sie närrisch.« Es war nämlich ein Bericht des Gesandten aus Paris angekommen, der, laut einer Mitteilung aus Algier, durch alle hohen und niederen Aemter bis zum

Gemeinderat die Nachricht gab, daß Johannes Winkler von Haldenbrunn in Algier bei einem Vorpostengefechte gefallen sei.

Man sprach im Dorfe viel davon, wie wunderlich es sei, daß so viele hohe Aemter sich jetzt um den toten Johannes so viel bemühten. Aber am Schlusse des so wohlgeleiteten Berichtestroms hielt man ihn auf. In der Gemeinderatssitzung wurde beschlossen, daß man der schwarzen Marann' nichts davon sage. Es wäre unrecht, ihr noch die paar Jahre ihres Lebens zu verbittern, indem man ihr ihren letzten Trost raube.

Statt aber die Nachricht geheim zu halten, hatten die Gemeinderäte nichts eiligeres zu tun, als es daheim auszuplaudern, und nun wußte das ganze Dorf davon bis auf die schwarze Marann' allein. Ein jeder betrachtete sie mit seltsamem Blick; man fürchtete sich vor ihr, daß man sich verrate, man redete sie nicht an, man dankte kaum ihrem Gruße. Es bedurfte der ganzen eigentümlichen Art der schwarzen Marann', um dadurch nicht verwirrt zu werden. Und sprach ja einmal jemand mit ihr und ließ sich verleiten, vom Tode des Johannes zu reden, so geschah es nur in jener vermutlichen und beschwichtigenden Weise, die schon seit Jahren gang und gäbe war, und die Marann' glaubte jetzt ebensowenig daran als ehedem, denn von dem Totenscheine sprach ja niemand.

Es wäre wohl besser gewesen, auch Amrei hätte nichts davon gewußt; aber es lag ein eigener verführerischer Reiz darin, dem Unberührbaren so nahe wie möglich zu kommen, und darum sprach jedes mit Amrei von dem traurigen Ereignisse, warnte sie, der schwarzen Marann' etwas davon zu sagen, und wollte wissen, ob die Mutter keine Ahnungen, keine Träume habe, ob es nicht umgehe im Hause. Amrei war immer innerlich voll Zittern und Beben. Sie allein war der schwarzen Marann' so nahe und hatte etwas, was sie vor ihr verborgen halten mußte. Auch die Leute, bei denen die schwarze Marann' eine kleine Stube zur Miete hatte, hielten es nicht mehr aus in ihrer Nähe, und sie bekundeten ihr Mitleid zuerst damit, daß sie ihr die Miete aufkündigten. Aber wie seltsam hängen die Dinge im Leben zusammen! Eben durch dieses Ereignis erfuhr Amrei Leid und Lust, denn das elterliche Haus öffnete sich wieder; die schwarze Marann' zog in dasselbe, und Amrei, die anfangs voll Beben darin hin und her ging und, wenn sie Feuer anmachte und wenn sie Wasser holte, immer glaubte: jetzt müsse die Mutter kommen und der Vater, fand sich doch nach und nach wieder ganz heimisch in demselben. Sie spann Tag und Nacht, bis sie so viel erübrigt hatte, um vom Kohlenmathes die Kuckucksuhr, die ihren Eltern gehört hatte, wiederzukaufen. Jetzt hatte sie doch auch wieder ein Stück eigenen Hausrat. Aber der Kuckuck hatte Not gelitten in der Fremde, er hatte die Hälfte seiner Stimme verloren, die andere Hälfte blieb ihm im Halse stecken, er rief nur noch »Kuck«, und so oft er das tat, setzte Amrei in der ersten Zeit immer das andere »Kuck!« hinzu, fast unwillkürlich. Als Amrei darüber klagte, daß die Kuckucksuhr nur noch halb tönte und überhaupt nicht mehr so schön sei wie in ihrer frühen Kindheit, da sagte die Marann':

»Wer weiß, wenn man in späteren Jahren das wieder bekäme, was einen in der Kindheit ganz glücklich gemacht hat, ich glaube, es hätte auch nur noch den halben Schlag wie deine Kuckucksuhr. Wenn ich's dir nur lehren könnte, Kind! Es hat mir viel gekostet, bis ich's gelernt habe: wünsch' dir nie was von gestern! Aber freilich, so etwas kann man nicht schenken; das kriegt man nur für einen halben Schoppen Schweiß und einen halben Schoppen Tränen gut durcheinander geschüttelt. Das kauft man in keiner Apothek'. Häng' dich an nichts, an keinen Menschen und an keine Sache, dann kannst du fliegen.«

Die Reden der Marann' waren wild und scheu zugleich, und sie kamen nur heraus in Dämmerzeit wie das Wild im Walde.

Es gelang Amrei nur schwer, sich an sie zu gewöhnen.

Die schwarze Marann' konnte das Kuckuckrufen nicht leiden und hing das Schlaggewicht an der Uhr ganz aus, so daß die Uhr nur noch mit dem Pendelschlag hin und her pickte, aber keine Stunde mehr laut angab. Der schwarzen Marann' war das Sprechen der Uhr zuwider, ja sogar das Ticken störte sie, und die Uhr blieb endlich ganz unaufgezogen, denn die Marann' sagte, sie habe allezeit die Uhr im Kopfe, und es war in der Tat wunderbar, wie das eintraf. Sie wußte zu jeder Minute anzugeben, wie viel es an der Zeit sei, obgleich ihr das sehr gleichgültig sein konnte; aber es lag eine besondere Gewecktheit in der Harrenden, und wie sie immer hinaushorchte, um ihren Sohn kommen zu hören, so war sie eigentümlich wach, und obgleich sie niemand im Dorfe besuchte und mit niemanden sprach, wußte sie doch alles, selbst das Geheimste, was im Dorfe vorging. Sie erriet es aus der Art, wie sich die Menschen begegneten, aus abgerissenen Worten. Und weil dies wunderbar erschien, war sie gefürchtet und gemieden. Sie bezeichnete sich selbst gern nach einem landläufigen Ausdruck als eine »alterlebte Frau«, und doch war sie äußerst behend. Jahraus, jahrein aß sie täglich einige Wacholderbeeren, und man sagte: davon sei sie so munter, und man sehe ihr ihre sechsundsechzig Jahre nicht an. Eben daß jetzt die beiden Sechse bei ihr beieinander standen, ließ sie auch nach einem alten Wortspiele, obgleich man nicht recht daran glauben wollte, als Hexe betrachtet werden. Man sagte: sie melke ihre schwarze Ziege oft stundenlang, und diese gebe immer gar viel Milch, aber die schwarze Marann' ziehe, während sie melke, nur immer den Kühen dessen, den sie hasse, die Milch aus dem Euter, besonders auf des Rodelbauern Vieh habe sie es abgesehen, und die große Hühnerzucht, die die schwarze Marann' trieb, galt auch für Hexerei; denn woher nahm sie das Futter für sie, und woher konnte sie immer Eier und Hühner verkaufen? Freilich sah man sie oft im Sommer Maikäfer, Heuschrecken und allerlei Würmer sammeln, und in mondlosen Nächten sah man sie wie ein Irrlicht durch die Gräben schleichen; sie trug einen brennenden Spahn und sammelte die Regenwürmer, die da herumschlichen, und murmelte allerlei dabei. Ja, man sagte, daß sie in stillen Winternächten mit ihrer Ziege und ihren Hühnern, die sie bei sich in der Stube überwinterte, allerlei wunderliche Gespräche hielte. Das ganze von der Schulbildung verscheuchte wilde Heer der Hexen- und Zaubergeschichten wachte wieder auf und wurde an die schwarze Marann' geheftet.

Amrei fürchtete sich auch manchmal in langen, stillen Winternächten, wenn sie spinnend bei der Marann' saß und man nichts hörte, als manchmal das verschlafene Glucksen der Hühner und ein traumhaftes Meckern der Ziege, und es erschien in der Tat zauberisch, wie schnell die Marann' immer spann. Ja, sie sagte einmal: »ich meine, mein Johannes hilft mir spinnen,« und doch klagte sie wieder, daß sie in diesem Winter zum erstenmal nicht mehr so ganz und immer an ihren Johannes denke. Sie machte sich Vorwürfe darüber und sagte: sie sei eine schlechte Mutter, und klagte, es sei ihr immer, als wenn ihr die Züge ihres Johannes nach und nach verschwinden, als ob sie vergesse, was er da und da getan habe, wie er gelacht, gesungen und geweint, und wie er auf den Baum geklettert und in den Graben gesprungen sei.

»Es wäre doch schrecklich,« sagte sie, »wenn einem das nach und nach so verschwinden könnte, daß man nichts Rechtes mehr davon weiß,« und sie erzählte dann Amrei mit sichtlichem Zwange alles bis aufs kleinste, und Amrei war es tief unheimlich, so immer und immer wieder von einem Toten hören zu müssen, als ob er noch lebte. Und wieder klagte die Marann': »Es ist doch sündlich, daß ich gar nicht mehr weinen kann um meinen Johannes. Ich habe einmal gehört, daß man um einen Verlorenen weinen kann, so lang' er lebt und bis er verfault ist. Ist er wieder zur Erde geworden, so hört auch das Weinen auf. Nein, das kann nicht sein, das darf nicht sein, mein Johannes kann nicht tot sein; das darfst du mir nicht antun, du dort oben, oder ich werf dir den Bettel vor die Türe. Da, da, vor meiner Schwelle, da sitzt der Tod, da ist der Weiher, und da kann ich mich ersäufen wie einen blinden Hund, und das geschieht, wenn du mir das antust; aber nein, verzeih mir's, guter Gott, daß ich so wider die Wand renne, aber mach' da einmal eine Tür auf, mach' auf und laß meinen Johannes hereinkommen. O die Freud'! Komm, da setz' dich her, Johannes. Erzähl' mir gar nichts, ich will gar nichts wissen, du bist da; und jetzt ist's gut. Die langen, langen Jahre sind nur eine Minute gewesen. Was geht's mich an, wo du gewandert bist? Wo du gewesen, da bin ich nicht gewesen, und jetzt bist du da. Und ich lasse dich nicht mehr von der Hand, bis sie kalt ist. O Amrei, und mein Johannes muß warten, bis du groß bist, ich sag' weiter nichts. Warum red'st du nicht?«

Amrei war die Kehle wie zugeschnürt. Es war ihr immer, als ob der Tote dastünde, gespensterhaft; auf ihren Lippen ruhte das Geheimnis, sie konnte es ausrufen, und die Decke fiel ein, und alles war begraben.

Manchmal aber war die Marann' auch in anderer Weise gesprächsam, obgleich alles auf dem einen Grunde ruhte, auf dem Andenken an ihren Sohn. Und schwer stellte sich hier die Frage der Weltordnung: »Warum hier ein Kind tot, auf das die Mutter wartet, so zitternd, mit ganzer Seele wartet, und ich und mein Dami, wir sind verlorene Kinder, möchten so gerne die Hand der Mutter fassen, und diese Hand ist Staub geworden?«

Das war ein dumpfes, nächtiges Gebiet, wohin das Denken des armen Kindes getrieben wurde, und es wußte sich nicht anders aus dem Wirrsal zu helfen, als indem es leise das Einmaleins vor sich hinsagte.

Besonders an Samstagabenden erzählte die schwarze Marann' gern. Nach altem Aberglauben spann sie am Samstagabend nie, da strickte sie immer, und wenn sie eine Geschichte zu erzählen hatte, wickelte sie zuerst ein gut Teil von ihrem Garnknäuel ab, um nicht aufgehalten zu sein, und dann erzählte sie am Faden fort ohne Unterbrechung.

»O Kind,« schloß sie dann oft: »Merk dir etwas, in dir steckt ja auch ein Einsiedel: wer gut grad fortleben will, der sollte ganz allein sein, niemand gern haben und von niemand was mögen. Weißt du, wer reich ist? Wer nichts braucht, als was er aus sich hat. Und wer ist arm? Wer auf Fremdes wartet, was ihm zukommt. Da sitzt einer und wartet auf seine Hände, die ein anderer am Leib hat, und wartet auf seine Augen, die einem andern im Kopf stecken. Bleib allein für dich, dann hast du deine Hände immer bei dir, dann brauchst du keine anderen, kannst dir selber helfen. Wer auf etwas hofft, was ihm von einem andern kommen soll, der ist ein Bettler, du stehst da und hältst die Hand auf, bis dir etwas hineinfliegt. Bleib allein, das ist das beste, da hast du alles in einem; allein, o wie gut ist allein! Schau, tief im Ameisenhaufen liegt ein klein winziger Stein, wer den findet, kann sich unsichtbar machen, und niemand kann ihm was anhaben; aber das kriecht durcheinander, wer findet ihn? Und es gibt ein Geheimnis in der Welt, aber wer kann's fassen? Nimm's auf, nimm's zu dir. Es gibt kein Glück und kein Unglück. Jeder kann sich alles selber machen, wenn er sich recht kennt und die andern Menschen auch, aber nur unter einem Beding: er muß allein bleiben. Allein! Allein! Sonst hilft's nichts.«

Aus dem Tiefsten heraus gab die Marann' dem Kinde noch halbverschlossene Worte; das Kind konnte sie nicht fassen; aber wer weiß, was auch von Halbverstandenem in aufmerksam offener Seele haften bleibt? Und nach wildem Umschauen fuhr die schwarze Marann' fort: »O, könnt' ich nur allein sein! Aber ich habe mich vergeben, ein Stück von mir ist unterm Boden, und ein anderes läuft in der Welt herum, wer weiß wo? Ich wollt', ich wäre die schwarze Ziege da.«

So freundlich und hell auch die schwarze Marann' begann, immer ging der Schluß ihrer Rede wieder in dumpfes Hadern und Trauern über, und sie, die allein sein wollte, an nichts denken und nichts lieben, lebte doch nur im Denken an ihren Sohn und in der Liebe zu ihm.

Amrei ergriff ein entscheidendes Mittel, um aus diesem unheimlichen Alleinsein mit der schwarzen Marann' erlöst zu werden: sie verlangte, daß auch Dami ins Haus genommen werde; und so heftig sich auch die schwarze Marann' dagegen wehrte, Amrei drohte, daß sie selber das Haus verlasse, und schmeichelte der schwarzen Marann' so kindlich und tat ihr, was sie an den Augen absehen konnte, bis sie endlich nachgab.

Dami, der vom Krappenzacher das Wollstricken gelernt hatte, saß nun in der elterlichen Stube, und nachts, wenn die Geschwister auf dem Speicher schliefen, weckte eines das andere, wenn sie die schwarze Marann' drunten murmeln und hin und her laufen hörten.

Durch die Uebersiedelung Damis zur schwarzen Marann' kam indes neues Ungemach. Dami war überaus unzufrieden, daß er dies elende Handwerk, das nur für einen Krüppel tauge, habe lernen müssen; er wollte auch Maurer werden, und obgleich Amrei sehr dagegen sprach, denn sie ahnte, daß ihr Bruder nicht dabei aushielte, bestärkte ihn die schwarze Marann' darin. Sie hätte gern alle jungen Burschen zu Maurern gemacht, um sie in die Fremde zu schicken, damit sie Kundschaft erhalte von ihrem Johannes.

Die schwarze Marann' ging selten in die Kirche, aber sie liebte es, wenn man ihr Gesangbuch entlehnte, um damit in die Kirche zu gehen, es schien ihr ein eigenes Genügen, daß ihr Gesangbuch dort sei, und eine besondere Freude hatte sie, wenn ein fremder Handwerksbursche, der im Ort arbeitete, das zurückgebliebene Gesangbuch des Johannes entlehnte; es schien ihr, als ob ihr Johannes bete in der heimatlichen Kirche, weil aus seinem Gesangbuche die Worte gesprochen und gesungen wurden. Dami mußte nun jeden Sonntag zweimal mit dem Gesangbuche des Johannes in die Kirche.

Ging aber die schwarze Marann' nicht zur Kirche, so war sie bei einer Feierlichkeit im Dorfe selbst und in den Nachbardörfern immer zu sehen. Es gab nämlich kein Leichenbegängnis, bei dem die schwarze Marann' nicht leidtragend mitging, und bei Predigt und Einsegnung, selbst am Grabe eines kleinen Kindes, weinte sie so heftig, als wäre sie die nächste Angehörige, aber dann war sie auf dem Heimweg immer wieder ganz besonders aufgeräumt; dieses Weinen schien ihr eine wahre Erleichterung zu sein. Sie schluckte das ganze Jahr so viel stille Trauer hinunter, daß sie dankbar dafür war, wenn sie wirklich weinen konnte.

War es nun den Menschen zu verargen, daß sie eine unheimliche Erscheinung ihnen war, und zumal, da sie noch dazu ein Geheimnis gegen sie auf den Lippen hatten? Auch auf Amrei ging ein Teil dieser Gemiedenheit über, und in manchen Häusern, wo sie sich helfend oder mitteilend auf Besuch einstellte, ließ man sie nicht undeutlich merken, daß man ihre Anwesenheit nicht wünsche, zumal da sie schon jetzt eine Seltsamkeit zeigte, die allen im Dorfe wunderbar vorkam . Sie ging mit Ausnahme des höchsten Winters barfuß, und man sagte, sie müsse ein Geheimmittel haben, daß sie nicht krank werde und sterbe.

Nur in des Rodelbauern Haus wurde sie noch gern geduldet, war ja der Rodelbauer ihr Vormund. Die Rodelbäuerin, die sich immer ihrer angenommen und ihr versprochen hatte, daß sie sie einst zu sich nehme, wenn sie erwachsener sei, konnte diesen Plan nicht ausführen. Sie selber wurde von einem andern angenommen; der Tod nahm sie zu sich.

Während sonst erst im späteren Leben sich die Schwere des Daseins auftut, wie da und dort ein Anhang abfällt und nur noch ein Gedenken daran verbleibt, erfuhr dies Amrei schon in der Jugendfrühe, und heftiger als alle Angehörigen weinten die schwarze Marann' und Amrei bei dem Begräbnis der Rodelbäuerin.

Der Rodelbauer klagte immer fast nur, wie herb es sei, daß er jetzt schon das Gut abgeben müsse. Und doch war keines seiner drei Kinder verheiratet. Aber kaum war ein Jahr vorüber – der Dami arbeitete schon den zweiten Frühling im Steinbruche – als eine Doppelhochzeit im Dorfe gefeiert wurde, denn der Rodelbauer verheiratete seine älteste Tochter und zugleich seinen einzigen Sohn, dem er am Tage der Hochzeit das Gut übergab.

Eben auf dieser Doppelhochzeit wurde Amrei neu benamt und in ein anderes Leben übergeführt.

Auf dem Vorplatze des großen Tanzbodens waren die Kinder versammelt, und während die Erwachsenen drinnen tanzten und jauchzten, ahmten die Kinder hier das gleiche nach. Aber seltsam! mit Amrei wollte kein Knabe und kein Mädchen tanzen, und man wußte nicht, wer es zuerst gesagt, aber man hatte es gehört, daß eine Stimme rief: »Mit dir tanzt keiner, du bist ja das Barfüßele.« und: »Barfüßele! Barfüßele! Barfüßele!« schrie es nun von allen Seiten.

Amrei stand das Weinen in den Augen, aber hier übte sie schnell wieder jene Kraft, mit der sie Spott und Kränkung bezwang; sie drückte die Tränen hinab, faßte hüben und drüben ihre Schürze, tanzte mit sich allein herum und so zierlich, so biegsam, daß alle Kinder innehielten. Und bald nickten die Erwachsenen unter der Türe einander zu, ein Kreis von Männern und Frauen bildete sich um Amrei, und besonders der Rodelbauer, der sich an diesem Tage doppelt gütig getan hatte, schnalzte mit den Händen und pfiff lustig den Walzer, den die Musik drinnen aufspielte, und Amrei tanzte unaufhörlich fort und schien gar keine Müdigkeit zu kennen. Als endlich die Musik verstummte, faßte der Rodelbauer Amrei an der Hand und fragte: »Du Blitzmädel, wer hat dir denn das so schön gelehrt?«

»Niemand.«

»Warum tanzest du denn mit niemand?«

»Es ist besser, man tut's allein, da braucht man auf niemand zu warten und hat seine Tänzer immer bei sich.«

»Hast schon was von der Hochzeit bekommen?« fragte der Rodelbauer, wohlgefällig schmunzelnd.

»Nein.«

»Komm herein und iß,« sagte der stolze Bauer und führte das arme Kind hinein und setzte es an den Hochzeitstisch, auf dem immerfort den ganzen Tag aufgetragen wurde. Amrei aß nicht viel, und der Rodelbauer wollte sich den Spaß bereiten, das Kind trunken zu machen, es erwiderte aber keck:

»Wenn ich noch mehr trinke, muß man mich führen, und da kann ich nicht mehr allein gehen, und die Marann' sagt: allein ist das beste Fuhrwerk, da ist immer eingespannt.«

Alles staunte über die Weisheit des Kindes.

Der junge Rodelbauer kam mit seiner Frau und fragte das Kind neckisch: »Hast du uns auch ein Hochzeitgeschenk gebracht? Wenn man so ißt, muß man auch ein Hochzeitgeschenk bringen.«

Der Hochzeitsvater steckte in unbegreiflicher Großmut dem Kinde bei dieser Frage heimlich einen Sechsbätzner zu. Amrei aber behielt den Sechsbätzner fest in der Hand, nickte gegen den Alten und sagte dann dem jungen Paare: »Ich hab' das Wort und ein Drangeld. Eure Mutter selig hat mir immer versprochen, daß ich bei ihr dienen und niemand anders als ich Kindsmagd bei ihrem ersten Enkelchen sein soll.«

»Ja, das hat die Bäuerin selig immer gewollt,« sagte der Alte und redete zu. Was er aus Furcht, daß er die Waise dann versorgen müßte, seiner Frau ihr Lebenlang versagt hatte, das tat er jetzt, wo er ihr keine Freude mehr damit machen konnte, und gab sich vor den Leuten den Anschein, als ob er's zu ihrem Gedenken tue. Aber er tat's auch jetzt noch nicht aus Güte, sondern in der richtigen Verrechnung, daß die Waise ihm, dem entthronten Bauer, der ihr Pfleger war, dienstgefällig sein werde, und die Last ihrer Versorgung, die die bloße Ablohnung überstieg, fiel anderen zu, nicht ihm selber.

Die jungen Brautleute sahen einander an, und der junge Rodelbauer sagte: »Bring' morgen dein Bündel in unser Haus. Du kannst bei uns einstehen.«

»Gut,« sagte Amrei. »morgen bring' ich mein Bündel: aber jetzt möcht' ich mein Bündel mitnehmen. Gebet mir da ein Fläschchen Wein, und das Fleisch will ich einwickeln und es der Marann' und meinem Dami bringen.«

Man willfahrte Amrei, aber der alte Rodelbauer sagte ihr jetzt leise: »Gib mir meinen Sechsbätzner wieder. Ich hab' gemeint, du willst ihn schenken.«

»Ich will ihn als Drangeld von Euch behalten,« erwiderte Amrei schlau, »und Ihr werdet sehen, ich will ihn Euch schon wett machen.«

Der Rodelbauer lachte halb ärgerlich in sich hinein, und Amrei ging mit Geld, Wein und Fleisch davon zu der schwarzen Marann'.

Das Haus war verschlossen, und es war ein großer Abstand zwischen dem lauten, musikschallenden Lärmen und Schmausen in dem Hochzeitshause und der stillen Oede hier. Amrei wußte, wo sie die Marann' erwarten konnte auf ihrem Heimwege; sie ging fast immer nach dem Steinbruch und saß dort eine Zeitlang hinter der Hecke und hörte zu, wie Spitzhammer und Meißel arbeitete. Das war ihr wie eine Melodie, die aus den Zeiten klang, wo Johannes einst auch hier gearbeitet hatte, und da saß sie oft lange und hörte es picken.

Amrei traf hier richtig die Marann'. und noch eine halbe Stunde vor Feierabend rief sie auch den Dami aus dem Steinbruche, und hier draußen bei den Felsen wurde ein Hochzeitmahl gehalten, fröhlicher als drinnen bei der rauschenden Musik. Besonders Dami jauchzte laut, und die Marann' tat auch heiter, nur trank sie keinen Tropfen Wein; sie wollte nicht eher einen Tropfen über die Lippen bringen, als bis zur Hochzeit des Johannes.

Als Amrei nun unter Heiterkeit erzählte, daß sie einen Dienst bei dem jungen Rodelbauer bekommen habe und morgen antrete, da erhob sich die schwarze Marann' zu wildem Zorn, und einen Stein aufhebend und an die Brust drückend sagte sie: »Es wäre tausendmal besser, ich hätte dich da drinnen, so einen Stein, als ein lebendig Herz. Warum kann ich nicht allein sein? Warum habe ich mich wieder verführen lassen, jemand gern zu haben? Aber jetzt ist's vorbei, auf ewig! Wie ich den Stein da hinunterschleudere, so schleudere ich fort alle Anhänglichkeit an irgendeinen Menschen. Du falsches, treuloses Kind! Kaum kannst du die Flügel heben, fort fliegt's. Aber es ist gut so, ich bin allein, und mein Johannes soll auch allein bleiben, wenn er kommt, und es ist nichts, was ich gewollt hab'.«

Und fort rannte sie dem Dorfe zu.

»Es ist doch eine Hexe,« sagte Dami hinter ihr drein, »ich will den Wein nicht mehr trinken, wer weiß, ob sie ihn nicht verhext hat.«

»Trink du ihn nur, sie ist eine strenge Eigenbrödlerin und hat ein schweres Kreuz auf sich; ich will sie schon wieder gut machen.«

So tröstete Amrei.

7. Kapitel.

Die barmherzige Schwester

Das war nun ein volles Leben im Hause des Rodelbauern. Barfüßele, so hieß man nun hinfort Amrei, war anstellig zu allem und wußte sich gleich bei allen beliebt zu machen; sie wußte der jungen Bäuerin, die fremd ins Dorf und ins Haus gekommen war, zu sagen, was hier der Brauch sei, sie lehrte sie die Eigenschaften ihrer nächsten Angehörigen kennen und sich danach richten, und dem alten Rodelbauer, der den ganzen Tag trotzte und sich nicht befriedigen konnte, weil er sich so frühe zur Ruhe begeben, wußte sie allerlei Gefälligkeiten zu erweisen und ihm zu erzählen, wie gar gut die Söhnerin sei, und es nur nicht von sich zu geben wisse; und als kaum nach einem Jahre das erste Kind kam, zeigte sich Amrei dabei so glücklich und in allen Erfordernissen so geschickt, daß jedes im Hause ihres Lobes voll war. daß man sie bei dem kleinsten Ungeschick eher dafür zankte, als daß man sie je in der Tat lobte.

Aber Amrei wartete auch nicht darauf, und namentlich dem Großvater wußte sie das erste Enkelchen immer so gut zuzutragen und zur geschickten Zeit wieder zu entziehen, daß man seine Freude daran haben mußte. Beim ersten Zahne des Enkels, den sie dem Rodelbauer zeigen konnte, sagte dieser: »Ich schenke dir einen Sechsbätzner, weil du mir die Freude machst. Aber weißt du? den, den du mir gestohlen hast an der Hochzeit; jetzt darfst du ihn ehrlich behalten.«

Dabei war aber die schwarze Marann' nicht vergessen. Es war allerdings ein schwer Stück Arbeit, mit ihr wieder ins Geleis zu kommen. Die Marann' wollte vom Barfüßele nichts mehr wissen, und ihre neue Herrschaft wollte nicht dulden, daß sie zu ihr hinginge, besonders nicht mit dem Kinde, da man noch immer fürchtete, daß ihm durch die Hexe ein Leid geschehe. Es bedurfte großer Kunst und Ausdauer, um diese Feindseligkeit zu besiegen; aber es gelang dennoch.

Ja, Barfüßele wußte es dahin zu bringen, daß der Rodelbauer die schwarze Marann' mehrmals besuchte. Das wurde als ein wahres Wunder im ganzen Dorfe berichtet.

Aber die Besuche wurden bald wieder eingestellt, denn die schwarze Marann' sagte einmal: »Ich bin jetzt bald siebzig Jahre und ohne die Freundschaft eines Großbauern ausgekommen; es ist mir nicht der Mühe wert, das noch zu ändern.«

Auch Dami war natürlich oft bei seiner Schwester, aber der junge Rodelbauer wollte das nicht dulden, denn er sagte nicht mit Unrecht, er müsse dadurch den großgewachsenen Burschen auch ernähren; man könne in einem solchen Hause nicht aufpassen, ob ein Dienstbote ihm nicht allerlei zustecke. Er verbot daher, außer Sonntags nachmittags, Dami den Besuch des Hauses. Dami hatte indes selbst zu sehr in das Behagen hineingeschaut, in einem so reich erfüllten Bauernwesen zu stehen; ihm wässerte der Mund danach, auch so mitten drin zu sein, und sei es nur als Knecht. Das Steinmetzenleben war gar so hungrig. Barfüßele hatte viel zu widersprechen; er solle bedenken, daß er nun schon das zweite Handwerk habe und dabei bleiben müsse; das sei nichts, daß man immer wieder anderes anfange und glaube, dabei sei man glücklich; man müsse auf dem Flecke, auf dem man steht, glücklich sein, sonst werde man es nie. Dann ließ sich eine Zeitlang beschwichtigen, und so groß war bereits die selbstverständliche Geltung Barfüßeles, und so natürlich die Annahme, daß sie für ihren Bruder sorge, daß man ihn immer nur »das Barfüßele-Dami« hieß, als wäre er nicht ihr Bruder, sondern ihr Sohn, und doch war er um einen Kopf größer als sie, und tat nicht, als ob er ihr Untertan sei. Ja, er sprach oft aus, wie es ihn wurmte, daß man ihn für geringer halte als sie, weil er nicht solch Maulwerk habe. Die Unzufriedenheit mit sich und seinem Beruf ließ er zuerst und immer an der Schwester aus. Sie trug es geduldig, und weil er nun vor der Welt zeigte, daß sie ihm gehorchen müsse, gewann sie dadurch nur immer mehr an Ansehen und Uebermacht in der Oeffentlichkeit; denn jedes sagte, es sei brav von dem Barfüßele, was sie an ihrem Bruder täte, und sie stieg dadurch noch, daß sie sich von ihm gewalttätig behandeln ließ, während sie für ihn sorgte wie eine Mutter; denn in der Tat wusch und nähte sie ihm in den Nächten, daß er zu den Saubersten im Dorfe gehörte, und bei zwei Paar Rahmenschuhen, die sie als Teil ihres Lohnes jedes halbe

Jahr bekam, hatte sie beim Schuhmacher noch draufbezahlt, damit er solche ihrem Dami mache, denn sie selber ging allzeit barfuß, und nur selten sah man sie einmal des Sonntags in Schuhen in die Kirche gehen.

Barfüßele hatte viel Kummer davon, daß Dami, man wußte nicht wie, allgemeine Zielscheibe des Spottes und der Neckerei im Dorfe geworden war. Sie ließ ihn scharf darum an, daß er das nicht dulden solle; er aber verlangte: sie möge es den Leuten wehren und nicht ihm, er könne nicht dagegen aufkommen. Das war nun nicht tunlich, und innerlich war es dem Dami auch eigentlich gar nicht unlieb, daß er überall gehänselt wurde; es kränkte ihn zwar manchmal, wenn alles über ihn lachte und viel jüngere sich etwas gegen ihn Herausnahmen, aber es wurmte ihn noch weit mehr, wenn man ihn gar nicht beachtete, und dann machte er sich gewaltsam zum Narren und gab sich der Neckerei preis.

Bei Barfüßele dagegen war allerdings die Gefahr, der Einsiedel zu werden, den die Marann' immer in ihr erkennen wollte. Sie hatte sich an eine einzige Gespielin angeschlossen, es war die Tochter des Kohlenmathes. die aber nun schon seit Jahren in einer Fabrik im Elsaß arbeitete, und man hörte nichts mehr von ihr. Barfüßele lebte so für sich, daß man sie gar nicht zur Jugend im Dorfe zählte; sie war mit ihren Altersgenossen freundlich und gesprächsam, aber ihre eigentliche Gespiele war doch nur die schwarze Marann'. Und eben weil Barfüßele so abgeschieden lebte, hatte sie keinen Einfluß auf das Verhalten Damis, der, wenn auch geneckt und gehänselt, doch immer des Anschlusses bedürftig war und nie allein sein konnte wie seine Schwester.

Jetzt aber hatte sich Dami plötzlich ganz frei gemacht, und eines schönen Sonntags zeigte er seiner Schwester die Drangabe, die er bekommen hatte, denn er hatte sich als Knecht zum Scheckennarren von Hirlingen verdungen.

»Hättest du mir das gesagt.« sagte Barfüßele, »ich hätte einen bessern Dienst für dich gewußt. Ich hätte dir einen Brief gegeben an die Landfriedbäuerin im Allgäu, und da hättest du's gehabt wie der Sohn vom Haus.«

»O, schweig' nur von der,« sagte Dami hart, »die ist mir nun schon bald dreizehn Jahre ein Paar lederne Hosen schuldig, die sie mir versprochen hat. Weißt du noch? Damals, wie wir klein gewesen sind und gemeint haben, wir könnten noch klopfen, daß Vater und Mutter aufmachen. Schweig' mir von der Landfriedbäuerin. Wer weiß, ob die noch mit einem Worte an uns denkt, wer weiß, ob sie gar noch lebt.«

»Ja, sie lebt noch, sie ist ja eine Verwandte von meinem Haus, und es wird oft von ihr gesprochen, und sie hat alle ihre Kinder verheiratet bis auf einen einzigen Sohn, der den Hof kriegt.«

»Jetzt willst du mir nur meinen neuen Dienst verleiden,« klagte Dami, »und sagst mir, ich hätte einen bessern kriegen können. Ist das recht?« Seine Stimme zitterte.

»O, sei nicht immer so weichmütig,« sagte Barfüßele.

»Schwätz ich dir denn was von deinem Glück herunter? Du tust immer gleich, als ob dich die Gänse beißen. Ich will dir nur noch sagen: jetzt bleib' einmal bei dem, was du hast, sei darauf bedacht, daß du auf deinem Platze bleibst. Das ist nichts, so wie ein Kuckuck jede Nacht auf einem andern Baum schlafen. Ich könnte auch andere Plätze kriegen, aber ich will nicht, und ich hab's dahin gebracht daß mir's hier gut geht. Schau, wer jede Minut' auf einen andern Platz springt, den behandelt man auch wie einen Fremden; man weiß, daß er morgen nicht mehr zum Haus gehören kann, und da ist er schon heut' nicht daheim drin.«

»Ich brauch' deine Predigt nicht,« sagte Dami und wollte zornig davongehen. »Gegen mich tust du immer kratzig, und gegen die ganze Welt bist du geschmeidig.«

»Weil du eben mein Bruder bist,« sagte Barfüßele lachend und streichelte den Unwilligen.

In der Tat hatte sich eine seltsame Verschiedenheit der Geschwister herausgebildet. Dami hatte etwas Bettelhaftes und dann wieder plötzlich Stolzes, während Barfüßele immer gefällig und fügsam, dabei doch von einem inneren Stolze getragen war, den sie bei aller Dienstfertigkeit nicht ablegte.

Es gelang ihr jetzt, den Bruder zu beschwichtigen, und sie sagte: »Schau, mir fällt was ein, aber du mußt vorher gut sein, denn auf einem bösen Herzen darf der Rock nicht liegen. Der Rodelbauer hat ja noch die Kleider von unserm Vater selig; du bist ja groß, die sind dir jetzt grad recht, und du gibst dir auch ein Ansehen, wenn du mit solchem rechtschaffenen Gewand auf den Hof kommst, da sehen deine Nebendiensten auch, wo du her bist und was du für ordentliche Eltern gehabt hast.«

Das leuchtete Dami ein, und trotz vielem Widerspruch, denn er wollte die Kleider jetzt noch nicht hergeben, brachte Barfüßele den alten Rodelbauern dazu, daß er dieselben Dami einhändigte, und dann führte Barfüßele den Dami hinauf in ihre Kammer, und er mußte sogleich den Rock und die Weste des Vaters anziehen; er widerstrebte, aber was sie einmal wollte, das mußte doch geschehen. Nur den Hut ließ sich Dami nicht aufzwingen, und als er den Rock anhatte, legte sie die Hand auf die Schulter und sagte:

»So, jetzt bist du mein Bruder und mein Vater, und jetzt geht der Rock zum erstenmal wieder über Feld, und ist ein neuer Mensch drin. Schau, Dami, du hast das schönste Ehrenkleid, was es geben kann auf der Welt; halt' es in Ehren, sei drin so rechtschaffen, wie unser Vater selig gewesen ist.«

Sie konnte nicht weitersprechen und legte ihr Haupt auf die Schulter des Bruders, und Tränen fielen auf das wieder ans Licht gezogene Kleid des Vaters.

»Du sagst, ich sei weichmütig,« tröstete sie Dami, »und du bist es weit eher.«

In der Tat war Barfüßele von allem schnell tief ergriffen, aber sie war dabei auch stark und leichtlebig wie ein Kind; es war, wie damals die Marann' bei ihrem ersten Einschlafen bemerkt hatte, Wachen und Schlafen, Weinen und Lachen hart nebeneinander; sie ging in jedem Ereignis und jeder Empfindung voll auf, kam aber rasch wieder darüber hinweg ins Gleichgewicht.

Sie weinte noch immer.

»Du machst einem das Herz so schwer,« jammerte Dami, »und es ist schon schwer genug, daß ich fort muß aus der Heimat unter fremde Menschen. Du hättest mich eher aufheitern sollen, als jetzt so, so –«

»Rechtschaffenes Denken ist die beste Aufheiterung,« sagte Barfüßele, »das macht gar nicht schwer. Aber du hast recht, du hast geladen genug, und da kann ein einziges Pfund, das man darauf tut, einen niederreißen. Ich bin halt doch dumm. Aber komm, ich will jetzt sehen, was die Sonne dazu sagt, wenn der Vater jetzt zum erstenmal wieder vor sie kommt. Nein, das hab' ich ja nicht sagen wollen. Komm, jetzt wirst schon wissen, wo wir noch hingehen wollen, wo du noch Abschied nehmen mußt; und wenn du nur eine Stunde weit fortgehst, du gehst doch aus dem Ort; und da muß man dort Abschied nehmen. Ist mir auch schwer genug, daß ich dich nicht mehr bei mir haben soll, nein, ich meine, daß ich nicht mehr bei dir sein soll; ich will dich nicht regieren, wie die Leute sagen. Ja, ja, die alte Marann' hat doch recht: allein, das ist ein großes Wort, das lernt man nicht aus, was da drin steckt. So lang du noch da drüben über der Gasse gewesen bist, und wenn ich dich oft acht Tage nicht gesehen habe, was tut's? Ich kann dich jede Minute haben, das ist so gut, als wenn man beieinander ist; aber jetzt? Nun, es ist ja nicht aus der Welt … Aber ich bitt' dich, verhebe dich nicht, daß du keinen Schaden leidest, und wenn du was zerrissen hast, schick' mir's nur; ich flick' und strick' dir noch, und jetzt komm, jetzt wollen wir auf den Kirchhof.«

Dami wehrte sich dagegen und wiederum mit dem Vorhalte, daß es ihm schon schwer genug sei, und daß er sich's nicht noch schwerer machen wolle. Barfüßele willfahrte auch diesem. Er zog die Kleider des Vaters wieder aus, und Barfüßele packte sie in den Sack, den sie einst beim Gänsehüten als Mantel getragen hatte, und auf dem noch der Name des Vaters stand. Sie beschwor aber Dami, daß er ihr den Sack mit nächster Gelegenheit wieder zurückschicke.

Die Geschwister gingen miteinander fort. Ein Hirlinger Fuhrwerk fuhr durch das Dorf. Dami rief es an und packte schnell seine Habseligkeiten auf. Dann ging er Hand in Hand mit der Schwester das Dorf hinaus, und Barfüßele suchte ihn zu erheitern, indem sie sagte:

»Weißt du noch, was ich dir da beim Backofen für ein Rätsel aufgegeben habe?«

»Nein.«

»Besinn' dich: was ist das Beste am Backofen? Weißt's nicht mehr?«

»Nein.«

»Das Beste am Backofen ist, daß er das Brot nicht selber frißt.«

»Ja, ja, du kannst lustig sein, du bleibst daheim.«

»Du hast's ja gewollt, und du kannst auch lustig sein, wolle du nur recht.«

Still geleitete sie ihren Bruder bis auf den Holderwasen; dort beim Holzbirnenbaum sagte sie:

»Hier wollen wir Abschied nehmen. Behüt' dich Gott und fürcht' dich vor keinem Teufel.«

Sie schüttelten sich wacker die Hände, und Dami ging Hirlingen zu, Barfüßele nach dem Dorfe. Erst unten am Berge, wo Dami sie nicht mehr sehen konnte, wagte sie es, die Schürze aufzuheben und sich die Tränen abzutrocknen, die ihr die Wangen herabrollten, und laut vor sich hin sagte sie:

»Verzeih' mir's Gott, daß ich das von dem *Allein* auch gesagt hab'; ich danke dir, daß du mir einen Bruder gegeben hast. Laß mir ihn nur, so lang' ich lebe.«

Sie kehrte ins Dorf zurück, es kam ihr leer vor, und in der Dämmerung, als sie die Kinder des Rodelbauern einwiegte, konnte sie nicht ein einziges Lied über die Lippen bringen, während sie sonst immer sang wie eine Lerche. Sie mußte immer denken, wo jetzt ihr Bruder sei, was man mit ihm rede, wie man ihn empfange, und doch konnte sie sich das nicht vorstellen. Sie wäre gern hingeeilt und hätte gern allen Menschen gesagt, wie gut er sei, und daß sie auch gut gegen ihn sein mögen; aber sie tröstete sich wieder, daß niemand ganz und überall für den andern sorgen könne. Und sie hoffte, es würde ihm gut tun, daß er sich selber forthelfe.

Als es schon Nacht war, ging sie in ihre Kammer, wusch sich aufs neue, zöpfte sich frisch und kleidete sich nochmals an, als ob es Morgen wäre, und mit dieser seltsamen Verdoppelung des neuen Tages begann ihr fast nochmals ein neues Erwachen.

Als alles schlief, ging sie noch einmal hinüber zur schwarzen Marann', und ohne Licht saß sie stundenlang bei ihr an dem Bette in der dunkeln Stube; sie sprachen davon, wie das sei, wenn man einen Menschen draußen in der Welt habe, der doch ein Stück von einem sei, und erst als die Marann' eingeschlafen war, schlich sich Barfüßele davon. Sie nahm aber noch den Kübel und trug Wasser für die Marann', und legte das Holz auf den Herd und so geschichtet, daß es am andern Morgen nur angezündet zu werden brauchte. Dann erst ging sie nach Hause.

Was ist Wohltätigkeit, die in Geldspenden besteht? Eine in die Hand gelegte Kraft, die wiederum von ihr entäußert wird. Wie anders ist es, die eingeborene Kraft selbst einzusetzen, ein Stück Leben hinzugeben, und noch dazu das einzige, das verblieben ist.

Die Stunden der Ruhe, die Sonntagsfreiheit, die Barfüßele gegeben war, opferte sie der schwarzen Marann' und ließ sich dabei noch zanken und schelten, wenn sie etwas gegen die Gewohnheit der Eigenbrödlerin getan hatte. Es fiel ihr nicht ein, dabei zu denken oder zu sagen: wie könnt Ihr mich noch zanken und schelten über etwas, was ich Euch schenke? Ja. sie wußte kaum mehr, daß sie dieses tat. Nur wenn sie an Sonntagsabenden bei der Vereinsamten still vor dem Hause saß und zum tausendsten Male gehört hatte, welch ein schmucker Bursch der Johannes am Sonntage gewesen sei, und wenn dann die jungen Burschen und Mädchen durch das Dorf zogen und allerlei Lieder sangen, da wurde sie etwas davon gewahr, daß sie hier saß und ihre Lustbarkeit opferte, und leise vor sich hin sang sie die Lieder mit, die von den Wandelnden im Verein gesungen wurden; aber wenn sie die Marann' ansah, hielt sie inne, und sie dachte darüber nach, wie es doch eigentlich gut wäre, daß der Dami nicht mehr im Dorfe sei. Er war nicht mehr die Zielscheibe allgemeiner Neckerei, und wenn er zurückkam, war er gewiß ein Bursch, vor dem alle Respekt haben mußten.

An Winterabenden, wenn im Hause des Rodelbauern gesponnen und gesungen wurde, da allein durfte Barfüßele mitsingen, und obgleich sie einen hellen, lauten Ton hatte, ließ sie sich doch dazu herbei, fast immer die zweite Stimme zu singen. Die Rosel, des Rodelbauern noch ledige Schwester, die um ein Jahr älter als Barfüßele war, sang immer die erste Stimme, und es verstand sich von selbst, daß auch die Stimme Barfüßeles ihr dienen mußte, wie denn überhaupt die Rosel, eine stolze und schneidige Person, das Barfüßele durchaus als Lasttier im Hause betrachtete und behandelte; allerdings weniger vor den Leuten als im geheimen. Und eben weil Barfüßele im ganzen Dorfe dafür angesehen war, daß sie im Hauswesen des Rodelbauern wacker angriff und alles in Stand hielt, war es eine Hauptangelegenheit der Rosel, sich bei den Leuten zu berühmen, wieviel Geduld man mit dem Barfüßele haben müsse, wie ihm die Gänsehirtin in allen Stücken nachginge, und wie sie es als ein Werk der Barmherzigkeit betrachte, das Barfüßele nicht so vor den Augen der Welt erscheinen zu lassen, wie es eigentlich sei.

Ein besonderer Gegenstand des Aufziehens und des nicht immer wähligen Spottes waren die Schuhe des Barfüßele. Es ging fast immer barfuß, und höchstens im Winter in abgeschnittenen Stiefeln des Bauern, und dennoch ließ sie sich bei jedem halbjährigen Lohne die brauchlichen Rahmenschuhe geben; sie standen aber oben in der Kammer unberührt, und Barfüßele ging doch so stolz, als hätte es alle die Schuhe auf einmal an; sie trug sie im Bewußtsein.

Sechs Paar Schuhe standen nebeneinander, seitdem Dami beim Scheckennarren diente. Die Schuhe waren mit Heu ausgestopft, und von Zeit zu Zeit tränkte sie Barfüßele mit Fett, damit sie geschmeidig blieben. Barfüßele war vollauf herangewachsen, nicht sehr hoch, aber stämmig untersetzt. Sie kleidete sich immer ärmlich, aber sauber und anmutig, und Anmut ist die Pracht der Armut, die nichts kostet und nicht zu kaufen ist. Nur weil es der Rodelbauer der Ehre des Hauses angemessen hielt, zog Barfüßele des Sonntags ein besseres Kleid an, um sich vor den Leuten zu zeigen; dann aber kleidete sie sich rasch wieder um und sah bei der schwarzen Marann' in ihrem Werktagskleide, oder sie stand auch bei ihren Blumen, die sie vor ihrem Dachfenster in alten Topfen pflegte. Nelken, Gelbveigelein und Rosmarin gediehen hier vortrefflich, und wenn sie auch manchen Ableger davon auf das Grab der Eltern gepflanzt hatte, es wucherte alles doppelt nach, und die Nelken hingen in windenartigen Büscheln fast hinab bis auf den Laubengang, der sich um das ganze Haus zog. Das weit vorgestreckte Strohdach des Hauses bildete aber auch einen vortrefflichen Schutz für die Blumen, und wenn Barfüßele daheim war, fiel im Sommer kein warmer Regen, bei dem sie nicht die Blumenscherben in den Garten trug, um sie dort ganz nahe dem mütterlichen Boden vollregnen zu lassen. Besonders ein kleiner Rosmarinstock, der in dem Topfe war, den einst Barfüßele auf dem Holderwasen zum allgemeinen Gebrauch bei sich gehabt hatte, besonders dieser Rosmarinstock war zierlich gebaut wie ein kleiner Baum, und Barfüßele ballte oft die rechte Faust und schlug die andere Hand darüber, indem sie vor sich hin sagte:

»Wenn's eine Hochzeit gibt von meinen Nächsten, ja von meinem Dami, dann steck' ich den an.« Ein anderer Gedanke stieg in ihr auf, vor dem sie errötete bis in die Schläfe hinein, und sie beugte sich und roch an dem Rosmarin: wie einen Duft aus der Zukunft sog sie etwas aus ihm ein, sie wollte es nicht dulden, und mit wilder Hast versteckte sie das Rosmarinstämmchen zwischen die andern großen Pflanzen, daß sie es nicht mehr sah, und eben schloß sie das Fenster, da läutete es Sturm.

»Es brennt beim Scheckennarren in Hirlingen!« hieß es bald. Die Spritze wurde herausgetan, und Barfüßele fuhr auf derselben mit der Löschmannschaft davon.

»Mein Dami! mein Dami,« jammerte sie immer in sich hinein, aber es war ja Tag, und bei Tag konnten Menschen nicht in einem Brande verunglücken. Und richtig! als man bei Hirlingen ankam, war das Haus schon niedergebrannt, aber am Wege in einem Baumgarten stand Dami und band eben die beiden Schecken, schöne, stattliche Pferde, an einen Baum, und ringsherum lief alles scheckig, Ochsen, Kühe und Rinder.

Man hielt an. Barfüßele durfte absteigen, und mit einem: »Gottlob, daß dir nichts geschehen ist,« eilte sie auf den Bruder zu. Dieser aber antwortete nicht und hielt beide Hände auf den Hals des einen Gaules gelegt.

»Was ist? Warum redest du nicht? hast du dir Schaden getan?«

»Ich nicht, aber das Feuer.«

»Was ist denn?«

»All mein Sach' ist verbrannt, meine Kleider und mein bißchen Geld. Ich habe nichts, als was ich auf dem Leib trage.«

»Und des Vaters Kleider sind auch verbrannt?«

»Sind die denn feuerfest?« sagte Dami zornig. »Frag' nicht so dumm.«

Barfüßele wollte weinen über dieses harte Anlassen des Bruders, aber sie fühlte rasch, wie durch einen Naturtrieb, daß Unglück sehr oft im ersten Anprall unwirsch, hart und händelsüchtig macht; sie sagte daher nur:

»Dank' Gott, daß du dein Leben noch hast; des Vaters Kleider, freilich, da ist was mitver-brannt, was man sich nicht mehr erwerben kann, aber sie wären doch auch einmal zugrunde gegangen, so oder so.«

»All dein Geschwätz ist für die Katz',« sagte Dami und streichelte immer das Pferd. »Da steh' ich nun wie der ›Gott verlaß mich nicht‹. Da, wenn die Gäule reden könnten, die würden anders reden, aber ich bin eben zum Unglück geboren. Was ich gut tue, ist nichts, und doch« –

Er konnte nicht mehr reden, es erstickte ihm die Stimme.

»Was ist denn geschehen?«

»Da die Gäule und die Kühe und Ochsen, ja, es ist uns kein Stück Vieh verbrannt, außer den Schweinen, die haben wir nicht retten können. Schau, der Gaul da drüben, der hat mir da mein Hemd aufgerissen, wie ich ihn aus dem Stalle ziehe; mein zuderhändiger Gaul, der hat mir nichts getan, der kennt mich. Gelt, du kennst mich. Humpele? Gelt, wir kennen einander?«

Der Gaul legte seinen Kopf über den Hals des andern und schaute Dami groß an, der jetzt fortfuhr:

»Und wie ich dem Bauer mit Freude berichte, daß ich das Vieh alles gerettet habe, da sagt er: das war nicht nötig, ist alles versichert und gut, hätt' mir besser bezahlt werden müssen! Ja, denk' ich bei mir, aber daß das unschuldige Vieh sterben soll, ist denn das nichts? Ist's denn, wenn's bezahlt ist, alles? Ist denn das Leben nichts? Der Bauer muß mir was angesehen haben von dem, was ich denk', und da fragt er mich: du hast doch dein Gewand und dein Sach gerettet? und da sag' ich: nein, nein, kein Fädele, ich bin gleich in den Stall gesprungen, und da sagt er: du bist ein Tralle! Wie? sag' ich. Ihr seid ja versichert. Wenn das Vieh bezahlt worden wäre, da werden doch auch meine Kleider bezahlt, und es sind auch noch Kleider von meinem Vater selig dabei und vierzehn Gulden, meine Taschenuhr und meine Pfeife. Und da sagt er: Rauch draus! Mein Sach' ist versichert und nicht das von den Dienstboten! Ich sag': das wird sich zeigen, und ich lass' es auf einen Prozeß ankommen, und da sagt er: So? Jetzt kannst du gleich gehen. Wer einen Prozeß anfangen will, hat aufgekündigt. Ich hätte dir ein paar Gulden geschenkt, aber so kriegst du keinen Heller. Jetzt mach, daß du fortkommst! ... Da bin ich nun, und ich mein', ich sollt' meinen zuderhändigen Gaul mitnehmen, ich hab' ihm das Leben gerettet, und er ging' gern mit mir. Gelt du? Aber ich habe das Stehlen nicht gelernt, und ich wüßt' mir auch nicht zu helfen, und es wäre am besten, ich spränge jetzt ins Wasser. Ich komme mein Lebtag zu nichts, und ich hab' nichts.«

»Aber ich hab' noch und will dir helfen.«

»Nein, das tu' ich nicht mehr, daß ich dich aussauge; du mußt dir's auch sauer verdienen.«

Es gelang Barfüßele, ihren Bruder zu trösten und ihn so weit zu bringen, daß er mit ihr heimging; aber kaum waren sie hundert Schritte gegangen, als etwas hinter ihnen drein trabte. Der Gaul hatte sich losgerissen und war Dami gefolgt, und dieser mußte das Tier, das er so sehr liebte, mit Steinwürfen zurückjagen.

Dami schämte sich seines Unglücks und ließ sich fast vor keinem Menschen sehen, denn es ist die Eigenheit schwacher Naturen, daß sie ihre Kraft nicht im Selbstgefühle empfinden, sondern gern durch äußerlich Erobertes zeigen, was sie eigentlich vermögen; Mißgeschick sehen sie als Zeichen ihrer Schwäche an, und wenn sie solches nicht verbergen können, verstecken sie sich selber.

Nur an den ersten Häusern des Dorfes hielt sich Dami auf. Die schwarze Marann' schenk-te ihm einen Rock ihres erschossenen Mannes. Dami hatte einen unüberwindlichen Abscheu davor, ihn anzuziehen, aber Barfüßele, die ehedem den Rock des Vaters als ein Heiligtum be-trachtet und gepriesen hatte, fand jetzt ebensoviel Gründe, zu beweisen, daß ein Rock doch eigentlich nichts sei, daß gar nichts darauf ankäme, wer ihn einstmals auf dem Leibe gehabt.

Der Kohlenmathes, der nicht weit von der schwarzen Marann' wohnte, nahm Dami mit als Gehilfen beim Holzschlagen und Kohlenbrennen. Dami war das abgeschiedene Leben am will-kommensten, er wollte nur noch ausharren, bis er Soldat werden mußte, und dann wollte er als Einsteher eintreten und auf Lebenszeit Soldat bleiben; beim Soldatenleben ist doch Gerechtig-keit und Ordnung, und da hat niemand Geschwister und niemand ein eigen Haus, und man ist in Kleidung und Speise und Trank versorgt, und wenn's Krieg gibt: ein frischer Soldatentod ist doch das beste.

Das war es, was Dami am Sonntag im Moosbrunnenwalde aussprach, wenn Barfüßele hinabkam zum Meiler, dem Bruder Schmalz und Mehl und Rauchtabak brachte und ihn oft belehren wollte, wie er außer der gewöhnlichen Speise der Waldköhler, die in schmalzgebähtem Brot besteht, auch die Knödel, die er sich selber bereitete, schmackhafter machen könne; aber Dami wollte das nicht, gerade so wie sie auskamen, war es ihm recht: er würgte gern Schlechtes hinab, obgleich er hätte Besseres essen können, und überhaupt gefiel er sich in Selbstverwahrlosung, bis er einst zum Soldaten herausgeputzt würde.

Barfüßele kämpfte gegen dieses ewige Hinausschauen auf eine kommende Zeit und das Verlorengehenlassen der Gegenwart. Sie wollte den Dami, der sich in Schlaffheit wohlgefiel und sich dabei selbst bemitleidete, immer aufrichten; aber diesem schien in dem innern Zerfallen fast wohl zu sein. Er konnte sich eben dabei recht bemitleiden und bedurfte keiner Kraftanstrengung. Nur mit Mühe brachte es Barfüßele dahin, daß sich Dami aus seinem Verdienste wenigstens eine eigene Axt erwarb, und zwar die des Vaters, die der Kohlenmathes bei der Versteigerung gekauft hatte.

Mit tiefer Verzweiflung kehrte Barfüßele oft aus dem Walde zurück, aber sie hielt nicht lange an; die innere Zuversicht und der frohe Mut, der in ihr lebte, drängte sich unwillkürlich als heller Gesang auf ihre Lippen, und wer es nicht wußte, hätte nie gemerkt, daß Barfüßele je einen Kummer gehabt oder je einen habe.

Die Freudigkeit, die aus der unbewußten Empfindung floß, daß sie straff und unverdrossen ihre Pflicht tat und Wohltätigkeit übte an der schwarzen Marann' und an Dami, prägte ihrem Antlitz eine unvertilgbare Heiterkeit auf. Im ganzen Hause konnte niemand so gut lachen als das Barfüßele, und der alte Rodelbauer sagte: ihr Lachen töne just wie Wachtelschlag, und weil sie ihm allzeit dienstfertig und ehrerbietig war. gab er ihr zu verstehen, daß er sie einstmals in sein Testament setze. Barfüßele kümmerte sich nicht darum und baute nicht viel darauf, sie erwartete nur den Lohn, den sie mit Recht und Sicherheit ansprechen konnte, und was sie tat, tat sie aus einem innern Wohlwollen, ohne auf Entgelt zu warten.

8. Kapitel.

Sack und Axt.

Das Haus des Scheckennarren war wieder aufgebaut, stattlicher als je; der Winter kam herbei, und die Losung der Rekruten. Noch nie war mehr Betrübnis über ein glückliches Los entstanden, als das Dami sich freispielte. Er war verzweifelt und Barfüßele fast mit ihm, denn auch ihr war das Soldatenwesen als treffliches Mittel erschienen, um das lässige Wesen Damis aufzurichten; dennoch sagte sie zu ihm jetzt:

»Nimm das als Fingerzeig, du sollst jetzt für dich selber als Mann einstehen. Aber du tust noch immer wie ein kleines Kind, das nicht allein essen kann, und dem man zu essen geben muß.«

»Du wirfst mir vor. daß ich dich ausfresse?«

»Nein, das mein’ ich nicht. Sei nicht immer so leidmütig, steh’ nicht immer da: wer will mir was tun? Gutes oder Böses? Schlag’ selber um dich!«

»Und das will ich auch, und ich hole weit aus!« schloß Dami. Er gab lange nicht kund, was er eigentlich vor hatte, aber er ging seltsam aufrecht durch das Dorf und sprach mit jedem frei, er arbeitete fleißig im Walde bei den Holzschlägern, er hatte die Axt des Vaters und mit ihr fast die Kraft dessen, der sie ehedem so rüstig gehandhabt.

Als ihm Barfüßele einmal im ersten Frühling bei der Heimkehr vom Moosbrunnenwalde begegnete, sagte er, die Axt von der Schulter nehmend: »Was meinst, wo die hingeht?«

»Ins Holz!« antwortete Barfüßele. »Aber sie geht nicht allein, man muß sie hacken.«

»Hast recht, aber sie geht zu ihrem Bruder, und der eine hackt drüben und der andere drüben, und da krachen die Bäume wie geladene Kanonen, und du hörst nichts davon, oder wenn du willst, ja, aber keiner im Ort.«

»Ich verstehe dich vom Simri kein Mäßle,« antwortete Barfüßele. »Ich bin zu alt zum Rätselaufgeben. Red’ deutlich.«

»Ja, ich gehe zum Ohm nach Amerika.«

»So? Gleich heut!« scherzte Barfüßele. Weißt wie des Maurers Martin einmal seiner Mutter zum Fenster hinaufgerufen hat: Mutter, wirf mir ein frisches Sacktuch ’raus, ich will nach Amerika spazieren? Die so leicht fliegen wollen, sind alle noch da.«

»Wirst schon sehen, wie lang ich noch da bin,« sagte Dami und ging ohne weiteres fort in das Haus des Kohlenmathes. Barfüßele wollte sich über den lächerlichen Plan Damis lustig machen, aber es gelang ihr nicht; sie fühlte, daß etwas Ernst dabei sei, und noch in der Nacht, als alles schon im Bett lag, eilte sie nochmals zu ihrem Bruder und erklärte ihm ein für allemal, daß sie nicht mitginge. Sie glaubte ihn dadurch plötzlich besiegt zu haben, aber Dami sagte kurzweg: »Ich bin dir nicht angewachsen.« Sein Plan wurde immer fester.

In Barfüßele war auf einmal wieder all das Wagen von Ueberlegungen, das sie schon einmal in der Kindheit befallen hatte; aber jetzt sprach sie nicht mehr mit dem Vogelbeerbaum, als ob er ihr Antwort geben könne, und aus allen Ueberlegungen heraus lautete der Schluß: »Er hat recht, daß er geht; ich hab’ aber auch recht, daß ich dableibe!« Sie freute sich eigentlich innerlich, das Dami einen so kühnen Entschluß haben könne; das zeigte doch von männlicher Kraft, und tat es ihr auch tief wehe, fortan vielleicht allein zu sein in der weiten Welt, so fand sie es doch recht, daß der Bruder mit gesundem Mut hinausgriff. Dennoch glaubte sie ihm noch nicht ganz.

Am andern Abend paßte sie ihm ab und sagte:

»Sprich nur mit keinem Menschen von deinem Auswanderungsplan, sonst wirst du ausgelacht, wenn du’s nicht ausführst.«

»Hast recht!« entgegnete Dami, »aber nicht deswegen; ich fürchte mich nicht davor, mich vor anderen Menschen zu binden; so gewiß als ich die fünf Finger da an der Hand habe, so gewiß gehe ich, ehe hier die Kirschen zeitig sind; und wenn ich mich durchbetteln, und wenn ich mich durchstehlen muß, daß ich fortkomme. Nur das eine tut mir weh, daß ich fort muß und nicht dem Scheckennarren einen Tuck antun kann, den er sein Lebenlang spürt.«

»Das ist die rechte Großmännigkeit,« eiferte Barfüßele, »das ist die echte Herzensliederlichkeit, einen Rachegedanken hinter sich zu lassen. Dort, dort drüben liegen unsere Eltern, komm mit, komm mit auf ihr Grab, und sage das dort noch einmal, wenn du kannst. Weißt, wer der Nichtsnutzigste ist? Wer sich verderben läßt. Gib die Axt her, du bist nicht wert, da die Hand zu haben, wo der Vater seine Hand gehabt hat, wenn du das nicht gleich mit Stumpf und Stiel aus der Seele reißest! Die Axt gib her! Die soll kein Mensch haben, der von Stehlen und Morden spricht. Die Axt gib her! Oder ich weiß nicht, was ich tue.«

Kleinlaut sagte Dami: »Es ist nur so ein Gedanke gewesen. Glaub' mir, ich hab's nicht gewollt, ich kann ja das auch nicht; aber weil sie mich immer so den Kegelbuben heißen, da hab' ich gemeint, ich müsse auch einmal wettern und dreinfluchen und dreinhauen. Aber du hast recht. Sieh, wenn du willst, gehe ich noch heut nacht hin zum Scheckennarren und sage ihm, daß ich keinen bösen Gedanken im Herzen gegen ihn hab'.«

»Das brauchst du nicht, das ist zu viel; aber weil du so Einsicht annimmst, will ich dir helfen, was ich kann.«

»Das beste wäre, du gingst mit.«

»Nein, das kann ich nicht, ich weiß nicht warum, aber ich kann nicht. Aber das habe ich nicht verschworen: wenn du mir schreibst, daß dir's beim Ohm gut geht, da komme ich nach. So in den Nebel hinein, wo man nichts weiß... ich ändere nicht gern, und ich hab's ja eigentlich gut hier. Aber jetzt laß uns überlegen, wie du fort kommst.«

Es ist eine Eigenheit vieler Auswandernden und gibt Zeugnis von einer finstern Seite der Menschennatur überhaupt und unserer vaterländischen Zustände insbesondere, daß die lebendig Scheidenden gern noch vor ihrem Abgange ungestraft Rache nehmen, und bei vielen ist es das erste, was sie in der neuen Welt tun, daß sie nach der alten Welt an die Gerichte schreiben und allerlei Angebereien über geheimgebliebene Verbrechen machen.

Es waren schreckliche Beispiele dieser Art in der Gegend vorgekommen, und Barfüßele flammte darum doppelt im Zorn auf, weil auch ihr Bruder sich zu den aus dem Verstecke Schießenden hatte gesellen wollen. Darum war sie jetzt doppelt freudig, als sie den bösen Willen Damis besiegt hatte; denn tiefer als alle Wohltat erquickt das innere Gefühl, einen andern von Laster und Irrweg zurückgeführt zu haben.

Mit der ganzen sichern Klarheit ihres Wesens erwog sie nun alle Umstände. Die Frau des Ohms hatte an ihre Schwester geschrieben, daß es ihnen wohl gehe, und so wußte man den Aufenthaltsort des Ohms.

Die Ersparnisse Damis waren sehr gering, und auch die Barfüßeles reichten nicht voll aus. Dami sprach davon, daß ihm die Gemeinde eine namhafte Beisteuer geben müsse; die Schwester wollte nichts davon wissen, und sie sagte: »Das soll das letzte sein, wenn alles andere fehlgeschlagen hat.« Sie erklärte nicht, was sie noch sonst versuchen könne. Ihr erster Gedanke war allerdings, sich an die Landfriedbäuerin in Zusmarshofen zu wenden; aber sie wußte, wie solch ein Bettelbrief einer reichen Bäuerin erscheinen müsse, die vielleicht auch nicht einmal bar Geld habe; dann dachte sie an den Rodelbauer, der ihr versprochen hatte, sie in sein Testament zu setzen, er sollte ihr jetzt das Zugedachte geben, und wenn es auch wenig sei.

Dann fiel ihr wieder ein, daß man vielleicht den Scheckennarren, dem es jetzt wieder überaus wohl erging, zu einer Beisteuer bewegen könne.

Sie sagte von alledem dem Dami nichts, aber wie sie sein Gewand musterte, wie sie mit vieler Mühe der schwarzen Marann' von ihrer aufgespeicherten Leinwand ein Stück auf Borg abkaufte, alsbald zuschnitt und in der Nacht vernähte, alle diese gesetzten, festen Vorbereitungen machten Dami fast zittern. Er hatte freilich getan, als ob der Auswanderungsplan bei ihm unerschütterlich fest sei, und doch kam er sich jetzt wie gebunden, wie gezwungen vor, als ob er durch den festen Willen der Schwester zur Ausführung gedrängt würde. Ja, die Schwester erschien ihm fast hartherzig, als ob sie ihn fortdränge, ihn los sein wolle. Er wagte jedoch nicht, dies deutlich zu sagen, er wußte nur allerlei Quengeleien vorzubringen, und Barfüßele deutete diese als das verdeckte Wehe des Abschieds, das kleine Hindernisse gern als die Nötigung davon abzulassen annimmt, um nur sich wieder abbringen zu lassen. Sie machte sich nun vor allem an den alten Rodelbauer und verlangte geradezu, daß er ihr das Erbstück, welches er schon lange versprochen, jetzt gebe.

Der alte Rodelbauer sagte: »Was pressierst du so? Kannst nicht warten? Was hast?«

»Nichts Hab' ich und kann nicht warten.«

Sie erzählte, daß sie ihren Bruder aussteuern wolle, der nach Amerika auswandere. Das war ein glücklicher Griff für den alten Rodelbauer; er konnte seine Zähigkeit noch als Gutmütigkeit, als weise Fürsorge hinstellen; er bedeutete Barfüßele, daß er ihr jetzt keinen roten Heller gebe, er wolle nicht schuld sein, daß sie sich ganz ausziehe für ihren Bruder.

Nun bat Barfüßele, daß er der Fürsprech sei beim Scheckennarren; dazu ließ er sich endlich herbei, und tat groß damit, daß er sich zum Betteln hergebe bei einem fremden Manne für einen fremden Menschen; aber er verschob die Ausführung von Tag zu Tag, und als Barfüßele nicht abließ, machte er sich endlich auf den Weg. Er kam, wie vorauszusehen war, mit leerer Hand zurück, denn des Scheckennarren erste Frage war natürlich: was denn der Rodelbauer gebe, und als dieser geradezu sagte, daß er sich vor der Hand zu nichts verstehe, war das der gewiesene Weg, und der Scheckennarr blieb auch auf demselben.

Als Barfüßele der schwarzen Marann' ihren Kummer über diese Hartherzigkeit klagte, traf die Alte die Spitze der Empfindung, indem sie sagte: »Ja, so sind die Menschen! Wenn morgen einer ins Wasser springt, und man zieht ihn tot heraus, da sagt ein jedes: hätt' er mir nur gesagt, was ihm fehlt, ich hätt's ihm ja gern gegeben und in allem geholfen. Was gäb' ich nicht drum, wenn ich ihn wieder ins Leben bringen könnte! – Aber ihn beim Leben erhalten, dazu wollte sich keine Hand auftun.«

Und seltsam, eben dadurch, daß Barfüßele die ganze Schwere der Dinge sich immer voll auftat, lernte sie sie leicht ertragen. »Drum muß man sich nur auf sich selbst verlassen,« war ihr innerer Wahlspruch, und statt sich niederdrücken zu lassen von Hindernissen, wurde sie dadurch immer nur schnellkräftiger. Sie raffte zusammen und machte zu Gelde, was sich nur tun ließ, und der reiche Anhänger, den sie einst von der Landfriedbäuerin erhalten, wanderte zur Witwe des alten Heiligenpflegers, die sich in ihrem Witwenstande an einem ergiebigen Wucher auf Faustpfänder erfreute. Auch der Dukaten, den sie einst dem Oberbaurat auf dem Kirchhofe nachgeworfen hatte, wurde jetzt wieder gefordert, und seltsamerweise erbot sich jetzt der Rodelbauer, beim Gemeinderat, in dem er saß, eine namhafte Unterstützung für den auswandernden Dami zu erwirken. Mit öffentlichen Geldern war er gern großmütig und tugendhaft.

Dennoch erschrak Barfüßele, als er ihr nach wenigen Tagen verkündete, es sei beim Gemeinderat alles bewilligt, aber nur auf die Bedingung hin, daß Dami jedes Heimatsrecht im Dorfe aufgebe. Das hatte sich von selbst verstanden, man hatte gar nicht anders gedacht; aber jetzt, da es eine Bedingung war, erschien es als ein Schreckbild: nirgends mehr daheim zu sein. Dem Dami sagte Barfüßele nichts von diesen ihren Gedanken, und Dami schien wiederum froh und wohlgemut. Besonders die schwarze Marann' redete ihm viel zu, denn sie hätte gern das ganze Dorf in die Fremde geschickt, um endlich Kunde von ihrem Johannes zu bekommen, und jetzt glaubte sie steif und fest, daß ihr Johannes über dem Meer sei. Der Krappenzacher hatte ihr gesagt: das Meer, die salzige Flut, verhindere die Tränen, die man um einen weinen wolle, der am andern Ufer sei.

Barfüßele erhielt von ihrer Dienstherrschaft die Erlaubnis, den Bruder zu begleiten, als er seinen Ueberfahrtsvertrag mit dem Agenten in der Stadt abschließen wollte. Wie erstaunten sie aber, als sie hörten, daß dies bereits geschehen sei. Der Gemeinderat hatte es schon bewerkstelligt, und Dami genoß des Armenrechtes und der entsprechenden Verpflichtungen. Er mußte vom Schiff aus, bevor dasselbe ins weite Meer segelte, eine Bescheinigung seiner Abfahrt unterzeichnen, und erst dann wurde das Geld ausgezahlt.

Die Geschwister kehrten traurig heim ins Dorf, schweigend gingen sie dahin. Dami war von seiner Verdrossenheit überfallen, daß nun etwas geschehen müsse, weil er's einmal gesagt, und

Barfüßele empfand ein tiefes Wehe, daß doch ihr Bruder eigentlich wie auf dem Schub fortgeschafft würde. An der Gemarkung sagte Dami laut zu dem Stock, worauf der Ortsname und Amtsbezirk stand:

»Du da! Ich bin nicht mehr bei dir daheim, und alle Menschen da drin, die sind mir jetzt grad so viel wie du.«

Barfüßele weinte, aber sie nahm sich vor, daß dies das letztemal sein solle bis zur Abreise Damis und auch bei dieser selbst. Sie hielt Wort.

Die Leute im Dorfe sagten: das Barfüßele müsse kein Herz im Leibe haben, denn es waren ihr nicht die Augen naß geworden, als ihr Bruder schied, und die Leute wollen gerne selbst die Tränen sehen. Was gehen sie die heimlich geweinten an? Barfüßele aber hielt sich wach und straff.

Nur in den letzten Tagen vor der Abreise Damis versäumte sie zum erstenmal ihre Pflicht, denn sie vernachlässigte ihre Arbeit und war immer beim Dami; sie ließ sich von der Rosel darüber ausschelten und sagte nur: »Du hast recht.« Sie lief aber doch ihrem Bruder überall nach, sie wollte keine Minute verlieren, solange er noch da war. Sie meinte, sie könne ihm in jeden Augenblick noch etwas Besonderes erweisen, noch etwas Besonderes sagen für Lebenlang, und quälte sich wieder, daß sie ganz gewöhnliche Sachen sprach, ja, daß sie sogar manchmal mit ihm stritt.

O, diese Abschiedsstunden! Wie pressen sie das Herz, wie preßt sich alle Vergangenheit und Zukunft in einen Augenblick zusammen, und man weiß nirgends anzufassen, und nur ein Blick, eine Berührung muß alles sagen!

Amrei gewann indes doch noch Worte. Als sie ihren Bruder das Leinenzeug vorzählte, sagte sie: »Das sind gute, saubere Hemden, halt’ dich gut und sauber drin.« Und als sie alles in den großen Sack packte, auf dem noch der Name des Vaters stand, sagte sie: »Bring’ den wieder mit, voll lauter Gimgold. Wirst sehen, wie gern du dann hier wieder die Bürgerannahme bekommst, und des Rodelbauern Rosel, wenn sie bis dahin noch ledig ist, springt dir über sieben Häuser nach.« Und als sie die Axt des Vaters in die große Kiste legte, sagte sie: »O wie glatt ist der Stiel! Wie oft ist er durch des Vaters Hand gegangen, und ich mein’, ich spür’ noch seine Hand dadrauf. So, jetzt hab’ ich das Wahrzeichen: Sack und Axt! Arbeiten und Einsammeln, das ist das Beste, und da bleibt man lustig und gesund und glücklich. Behüt’ dich Gott! und sag’ auch recht oft vor dich hin: Sack und Axt. Ich will’s auch oft tun, und das soll unser Gedenken sein, unser Zuruf, wenn wir weit, weit voneinander sind, bis du mir schreibst oder mich holst oder wie du’s kannst, wie’s eben Gott will. Sack und Axt! da drin steckt alles. Da kann man alles hineintun, alle Gedanken und alles, was man erworben hat.«

Und als Dami auf dem Wagen saß und sie ihm zum letztenmal die Hand reichte, die sie lange nicht lassen wollte, bis er endlich davonfuhr, da rief sie ihm noch mit heller Stimme nach: »Sack und Axt! Vergiß das nicht.« Er schaute zurück und winkte, und verschwunden war er.

9. Kapitel.

Ein ungebetener Gast.

»Gelobt sei Amerika!« rief der Nachtwächter zum Ergötzen aller mehrere Nächte beim Stundenanrufen aus, statt des üblichen Dankspruches gegen Gott. Der Krappenzacher, der weil er selber nichts galt, gern bei den »rechten« Leuten auf die Armen schimpfte, sagte beim Ausgang aus der Kirche am Sonntag und nachmittags auf der langen Bank vor dem »Auerhahn«: »Der Kolumbus ist ein wahrer Heiland gewesen. Von was kann der einen nicht alles erlösen! Ja, das Amerika ist der Saukübel von der alten Welt, da schüttet man hinein, was man in der Küche nicht mehr brauchen kann: Kraut und Rüben und alles durcheinander, und für die, wo im Schloß hinterm Haus wohnen und Französisch verstehen oui! Oui! ist es noch gutes Fressen.«

Bei der Armut an Gesprächsstoffen war natürlich der ausgewanderte Dami geraume Zeit der Gegenstand der Unterhaltung, und wer zum Gemeinderat gehörte, pries seine Weisheit, daß er sich von einem Menschen befreit habe, der gewiß einmal der Gemeinde zur Last gefallen wäre. Denn wer in allerlei Gewerben herumkutschiert, fährt ins Elend.

Natürlich gab es viele gutmütige Menschen, die Barfüßele alles berichteten, was man über ihren Bruder sagte und wie man über ihn spottete. Aber Barfüßele lachte darüber, und als von Bremen aus ein schöner Brief von Dami kam – man hätte gar nicht geglaubt, daß er alles so ordentlich setzen kann – da triumphierte sie vor den Augen der Menschen und las den Brief mehrmals vor. Innerlich aber war sie traurig, einen solchen Bruder wohl auf ewig verloren zu haben. Sie machte sich Vorwürfe, daß sie ihn nicht genug habe aufkommen lassen, daß sie ihn nicht genug vornhingestellt habe; denn das zeigte sich jetzt, welch' ein geweckter Bursch der Dami war, und dabei so gut. Er, der von allen im Dorfs hatte Abschied nehmen wollen, wie von dem Stock an der Gemarkung, füllte jetzt eine ganze Seite mit lauter Grüßen an einzelne, und jeder hieß der »Liebe«, der »Gute« oder der »Brave«, und Barfüßele erntete vieles Lob überall, wo sie die Grüße ausrichtete und dabei immer genau zeigte: »Seht, da steht's!«

Barfüßele war eine Zeitlang still und in sich gekehrt, es schien sie zu gereuen, daß sie den Bruder fortgelassen oder nicht mit ihm gegangen war. Sonst hörte man sie in Stall und Scheune, in Küche und Kammer und beim Ausgang mit der Sense über der Schulter und dem Grastuch unterm Arm, immer singen; jetzt war sie still. Sie schien das gewaltsam zurückzuhalten. Aber es gab ein gutes Mittel, die Lieder wieder hinaustönen zu lassen. Am Abend schläferte sie die Kinder des Rodelbauern ein, und dabei sang sie unaufhörlich wenn die Kinder auch schon lange schliefen. Dann eilte sie noch zur schwarzen Marann' und versorgte sie mit Holz und Wasser und allem, was sie bedurfte.

An Sonntagnachmittagen, wenn alles sich vergnügte, stand Barfüßele oft still und unbewegt an der Türpfoste ihres Hauses und schaute hinein in die Welt und den Himmel und sah, wie die Vögel flogen, und träumte so vor sich hin, bald hinaus ins Weite, wo der Dami jetzt sei und wie es ihm ergehe, und dann konnte sie wieder unverwandten Blickes lange Zeit einen umgelegten Pflug betrachten und einem Huhn, das sich in den Sand eingrub, zuschauen. Wenn ein Fuhrwerk durchs Dorf fuhr, schaute sie auf und sagte fast laut: »Die fahren zu jemand! Auf allen Straßen der Welt geht kein Mensch zu mir, denkt kein Mensch zu mir; und gehör ich denn nicht auch her?« und dann war's ihr immer, als erwarte sie etwas, ihr Herz pochte schneller wie einem Ankommenden. Und unwillkürlich tönte es von ihren Lippen:

> Alle Wässerlein auf Erden
> Die haben ihren Lauf;
> Kein Mensch ist ja auf Erden,
> Der mir mein Herz macht auf.

»Ich wollte, ich wäre so alt wie Ihr,« sagte sie einmal, als sie aus solchen Träumen heraus bei der schwarzen Marann' ankam.

»Sei froh, daß der Wunsch kein Wahr ist,« erwiderte die schwarze Marann'. »Wie ich so alt war wie du, da war ich lustig und hab' drunten in der Gipsmühle 132 Pfund gewogen.«

»Ihr seid doch einmal wie das andermal, und ich bin gar nicht gleich.«

»Wenn man gleich sein will, muß man sich die Nase abschneiden, da ist man im ganzen Gesicht gleich. Du Närrle, gräm' dir deine jungen Jahre nicht ab, es gibt sie dir keiner wieder heraus. Die alten kommen schon von selber.«

Es gelang der schwarzen Marann' leicht, Barfüßele zu trösten. Nur wenn sie allein war, lag noch ein seltsames Bangen auf ihr. Was soll das werden?

Ein wunderliches Rumoren ging durch das Dorf. Man sprach seit vielen Tagen davon, daß es in Endringen eine Nachhochzeit gebe, wie seit Menschengedenken keine in der Gegend gewesen sei. Die älteste Tochter des Dominik und des Ameile – die wir noch vom Lehnhold her kennen – heiratete einen reichen Holzhändler im Murgtal, und man sagte, das gäbe eine Lustbarkeit, wie man sie noch nie erfahren.

Der Tag rückte immer näher heran. Wo sich zwei Mädchen begegnen, ziehen sie sich hinter eine Hecke, in einen Hausflur, und können gar kein Ende finden, und behaupten doch stets, daß sie gewaltig Eile hätten. Man sagt, es käme alles aus dem Oberlande und aus dem Murgtal und dreißig Stunden Wegs her, denn das sei eine große Familie. Am Rathausbrunnen, da war erst das rechte Leben, da wollte kein Mädchen ein neues Kleidungsstück haben, um sich andern Tags um so mehr an der Ueberraschung und dem Staunen zu erfreuen. Vor lauter Fragen und Hin- und Herreden vergaß man das Wasserschöpfen, und Barfüßele, die am spätesten gekommen war, ging am frühesten mit vollem Kübel wieder heim. Was ging sie der Tanz an! Und doch war's ihr immer, als hörte sie überall Musik.

Am andern Tage hatte Barfüßele viel im Hause hin und her zu rennen, denn sie sollte die Rosel aufputzen. Sie erhielt manchen heimlichen Knuff beim Zöpfen, aber sie ertrug es still.

Die Rosel hatte ein gewaltiges Haar, und das sollte auch gewaltig prangen. Sie wollte heute etwas Neues damit probieren. Sie wollte einen Maria-Theresienzopf haben, wie man hierzulande ein kunstreiches Geflechte aus vierzehn Strängen nennt; das sollte als neu Aufsehen erregen. Es gelang Barfüßele, das schwere Kunstwerk zustande zu bringen, aber kaum war es fertig, als die Rosel es im Unmut wieder aufriß, und sie sah wild aus, wie ihr die Stränge über den ganzen Kopf und über das Gesicht hingen, dabei war sie aber doch schön und stattlich und gewaltig im Umfang, und ihr ganzes Gebaren sprach es aus: minder als vier Rosse können nicht in dem Hause sein, in das ich einmal heirate! Und in der Tat warben viele Hofsöhne um sie, aber sie schien noch keine Lust zu haben, sich irgendeinen zu bestimmen. Sie blieb nun bei den landesüblichen zwei Zöpfen, die den Rücken hinabhingen, mit eingeflochtenen roten Bändern, die fast bis an den Boden hinabreichten. Sie stand fertig geschmückt da, und nun verlangte sie einen Blumenstrauß. Sie selbst hatte die ihr zugehörigen Blumen verwildern lassen, und trotz aller Einsprache mußte Barfüßele doch endlich nachgeben und ihre schöngehegten Blumen vor dem Fenster fast aller Blüten berauben. Auch das kleine Rosmarinstöckchen verlangte Rosel zu haben, aber Barfüßele wollte sich eher zerreißen lassen, ehe sie das hergab. Und die Rosel spottete und lachte, schimpfte und schalt über die einfältige Ganshirtin, die so eigenwillig tue, und die man doch um Gottes Willen im Hause habe. Barfüßele antwortete nicht, und sie sah Rosel nur an mit einem Blick, vor dem Rosel die Augen niederschlug.

Jetzt hatte sich eine rote Wollrose auf dem linken Schuh verschoben, und Barfüßele war eben niedergekniet, um sie behutsam festzunähen, da sagte die Rosel halb in Reue über ihr Benehmen, halb doch noch im Spott:

»Barfüßele, heut' tu' ich's nicht anders, heut' mußt du mit zum Tanz.«

»Spotte nicht so, was willst du denn von mir?«

»Ich spotte nicht,« beteuerte die Rosel, noch halb neckisch; »du solltest auch einmal tanzen, bist ja auch ein junges Mädle, und es wird auch deinesgleichen auf dem Tanz sein; unser Roßbub geht ja auch, und es kann auch ein Bauernsohn mit dir tanzen, ich will schon einen überzähligen schicken.«

»Laß mich in Frieden oder ich steche dich,« mahnte Barfüßele am Boden, zitternd vor Freude und Trauer.

»Die Schwägerin hat recht,« nahm die junge Bäuerin, die bis jetzt zu allem geschwiegen hatte, nun das Wort, »und ich gebe dir kein gutes Wort mehr, wenn du heute nicht mit zum Tanz gehst. Komm, da setz' dich hin, ich will dich auch einmal bedienen.«

Und einmal über das andere übergoß Barfüßele eine Flammenröte, wie sie so dasaß und ihre Meisterin sie bediente, und als sie ihr die Haare aus dem Gesichte tat und sie alle nach hinten wendete, wollte Barfüßele fast vom Stuhle sinken, da die Bäuerin sagte: »Ich zöpf' dich, wie die Allgäuerinnen gehen. Das wird dich ganz gut herausputzen, und du siehst auch so aus wie eine Allgäuerin: so untersetzt und so braun und so kugelig; du siehst aus wie die Tochter von der Landfriedbäuerin in Zusmarshofen.«

»Wie die? warum wie die?« fragte Barfüßele und zitterte am ganzen Leibe. Was war's, warum sie jetzt gerade an die Bäuerin erinnert wurde, die ihr von Kind auf im Sinn lag, und die ihr damals erschienen war wie eine wohltätige Fee aus dem Märchen? Aber sie hatte keinen Ring, den sie drehen konnte, damit sie erscheinen müsse; nur innerlich konnte sie sie herbannen, und das geschah oft fast unwillkürlich.

»Halt' dich ruhig, sonst rupf' ich dich,« befahl die Bäuerin, und Barfüßele hielt still und atmete kaum. Und wie ihr die Haare so mittendurch geteilt wurden, und wie sie so dasaß, die Hände zusammengepreßt, und alles mit sich machen lassen mußte, und die hochschwangere Frau sie bald warm anhauchte, bald an ihr herumbosselte, da kam sie sich vor, als würde sie plötzlich verzaubert, und sie redete kein Wort, als dürfe sie den Zauber nicht verscheuchen, und senkte demütig den Blick.

»Ich wollt', ich könnte dich zu deiner Hochzeit so einkleiden!« sagte die Bäuerin, die heute von lauter Güte überfloß. »Ich möchte dir einen rechtschaffenen Hof gönnen, und es wäre keiner mit dir angeführt; aber heutigen Tages geschieht das nicht mehr. Da springt das Geld nach dem Geld. Nun, sei du nur zufrieden. So lang mir ein Auge offensteht, soll dir bei mir nichts fehlen, und wenn ich sterbe – ich weiß nicht, es ist mir diesmal so bang um die schwere Stunde – gelt, du verläßt meine Kinder nicht und vertrittst an ihnen Mutterstelle?«

»O Gott im Himmel, wie könnt Ihr nur so etwas denken!« rief Barfüßele, und Tränen rannen ihr aus den Augen. »Das ist eine Sünde, und man kann auch sündigen, daß man Gedanken über sich kommen läßt, die nicht recht sind.«

»Ja, ja, du hast recht,« sagte die Bäuerin, »aber wart' noch, sitz' noch still, ich will dir meinen Anhänger holen, und den will ich dir um den Hals tun.«

»Nein, um Gottes willen nicht; ich trage nichts, was nicht mein ist. Ich tät' mich in den Boden hinein schämen vor mir selber.«

»Ja, aber so kannst du nicht gehen. Oder hast du vielleicht noch selber etwas?«

Barfüßele erzählte, daß sie allerdings einen Anhänger habe, den sie als Kind von der Landfriedbäuerin erhalten, der aber wegen Damis Auswanderung verpfändet sei bei der Witwe des Heiligenpflegers.

Barfüßele mußte stillsitzen und versprechen, sich nicht im Spiegel zu sehen, bis die Bäuerin wiederkäme, die hinforteilte, um das Kleinod zu holen und selber für das Darlehen zu bürgen.

Welche Schauer flossen nun durch die Seele Barfüßeles, wie sie nun so dasaß, sie, die allzeit Dienende, nun bedient, und in der Tat fast wie verzaubert. Sie fürchtete sich fast vor dem Tanze, sie ward jetzt so gut und so freundlich behandelt – wer weiß, wie sie herumgestoßen wird, und keiner sieht nach ihr um, und all ihr äußerer Schmuck und ihre innere Lust ist vergebens! »Nein!« sagte sie vor sich hin, »und wenn ich weiter nichts habe, als daß ich mich gefreut habe; das ist nun genug; und wenn ich mich gleich wiederum ausziehen und daheim bleiben müßte, ich wäre schon glückselig.«

Die Bäuerin kam mit dem Schmucke, und das Lob des Schmuckes und Schimpfen auf die Heiligenpflegerin, die einem armen Mädchen solche Blutzinsen abnehme, ging seltsam durcheinander. Sie versprach, noch heute das Darlehen zu bezahlen und es Barfüßele allmählich am Lohne abzuziehen.

Jetzt endlich durfte sich Barfüßele betrachten. Die Frau hielt ihr selber den Spiegel vor, und aus den Mienen beider glänzte es und sprach es wie ein jauchzender Wechselgesang der Freude.

»Ich kenn' mich gar nicht! ich kenn' mich gar nicht!« sagte Barfüßele immer und betastete sich auf und nieder mit beiden Händen im Gesicht. »Ach Gott, wenn nur mein' Mutter mich so sehen könnte! Aber sie wird Euch gewiß vom Himmel herab segnen, daß Ihr so gut zu mir seid, und sie wird Euch beistehen in der schweren Stunde; brauchet nichts zu fürchten.«

»Jetzt mach' aber ein ander Gesicht.« sagte die Bäuerin, »nicht so ein Gotteserbarm; aber es wird schon kommen, wenn du die Musik hörst.«

»Ich mein', ich höre sie schon.« sagte Barfüßele. »Ja, horchet, da ist sie.« In der Tat fuhr eben ein großer Leiterwagen, mit grünen Reisern besteckt, durch das Dorf, und darauf saß die ganze Musik, und der Krappenzacher stand mitten zwischen den Musikanten und blies die Trompete, daß es schmetterte.

Nun war kein Halt mehr im Dorfe, alles machte sich eilig davon. Die Bauernwägelein, einspännig und zweispännig, aus dem Dorfe selber und aus den benachbarten, die hier durch mußten, jagten fast einander wie im Wettrennen. Rosel stieg zu ihrem Bruder auf den Vordersitz, und Barfüßele saß hinten im Korbe. Es schaute immer vor sich hin, solange man durch das Dorf fuhr, so schämte es sich. Nur beim Elternhause wagte es aufzublicken: die schwarze Marann' grüßte heraus, der rote Gockelhahn krähte auf der Holzbeige und der Vogelbeerbaum nickte: »Glück auf den Weg!«

Jetzt fuhr man durch das Tal, wo der Manz die Steine klopfte, jetzt über den Holderwasen, wo eine alte Frau die Gänse hütete. Barfüßele nickte ihr freundlich zu. Ach Gott, wie komm' ich dazu, daß ich hier so stolz und geschmückt vorbeifahre, und ist's denn nicht eine gute Stunde bis Endringen, und man meint doch, man wäre kaum eingesessen, und jetzt heißt's schon: absteigen! und die Rosel ist schon begrüßt und umstanden von allerlei Gefreundeten und: »Ist das eine Schwester deiner Schwägerin, die du da bei dir hast?« heißt es vielfach.

»Nein, es ist nur unsere Magd,« antwortete Rosel. Mehrere Bettler aus Haldenbrunn, die hier waren, betrachteten Barfüßele staunend, sie kannten sie offenbar nicht, und erst als sie sie lange angesehen hatten, riefen sie: »Ei, das ist ja das Barfüßele.«

»Das ist nur unsere Magd.« Dieses Wörtchen »nur« war Barfüßele tief ins Herz gedrungen; aber sie faßte sich schnell und lächelte, denn in ihr sprach es: »Laß dir nicht von einem Wörtchen deine Freude verderben. Wenn du das anfängst, da trittst du überall auf Dornen.«

Die Rosel nahm Barfüßele beiseite und sagte:

»Geh' du nur einstweilen auf den Tanzboden, oder anderswohin, wenn du sonst Bekannte im Ort hast. Bei der Musik sehe ich dich hernach schon wieder.«

Ja, da stand Barfüßele wie verlassen, und sie kam sich vor, als hätte sie ihre Kleider gestohlen und gehöre gar nicht daher, sie war ein Eindringling. »Wie kommst du dazu, daß du zu so einer Hochzeit gehst?« fragte sie sich und wäre am liebsten wieder heimgekehrt. Sie ging durch das Dorf aus und ein, dort an dem schönen Hause vorbei, das für den Brosi erbaut worden war, und worin auch heute viel Leben sich zeigte, denn die Oberbaurätin hielt mit ihren Söhnen und Töchtern hier ihre Sommerfrische. Barfüßele ging wieder das Dorf hinein und schaute sich nicht um, und doch wünschte sie, daß jemand sie anrufe, damit sie sich zu ihm geselle.

Am Ende des Dorfes begegnete ihr ein schmucker Reiter auf einem Schimmel, der das Dorf hereinritt. Er trug eine fremde Bauerntracht und sah stolz drein; jetzt hielt er an, stemmte die Rechte mit der Reitgerte in die Seite, mit der Linken klatschte er den Hals seines Pferdes und sagte: »Guten Morgen, schönes Jungferle! Schon müde vom Tanz!«

»Für unnötige Fragen bin ich schon müde,« lautete die Antwort.

Der Reiter ritt davon, und Barfüßele saß lange Zeit hinter einer Haselhecke und mußte allerlei in sich hineindenken, und ihre Wangen glühten von einer Röte, die der Zorn über sich selbst, über die spitze Antwort auf eine harmlose Frage, die Betroffenheit und ein unbegreifliches inneres Wogen anfachte, und unwillkürlich drängte sich ihr das Lied auf die Lippen:

»Es waren zwei Liebchen im Allgäu.
Die hatten einander so lieb ...«

So zu Jubel gespannt, hatte sie den Tag begonnen, und jetzt wünschte sie sich den Tod. »Hier hinter der Hecke einschlafen und nicht mehr sein, o wie herrlich wäre das! Du sollst keine Freude haben, warum noch so lange herumlaufen? Wie zirpen die Heimchen im Grase, und ein warmer Dampf steigt auf von der Erde, und eine Grasmücke zwitschert immerfort, und es ist, als ob sie mit ihrer Stimme immer in sich hineinlange und frische und innigere Töne heraushole und sich gar nicht genug tun könne, das so recht von ganzem Herzen zu sagen, was sie zu sagen hat, und droben singen die Lerchen, und jeder Vogel singt für sich, und keiner hört auf den andern, und keiner stimmt dem andern bei, und doch ist alles...«

Noch nie in ihrem Leben war Amrei am hellen Tage und nun gar des Morgens eingeschlafen: und jetzt, sie hatte ihr Kopftuch über die Augen gezogen, und jetzt küßte der Sonnenstrahl ihre geschlossenen Lippen, die im Schlafe noch immer wie trotzig gepreßt waren, und die Röte auf ihrem Kinn färbte sich röter. Sie schlief wohl eine Stunde, da wachte sie zuckend plötzlich auf. Der Reiter auf dem Schimmel war auf sie zugeritten, und jetzt eben hob das Pferd seine beiden Vorderfüße, um sie auf ihre Brust zu stellen.

Es war nur ein Traum gewesen, und Amrei schaute sich um, als wäre sie plötzlich vom Himmel gefallen; sie sah staunend, wo sie war, betrachtete verwundert sich selbst; aber Musikklang aus dem Dorfe weckte schnell alles, und sie ging neu gekräftigt ins Dorf zurück, wo bereits alles noch lebendiger geworden war. Sie spürte es, sie hatte sich ausgeruht von dem allerlei, was heute schon mit ihr vorgegangen war. Jetzt sollten sie nur kommen, die Tänzer! Sie wollte tanzen bis zum andern Morgen und nicht ausruhen und nicht müde werden.

Die frische Röte eines Kinderschlafes lag auf ihrem Angesichte, und alles sah sie staunend an. Sie ging nach dem Tanzboden; da tönte Musik, aber in den leeren Raum, es waren keine Tänzer da. Nur die Mädchen, die heute zur Bedienung der Gäste gedungen waren, tanzten miteinander herum. Der Krappenzacher betrachtete Barfüßele lange und schüttelte den Kopf. Er schien sie offenbar nicht zu kennen. Amrei drückte sich an den Wänden hin und wieder hinaus. Sie begegnete Dominik, dem Furchenbauer, der heut' in voller Freude strahlte.

»Mit Verlaub,« sagte er, »gehört die Jungfer zu den Hochzeitsgästen?«

»Nein, ich bin nur eine Magd, und bin mit meiner Haustochter, des Rodelbauern Rosel, gekommen.«

»Gut, so geh hinauf auf den Hof zur Bäuerin, und sag' ihr, ich schick' dich, du wolltest ihr helfen; man kann heute nicht Hände genug in unserm Hause haben.«

»Weil Ihr es seid, recht gern,« sagte Amrei und machte sich auf den Weg. Unterwegs mußte sie viel daran denken, daß der Dominik auch Knecht gewesen sei und ...»ja, so etwas kommt nur alle hundert Jahr' einmal vor. Und es hat viel Blut gekostet, ehe er zu dem Hof gekommen ist, das ist doch arg.«

Die Furchenbäuerin Ameile hieß die Ankommende, die im Anerbieten ihrer Dienste zugleich die Jacke abzog und sich eine große Schürze mit Brustlatz ausbat, freundlich willkommen; aber die Bäuerin tat es nicht anders, Amrei mußte vorher selber sattsam Hunger und Durst stillen, bevor sie andere bediente. Amrei willfahrte ohne viel Umstände, und schon mit den ersten Worten gewann sie die Furchenbäuerin, denn sie sagte: »Ich will nur gleich zugreifen, ich muß gestehen, ich bin hungrig und will Euch nicht viel Mühe machen mit Zureden.«

Amrei blieb nun in der Küche und gab den Auftragenden alles so geschickt in die Hand und wußte bald alles so zu stellen und zu greifen, daß die Bäuerin sagte: »Ihr beiden Amreis, du da und meine Bruderstochter, Ihr könnt jetzt schon alles machen, und ich will bei den Gästen bleiben.«

Die Amrei von Siebenhöfen, die sogenannte Schmalzgräfin, die weit und breit als stolz und trotzig bekannt war, benahm sich ausnehmend freundlich gegen Barfüßele, und die Furchenbäuerin sagte einmal zu Barfüßele: »Es ist schad', daß du kein Bursch bist; ich glaub', die Amrei tät' dich auf den Fleck heiraten und dich nicht heimschicken wie alle anderen Freier.«

»Ich hab' einen Bruder, der ist noch zu haben, aber er ist in Amerika.« scherzte Barfüßele.

»Laß ihn drüben.« sagte die Schmalzgräfin, »am besten wär's, man könnte alle Mannsleute hinüberschicken und wir blieben allein da.«

Amrei verließ den Hof nicht, bis wieder alles am Platz gestellt war, und als sie ihre Schürze auszog, war sie noch so weiß und unzerknittert wie beim Anziehen.

»Du wirst müd' sein und nimmer tanzen können,« sagte die Bäuerin, als Amrei endlich mit einem Geschenke Abschied nahm, und diese sagte:

»Was müd' sein? Das ist ja nur gespielt. Und glaubet mir, es ist mir jetzt wohler, daß ich heut' schon etwas geschafft habe. So einen ganzen Tag bloß zur Lustbarkeit, ich wüßt' ihn nicht herumzubringen, und das ist's auch gewesen, warum ich heute morgen so traurig war; es hat mir was gefehlt; aber jetzt bin ich vollauf zum Feiertag aufgelegt, ganz aus dem Geschirr; jetzt wäre ich erst recht aufgelegt zum Tanzen – wenn ich nur Tänzer kriege.«

Ameile wußte Barfüßele keine bessere Ehre anzutun, als indem sie sie wie eine vornehme Bäuerin im Hause herumführte, und in der Brautstube zeigte sie die große Kiste mit den Kunkelschenken[4] und öffnete die hohen, blaugemalten Schränke, drauf Name und Jahrzahl geschrieben war, und darin vollgestopft die Aussteuer und zahlreiches Linnenzeug, alles mit bunten Bändern gebunden und mit künstlichen Nelken besteckt. Im Kleiderschranke mindestens dreißig Kleider, daneben die hohen Betten, die Wiege, die Kunkel mit den schönen Spindeln, um und um mit Kinderzeug behangen, das die Gespielen geschenkt hatten.

»O lieber Gott,« sagte Barfüßele, »wie glücklich ist doch so ein Kind aus so einem Haus.«

»Bist du neidisch,« fragte die Bäuerin, und im Andenken, daß sie das alles einer Armen zeige, setzte sie hinzu: »Glaub' mir, das viele Sach' macht es nicht aus; es sind viele glücklicher, die keinen Strumpf von den Eltern bekommen.«

»Jawohl, das weiß ich, und bin auch nicht neidisch um das viele Gut, weit eher darum, daß Euer Kind Euch und so vielen Menschen danken kann für das Gute, was es von ihnen hat. Solche Gewänder von der Mutter müssen doppelt warm halten.«

Die Bäuerin zeigte ihr Wohlgefallen an Barfüßele dadurch, daß sie ihr das Geleite gab bis vor den Hof, ebensogut als einer, die acht Roßköpfe im Stall hatte.

Es tummelte sich schon alles wild durcheinander, als Amrei auf den Tanzboden kam. Sie blieb zuerst schüchtern auf dem Flur stehen. Wo ist denn die Kinderschar, die sonst sich hier tummelte und die Vorfreude des künftigen Lebens im Vorhof genoß? Ach freilich, das ist jetzt von der hohen Staatsregierung verboten; das Kirchen- und Schulamt hat die Kinder verbannt, daß sie nicht zusehen dürfen oder gar sich selbst nach den Tanzweisen drehen, wie einst noch in der Kinderzeit Amreis.

Es ist das auch einer jener stillen Mordschläge vom grünen Tisch.

Auf dem leeren Flur, über den nur manchmal einer hin und her eilt, wandelt der Landjäger einsam auf und ab.

Als der Landjäger Amrei so daherkommen sah, wie lauter Licht im Angesicht, ging er auf sie zu und sagte:

»Guten Abend, Amrei! So? kommst auch?«

Amrei schauderte zusammen und stand leichenblaß: hatte sie etwas Straffälliges getan? War sie mit dem bloßen Licht in den Stall gegangen? – Sie durchforschte ihr Leben und wußte nichts, und er tat doch so vertraut, als ob er sie schon einmal transportiert hätte. In diesen Gedanken stand sie schaudernd da, als müßte sie eine Verbrecherin sein, und erwiderte endlich: »Dank' schön, ich weiß nichts davon, daß wir uns dutzen. Wollt Ihr was?«

»Oho wie stolz, ich fress' dich nicht, darfst mir ordentlich Antwort geben. Warum bist denn so bös? Was?«

»Ich bin nicht bös, ich will niemand was zuleid tun, ich bin halt ein dummes Mädle.«

»Stell' dich nicht so duckmäuserig.«

»Woher wisset Ihr denn, was ich bin?«

»Weil du so mit dem Licht flankierst.«

»Was? Wo? Wo Hab' ich mit dem Licht flankiert? Ich nehm' immer eine Laterne, wenn ich in den Stall gehe.«

Der Landjäger lachte und sagte: »Da, da, mit deinen braunen Guckerle, da flankierst du mit dem Licht; deine Augen, die sind ja wie zwei Feuerkugeln.«

»Gehet aus dem Weg, daß Ihr nicht anbrennet. Ihr könntet in die Luft fahren mit Eurem Pulver da in der Patrontasche.«

»Es ist nichts drin,« sagte der Landjäger, in Verlegenheit, um doch etwas zu sagen. »Aber mich hast du schon versengt.«

»Ich sehe nichts davon, es ist alles noch ganz. Es ist genug! Lasset mich gehen.«

»Ich halt' dich nicht, du Krippenbeitzerle, du könntest einem, der dich gern hat, das Leben sauer machen.«

»Braucht mich niemand gern zu haben,« sagte Amrei und riß sich los, als wäre sie plötzlich von Ketten befreit. Sie stellte sich unter die Türe, wo noch viele Zuschauer sich zusammendrängten. Eben begann wieder ein neuer Tanz, sie wiegte sich auf dem Platze nach dem Takte hin und her; das Gefühl, einen abgetrumpft zu haben, machte sie neu lustig, sie hätte es mit der ganzen Welt aufgenommen und nicht nur mit einem einzigen Landjäger. Dieser war aber auch bald wieder da, er stellte sich hinter die Amrei und redete allerlei zu ihr; sie gab keine Antwort und tat, als ob sie gar nichts höre; sie nickte den Vorübertanzenden zu, als wäre sie von ihnen begrüßt worden. Nur als der Landjäger sagte: »Wenn ich heiraten dürfte, dich tät' ich nehmen.« da sagte sie:

»Was nehmen? Ich geb' mich aber nicht her.«

Der Landjäger war froh, wenigstens wieder eine Antwort zu haben, und fuhr fort:

»Wenn ich nur einmal tanzen dürfte, ich tät' gleich einen mit dir machen.«

»Ich kann nicht tanzen,« sagte Amrei.

Eben schwieg die Musik, und Amrei stieß die vordern mächtig an, drängte sich hinein, um ein verborgenes Plätzchen zu suchen; sie hörte nur noch hinter sich sagen: »Die kann tanzen, besser als eine landauf und landab.«

10. Kapitel.

Nur ein einziger Tanz

Der Krappenzacher reichte Barfüßele von der Musikbühne herab das Glas. Sie nippte und gab es zurück, und der Krappenzacher sagte: »Wenn du tanzest, Amrei, da spiele ich alle meine Instrumente durch, daß die Engel vom Himmel herunterkämen und mittäten.«

»Ja, wenn kein Engel vom Himmel herunterkommt und mich auffordert, werde ich keinen Tänzer kriegen.« sagte Amrei, halb spöttisch, halb schwermütig, und jetzt dachte sie darüber nach, warum denn ein Landjäger beim Tanze sein müsse. Sie hielt sich aber bei diesen Gedanken nicht auf und dachte gleich weiter: er ist doch auch ein Mensch wie andre, wenn er auch einen Säbel umhat, und bevor er Landjäger worden ist, war er doch auch ein Bursch wie andere, und es ist doch eine Plag' für ihn, daß er nicht mittanzen tanzen darf. Aber was geht das mich an? Ich muß auch zugucken, und ich krieg' kein Geld dafür.«

Eine kurze Weile ging alles viel stiller und gemäßigter auf dem Tanzboden her, denn »die englische Frau,« so hieß im Dorfe in der ganzen Umgebung noch immer Agy, die Frau des Oberbaurats Severin, war mit ihren Kindern auf den Tanz gekommen. Die vornehmen Holzhändler ließen Champagner knallen und brachten der Engländerin ein Glas, sie trank auf das Wohl des jungen Paares und wußte dann jeden durch ein huldvolles Wort zu beglücken. In den Mienen aller Anwesenden stand ein stetiges wohlgefälliges Lächeln. Agy tat manchem Burschen, der ihr im blumenbekränzten Glase zutrank, mit Nippen Bescheid, und die alten Weiber in der Nähe Barfüßeles wußten viel Lob von der englischen Frau zu sagen und waren schon lange aufgestanden, ehe sie sich ihnen nahte und ein Paar Worte mit ihnen sprach. Und als Agy weggegangen war, brach der Jubel, Singen, Tanzen und Stampfen und Jauchzen mit neuer Macht los.

Der Oberknecht des Rodelbauern kam auf Amrei zu, und sie schauerte schon in sich zusammen, voller Erwartung, aber der Oberknecht sagte:

»Da, Barfüßele, heb' mir meine Pfeif' auf, bis ich getanzt habe.« Und viele junge Mädchen aus dem Orte kamen, von der einen erhielt sie eine Jacke, von der andern eine Haube, ein Halstuch, einen Hausschlüssel, alles ließ sie sich aufhalsen, und sie stand immer mehr bepackt da, je mehr ein Tanz nach dem andern vorüberging. Sie lächelte immer vor sich hin, aber es kam niemand. Jetzt wurde ein Walzer aufgespielt, so weich, das geht ja, wie wenn man drauf schwimmen kannte, und jetzt ein Hopser, so wild rasend, hei! wie das alles hüpft und stampft und springt, wie sie alle in Lust hoch aufatmen, wie die Augen glänzen, und die alten Weiber, die in der Ecke sitzen, wo Amrei steht, klagen über Staub und Hitze, gehen aber doch nicht heim. Da ... Amrei zuckt zusammen, ihr Blick ist auf einen schönen Burschen geheftet, der jetzt stolz in dem Getümmel hin und her geht. Das ist ja der Reiter, der ihr heute morgen begegnete, und den sie so schnippisch abgefertigt. Alle Blicke sind auf ihn gerichtet, wie er, die linke Hand auf dem Rücken, mit der rechten die silberbeschlagene Pfeife hält, sein silbernes Uhrbehänge tanzt hin und her, und wie schön ist die schwarzsamtne Jacke und die schwarzsamtnen weiten Beinkleider und die rote Weste. Aber schöner ist noch sein runder Kopf, mit gerolltem braunen Haar, die Stirne ist schneeweiß, von den Augen an aber das Antlitz tief gebräunt, und ein leichter voller Bart bedeckt Kinn und Wange.

»Das ist ein Staatsmensch,« sagte eine der alten Frauen. – »Und was hat der für himmelblaue Augen!« ergänzte eine andere, »die sind so schelmisch und so gutherzig zugleich.«

»Woher der nur sein mag? Aus der hiesigen Gegend ist er nicht,« sprach eine dritte, und eine vierte fügte hinzu:

»Das ist gewiß wieder ein Freier für die Amrei.«

Barfüßele zuckte zusammen. Was soll das sein? Was soll das heißen? Sie wird bald belehrt, was damit gemeint ist, denn die erste sagte wieder:

»Da dauert er mich, die Schmalzgräfin führt alle Mannsleut' am Narrenseil herum.«

Ja, auch die Schmalzgräfin heißt Amrei.

Der Bursche war mehrmals durch den Saal gegangen und ließ die Augen um und um schweifen, da plötzlich bleibt er stehen, nicht weit von Barfüßele, er winkt ihr, es überläuft läuft sie siedend heiß, aber sie ist wie festgebannt, sie regt sich nicht. Und nein, er hat gewiß jemand hinter ihr gewinkt, dich meint er gewiß nicht. Er drängt vor, Amrei macht Platz. Er sucht gewiß eine andere.

»Nein, dich will ich,« sagte der Bursche, ihre Hand fassend. »Willst du?«

Amrei kann nicht reden, aber was braucht's dessen auch? Sie wirft schnell alles, was sie in der Hand hat, in einen Winkel: Jacken, Halstücher, Hauben, Tabakspfeifen und Hausschlüssel. Sie steht flügge da, und der Bursche wirft einen Taler zu den Musikanten hinauf, und kaum sieht der Krappenzacher Amrei an der Hand des fremden Tänzers, als er in die Trompete stößt, daß die Wände zittern, und fröhlicher kann es den Seligen nicht erklingen beim jüngsten Gericht als jetzt Amrei; sie drehte sich sie wußte nicht wie, sie war wie getragen von der Berührung des Fremden und schwebte von selbst, und es war ja gar niemand sonst da. Freilich, die beiden tanzten so schön, daß alle unwillkürlich anhielten und ihnen zuschauten.

»Wir sind allein,« sagte Amrei während des Tanzes, und gleich darauf spürte sie den heißen Atem des Tänzers, der ihr erwiderte:

»O, wären wir allein, allein auf der Welt! Warum kann man nicht so forttanzen bis in den Tod hinein?«

»Es ist mir jetzt grad,« sagte Amrei, »wie wenn wir zwei Tauben wären, die in der Luft fliegen. Juhu! fort, in den Himmel hinein!« und »Juhu!« jauchzte der Bursche laut, daß es aufschoß, wie eine feurige Rakete, die zum Himmel aufspringt, und Juhu! jauchzte Amrei mit, und immer seliger schwangen sie sich, und Amrei fragte: »Sag', ist denn auch noch Musik? Spielen denn die Musikanten noch? Ich höre sie gar nicht mehr?«

»Freilich spielen sie noch, hörst du denn nichts?«

»Ja, jetzt, ja,« sagte Amrei, und sie hielten inne; ihr Tänzer mochte fühlen, daß es ihr vor Glückseligkeit fast schwindelig zumute werden wollte.

Der Fremde führte Amrei an den Tisch und gab ihr zu trinken, er ließ dabei ihre Hand nicht los. Er faßte den Schwedendukaten an ihrem Halsgeschmeide und sagte: »Der hat einen guten Platz.«

»Er ist auch von guter Hand,« erwiderte Barfüßele, »ich hab' den Anhänger geschenkt gekriegt als kleines Kind.«

»Von einem Verwandten?«

»Nein, die Bäuerin ist nicht mit mir verwandt.«

»Das Tanzen tut dir wohl, wie es scheint?«

»O wie wohl! Denk' nur, man muß das ganze Jahr so viel springen, und es spielt einem niemand auf dazu. Jetzt tut das doppelt wohl.«

»Du siehst kugelig rund aus.« sagte der Fremde scherzend, »du mußt gut im Futter stehen.«

Rasch erwiderte Amrei: »Das Futter macht's nicht aus, aber wie's einem schmeckt.«

Der Fremde nickte, und nach einer Weile sagte er wieder halb fragend: »Du bist des Bauern Tochter von ...?«

»Nein, ich dien',« sagte Amrei und schaute ihn fest ins Auge, er aber wollte das seine niederschlagen, die Wimper zuckte, und er hielt das Auge gewaltsam auf, und dieser Kampf und Sieg des leiblichen Auges schien das Abbild dessen was in ihm vorging; er wollte fast das Mädchen stehen lassen, doch wie im Selbsttrotze sich zwingend, sagte er:

»Komm, wir wollen noch einen tanzen.«

Er hielt ihre Hand fest, und nun begann von neuem Jubel und Lust, aber diesmal ruhiger und stetiger. Die beiden fühlten, daß die Gehobenheit in den Himmel nun wohl zu Ende sei, und wie aus diesen Gedanken heraus sagte Amrei:

»Wir sind doch glückselig miteinander gewesen, wenn wir uns auch unser Lebtag nimmer wiedersehen und keines weiß, wie das andere heißt.«

Der Bursche nickte und sagte: »Jawohl.«

Amrei nahm in Verlegenheit ihren linken Zopf in den Mund und sagte wieder nach einer Weile:

»Was man einmal gehabt hat, das kann man einem nicht mehr nehmen, und sei du auch, wer du bist, laß dich's nicht gereuen, du hast einem armen Mädchen für sein Leben lang ein Gutes geschenkt.«

»Es reut mich nicht,« sagte der Bursche, »aber dich hat's gereut, wie du mich heute morgen so abgetrumpft hast.«

»O ja, da hast du Gottes Recht!« sagte Amrei. und der Bursche fragte:

»Getraust du dir, mit mir ins Feld zu gehen?«

»Ja.«

»Und traust du mir?«

»Ja.«

»Was werden aber die Deinigen dazu sagen?«

»Ich hab' mich vor niemand zu verantworten als vor mir selber, ich bin ein Waisenkind.«

Hand in Hand verließen die beiden den Tanzsaal. Barfüßele hörte verschiedentlich hinter sich flüstern und wispern, und sie hielt die Augen auf den Boden geheftet. Sie hatte sich doch wohl zu viel zugetraut.

Draußen zwischen den Kornfeldern, wo eben kaum die ersten Aehren aufschossen und noch halb verhüllt in den Deckblättern lagen, da schauten die beiden einander stumm an. Sie redeten lange kein Wort, und der Bursche fragte zuerst wiederum halb für sich:

»Ich möcht' nur wissen, woher es kommt, daß man einem Menschen beim ersten Anblick gleich, ich weiß nicht wie, gleich so ... gleich so ... vertraulich sein kann. Woher weiß man denn, was in dem Gesicht geschrieben steht?«

»Da haben wir eine arme Seele erlöst,« rief Amrei, »denn du weißt ja, wenn zwei in derselben Minute das gleiche denken, erlösen sie eine arme Seele, und just auf das Wort hin hab' ich dasselbe, was du sagst, bei mir gedacht.«

»So? und weißt du nun warum?«

»Ja.«

»Willst du mir's sagen?«

»Warum nicht? Schau, ich bin Ganshirtin gewesen...«

Bei diesen Worten zuckte der Bursche wieder zusammen, aber er tat, als ob ihm was ins Auge geflogen wäre, und rieb sich die Augen, und Barfüßele fuhr unverzagt fort:

»Schau, wenn man so allein draußen sitzt und liegt im Feld, da sinnt man über Hunderterlei, und da kommen einem wunderliche Gedanken, und da hab' ich ganz deutlich gesehen: – gib nur acht darauf, und du wirst es auch finden – jeder Fruchtbaum sieht, wenn man ihn so überhaupt und im ganzen betrachtet, just aus wie die Frucht, die er trägt. Schau den Apfelbaum, sieht er nicht aus, so ins Breite gelegt, so mit Schrundenschnitten, wie ein Apfel selber? Und so der Birnenbaum, und so der Kirschenbaum. Sieh sie nur einmal darauf an; schau, was der Kirschenbaum einen langen Stiel hat, wie die Kirsche selber. Und so mein' ich auch...«

»Ja, was meinst du?«

»Lach' mich nicht aus. Wie die Fruchtbäume aussehen wie die Früchte, die sie tragen, so wäre es auch bei den Menschen, und man sieht es ihnen gleich an. Aber freilich, die Bäume haben ihr ehrlich Gesicht, und die Menschen können sich verstellen. Aber gelt, ich schwätz' dummes Zeug?«

»Nein, du hast nicht umsonst die Gänse gehütet,« sagte der Bursche in seltsam gemischter Empfindung, »mit dir läßt sich gut reden. Ich möchte dir gern einen Kuß geben, wenn ich mich nicht einer Sünde fürchten tät'.«

Barfüßele zitterte am ganzen Leibe; sie bückte sich, um eine Blume zu brechen, ließ aber wieder ab. Es entstand eine lange Pause, und der Bursche fuhr fort:

»Wir sehen uns wohl niemals wieder, drum ist's besser so.«

Hand in Hand gingen die beiden wiederum zurück in den Tanzsaal. Und nun tanzten sie noch einmal, ohne ein Wort zu reden, und als der Tanz zu Ende war, führte sie der Bursche wiederum an den Tisch und sprach: »Jetzt sag' ich dir Lebewohl! Aber verschnaufe nur, und dann trink' noch einmal.«

Er reichte ihr das Glas, und als sie es absetzte, sagte er:

»Du mußt austrinken, mir zu lieb, ganz bis auf den Grund.«

Amrei trank fort und fort, und als sie endlich das leere Glas in der Hand hatte und sich umschaute, war der fremde Bursche verschwunden. Sie ging hinab vor das Haus, und da sah sie ihn noch, nicht weit entfernt, auf seinem Schimmel davonreiten; aber er wendete sich nicht mehr um.

Die Nebel zogen wie Schleierwolken auf dem Wiesental dahin, die Sonne war schon hinab, Barfüßele sagte fast laut vor sich hin:

»Ich wollt', es sollte gar nicht wieder morgen werden, immer heut', immer heut'!« und sie stand in Träumen verloren.

Die Nacht kam rasch herbei. Der Mond, wie eine dünne Sichel, stand schon auf den dunkeln Bergen und nicht weit von ihm, Haldenbrunn zu, der Abendstern. – Ein Bernerwägelchen nach dem andern fuhr wiederum davon. Barfüßele hielt sich zum Gefährte ihres Meisters, das eben auch angespannt wurde. Da kam Rosel und sagte ihrem Bruder, daß sie den Burschen und Mädchen aus dem Dorfe versprochen habe, heute gemeinsam mit ihnen heimzugehen, und es verstand sich nun von selbst, daß der Bauer nicht allein mit der Magd fuhr. Das Bernerwägelchen rasselte heim.

Die Rosel mußte Barfüßele gesehen haben, aber sie tat, als ob sie nicht da wäre, und Barfüßele ging noch einmal hinaus, den Weg, den der fremde Reiter dahingeritten war. Wohin ist er nur geritten? Wieviel hundert Dörfer und Weiler liegen hier nach diesem Wege hinaus, wer kann das sagen, wo er sich hingewendet? Barfüßele fand die Stelle, wo er sie heute früh zum erstenmal begrüßte; sie wiederholte laut Anrede und Antwort vor sich hin. Sie saß noch einmal dort hinter der Haselhecke, wo sie heute morgen geschlafen und geträumt. Eine Goldammer saß auf einer schlanken Spitze, und ihre sechs Töne lauteten gerade: was tust denn du noch da? Was tust denn du noch da?

Barfüßele hatte heute eine ganze Lebensgeschichte erlebt. War denn das nur ein einziger Tag? Sie kehrte wiederum zurück zum Tanze, aber sie ging nicht mehr hinauf, sie ging allein heimwärts nach Haldenbrunn, wohl den halben Weg. Aber plötzlich kehrte sie wieder um, sie schien nicht fortzukönnen von dem Ort, wo sie so glückselig gewesen war, und sie sagte sich nur, es schicke sich nicht, daß sie allein heimkehre. Sie wollte gemeinsam mit den Burschen und Mädchen ihres Dorfes gehen. Als sie wieder vor dem Wirtshause in Endringen ankam, waren bereits mehrere aus ihrem Orte versammelt. Und: So? Bist auch da, Barfüßele? das war der einzige Gruß, der ihr ward. Nun gab es ein Hin- und Herlaufen, denn manche, die gedrängt hatten, daß man heimkehre, tanzten noch oben, und jetzt kamen noch fremde Bursche und baten und bettelten und drängten, daß man nur noch diesen Tanz dableibe. Und in der Tat willfahrte man, und Barfüßele ging mit hinauf, aber sie sah nur zu. Endlich hieß es: wer jetzt noch tanzt, den lassen wir da! Und mit vieler Mühe, mit Hin- und Herrennen war endlich die ganze Haldenbrunner Truppe beisammen vor dem Hause. Ein Teil der Musik gab ihnen das Geleite bis vor das Dorf, und mancher verschlafene Hausvater sah noch heraus, und da und dort kam eine hier verheiratete Gespiele, die nicht mehr zum Tanze ging, an das Fenster und rief: Glück auf den Weg!

Die Nacht war dunkel. Man hatte lange Kieferspäne als Fackeln mitgenommen, und die Burschen, die sie trugen, tanzten damit auf und nieder und jauchzten. Kaum aber war die Musik zurückgekehrt, kaum war man eine Stecke vor Endringen hinausgekommen, als es hieß: »die Fackeln blenden nur!« und besonders zwei beurlaubte Soldaten, die in ganzer Uniform unter dem Trupp waren, spotteten im Bewußtsein ihrer angehängten Säbel über die Fackeln. Man verlöschte sie in einem Graben. Nun fehlte noch dieser und jener und diese und jene. Man rief ihnen zu, und sie antworteten aus der Ferne.

Die Rosel wurde von des Kappelbauern Sohn von Lauterbach begleitet, aber kaum war er fort und war sie bei ihren Ortsangehörigen, als sie laut sagte: »Ich will nichts von dem.« Einige

Bursche stimmten ein Lied an, und einzelne sangen mit, aber es war kein rechter Zusammenhalt mehr, denn die Soldaten wollten neue Lieder zum Besten geben. Es wurde nur manchmal laut gelacht, denn einer der Soldaten war ein Enkel des lustigen Brosi, der Sohn der Gipsmüllerin Monika, und der brachte allerlei Witze vor, denen besonders der Schneiderjörg, der mit ging, zum Stichblatt dienen mußte. Und wieder wurde gesungen, und jetzt schien man sich geeinigt zu haben, denn es tönte voll und hell.

Barfüßele ging immer hinterdrein, eine gute Strecke von ihren Ortsangehörigen entfernt. Man ließ sie gewähren, und das war das beste, was man ihr antun konnte. Sie war bei ihren Ortsangehörigen und doch allein, und sie schaute sich oft um nach den Feldern und Wäldern: wie war das wunderlich jetzt in der Nacht, so fremd, und doch wieder so vertraut. Die ganze Welt war ihr so wunderlich, wie sie sich selbst geworden war. Und wie sie ging, einen Schritt nach dem andern, wie fortgeschoben und gezogen, und nicht wußte, daß sie sich bewegte, so bewegten sich die Gedanken in ihr von selbst, hin und her; das schwirrte von selbst so fort, sie konnte es nicht fassen, nicht leiten; sie wußte nicht, was es war. Ihre Wangen erglühten, als ob jeder Stern am Himmelszelt eine heißstrahlende Sonne wäre, und in ihr entflammte das Herz. Und jetzt, ja, als hätte sie's selbst angegeben, als hätte sie's selbst angestimmt, sangen ihre vorausgehenden Ortsgenossen das Lied, das ihr am Morgen auf die Lippen gekommen war:

> Es waren zwei Liebchen im Allgäu,
> Und die hatten einander so lieb.
>
> Und der junge Knabe zog in Kriege:
>
> »Und wann kommst du wiederum heim?«
>
> »Das kann ich dir ja nicht sagen,
> Welches Jahr, welchen Tag, welche Stund...«

Und jetzt wurde das Nachtlied gesungen, und Amrei sang mit aus der Ferne:

> Zur schönen guten Nacht, Schatz, lebe wohl!
> Wenn alle Leute schlafen,
> So muß ich wachen,
> Muß traurig sein.
>
> Zur schönen guten Nacht, Schatz, lebe wohl!
> Leb immer in Freuden,
> Und ich muß dich meiden,
> Bis ich wiederum komm.
>
> Wenn ich wiederum komm, komm ich recht zu dir,
> Und dann tu ich dich küssen.
> Und das schmeckt so süße,
> Schatz, du bist mein.
>
> Schatz, du bist mein und ich bin dein!
> Und das tut mich erfreuen
> Und du wirst's nicht bereuen,
> Schatz, lebe wohl!

Man kam endlich am Dorfe an, und eine Gruppe nach der andern fiel ab. Barfüßele blieb an ihrem Elternhaus bei dem Vogelbeerbaum noch lange sinnend und träumend stehen. Sie wollte hinein und der Marann' alles sagen, gab es jedoch auf. Warum heute noch die Nachtruhe stören und wozu soll's? Sie ging still heimwärts, alles lag in festem Schlaf.

Als sie endlich in das Haus eintrat, kam ihr alles noch viel seltsamer vor als draußen: so fremd, so gar nicht dazu gehörig. »Warum kommst du denn wieder heim? Was willst du denn eigentlich da?« Es war ein wundersames Fragen, das in jedem Tone für sie lag, wie der Hund bellte und wie die Treppe knackte, wie die Kühe im Stalle brummten, das alles war ein Fragen: »Wer kommt denn da heim? Wer ist denn das?« Und als sie endlich in ihrer Kammer war, da saß sie still nieder und starrte ins Licht, und plötzlich stand sie auf, faßte die Ampel und leuchtete damit in den Spiegel und sah darin ihr Antlitz, und sie selber fragte fast immer: »Wer ist denn das? ... Und so hat er mich gesehen, so siehst du aus,« setzte ein zweiter Gedanke hinzu. »Es muß ihm doch was an dir gefallen haben, warum hätte er dich sonst so angesehen?«

Ein stilles Gefühl der Befriedigung stieg in ihr auf, das noch gesteigert wurde durch den Gedanken: »Du bist doch jetzt auch einmal als eine Person angesehen worden, du bist bis daher immer nur zum Dienen und Helfen für andere dagewesen. Gut’ Nacht, Amrei, das war einmal ein Tag!« Aber es mußte doch endlich dieser Tag ein Ende haben.

Mitternacht war vorüber, und Barfüßele legte ein Stück nach dem andern von ihrer Kleidung gar sorglich wieder zusammen. »Ei, das ist ja noch die Musik, horch, wie der wiegende Walzer tönt!« Sie öffnete das Fenster. Es tönt keine Musik, sie liegt ihr nur in den Ohren. Drunten bei der schwarzen Marann’ kräht schon der Hahn, die Frösche quaken, es nahen Schritte von Män- nern, die des Weges kommen: das sind wohl späte Heimgänger von der Hochzeit, die Schritte tönen so laut in der Nacht. Die jungen Gänse im Hause schnattern in der Steige. Ja, die Gänse schlafen nur stundenweise, so bei Tag, so bei der Nacht. Die Bäume stehen still, unbewegt. Wie ist doch so ein Baum ganz anders in der Nacht als am Tage! Solch eine geschlossene dunkle Masse, wie ein Riese in seinem Mantel. Wie muß das sich regen in dem unbewegt stehenden Baume. Was ist das für eine Welt, in der solches ist! – Kein Windhauch regt sich, und doch ist es wieder wie ein Tropfen von den Bäumen, das sind wohl Raupen und Käfer, die niederfallen. Eine Wachtel schlägt, das kann keine andere sein, als die beim Auerhahnwirt eingesperrte. Sie weiß nicht, daß es Nacht ist. Und schau, der Abendstern, der beim Sonnenuntergang entfernt und tief unter dem Monde stand, steht jetzt nahe und über ihm, und je mehr man ihn ansieht, je mehr glänzt er. Spürt er wohl den Blick eines Menschen? Jetzt still, horch, wie die Nachti- gall schlägt, das ist ein Gesang, so tief, so weit; ist es denn nur ein einziger Vogel? Und jetzt – Amrei schaudert zusammen – mit dem Glockenschlag ein Uhr rutscht ein Ziegel von dem Da- che und fällt klatschend auf den Boden. Amrei zittert, wie von Gespensterfurcht gepackt, sie zwingt sich, noch eine Weile der Nachtigall zuzuhorchen, dann aber schließt sie das Fenster. Ein Nachtfalter, der wie eine große fliegende Raupe mit vielen Flügeln aussieht, hat sich mit in das Dachstübchen gewagt und fliegt um das Licht, angezogen und abgestoßen, so grau und grauenhaft. Amrei faßt ihn endlich und wirft ihn hinaus in die Nacht.

Indem sie nun Haube, Goller und Jacke in eine Truhe legte, ergriff sie unwillkürlich ihr altes Schreibebuch von der Schule her, das sie noch aufbewahrt hatte, und sie las darin, sie wußte selbst nicht warum, allerlei Sittensprüche. Wie steif und sorglich waren die dahin gezeichnet. Ja, es mochte sie aus diesen Blättern etwas anmuten, daß sie doch einmal eine Vergangenheit gehabt, denn es schien, daß das alles verschwunden war.

»Jetzt hurtig ins Bett!« rief sie sich zu; aber mit der ganzen Bedachtsamkeit ihres Wesens knüpfte sie die Bänder alle leise und ruhig auf, und verknotete sich einmal eine Schlinge, sie ließ nicht ab, bis sie mit Fingern, Zähnen und Nadeln auseinandergebracht war. Noch nie in ihrem Leben hatte sie einen Knoten entzweigeschnitten, und noch jetzt in ihrer hohen Er- regung verließ sie nicht ihr bedachtsamer Ordnungssinn, und es gelang ihr, das anscheinend Unentwirrbarste zu lösen.

Endlich löschte sie ruhig und behutsam die Ampel und lag im Bett; aber sie fand keine Ruhe, rasch sprang sie wieder heraus und legte sich unter das offene Fenster, hineinstarrend in die dunkle Nacht und in das Sternengeflimmer, und in keuscher Schamhaftigkeit vor sich selber bedeckte sie Busen und Hals mit beiden Händen.

Das war ein Schauen und Sinnen, so schrankenlos, so wortlos, so nichtswollend, und doch alles fassend, eine Minute Gestorbensein und Leben im All, in der Ewigkeit.

In der Seele dieser armen Magd in der Dachkammer hatte sich aufgetan alles unendliche Le- ben, alle Hoheit und alle Seligkeit, die der Mensch in sich schließt, und diese Hoheit fragt nicht, wer ist es, aus dem ich erstehe, und die ewigen Sterne erglänzen über der niedersten Hütte....

Ein Windzug, der das Fenster klappend zuschlug, weckte Amrei auf; sie wußte nicht, wie sie ins Bett gekommen war, und jetzt war Tag.

11. Kapitel.

Wie's im Liede steht.

>»Kein Feuer, keine Kohle
>Kann brennen so heiß,
>Als heimlich stille Liebe,
>Von der Niemand nichts weiß...«

So sang Amrei morgens am Herdfeuer stehend, während alles im Hause noch schlief.

Der Roßbub, der den Pferden zum erstenmal Futter aussteckte, kam in die Küche und holte sich eine Kohle für seine Pfeife.

»Was tust denn du schon so früh auf, wenn die Spatzen murren?« fragte er Barfüßele.

»Ich mache eine Tränke für die Kälberkuh,« antwortete Barfüßele, Mehl und Kleie einrührend, ohne sich umzuschauen.

»Ich und der Oberknecht, wir haben dich gestern abend beim Tanz noch gesucht, aber du bist nirgends zu finden gewesen,« sagte der Roßbub. »Freilich, du hast nimmer tanzen wollen; du bist zufrieden, daß dich der fremde Prinz zum Narren gehalten hat.«

»Er ist kein Prinz, und er hat mich nicht zum Narren gehalten. Und wäre das auch, ich möcht' lieber von so einem zum Narren, als von dir und dem Oberknecht zum Gescheiten gehabt sein.«

»Warum hat er dir aber nicht gesagt, wer er ist?«

»Weil ich ihn nicht gefragt habe,« erwiderte Barfüßele.

Der Roßbub machte einen derben Witz und lachte selber darüber; denn es gibt Gebiete, in denen der Einfältigste noch witzig ist. Das Antlitz Barfüßeles flammte auf in doppelter Röte, angeglüht vom Herdfeuer und von innerer Flamme; sie knirschte die Zähne übereinander, und jetzt sagte sie:

»Ich will dir was sagen: du mußt selber wissen, was du wert bist, und ich kann dir's nicht verbieten, daß du vor dir selber keinen Respekt hast; aber das kann ich dir verbieten, daß du vor mir keinen Respekt hast. Das sag' ich dir. Und jetzt gehst du hinaus aus der Küche, du hast hier nichts zu tun, und wenn du nicht gleich gehst, will ich dir zeigen, wie man hinauskommt.«

»Willst du die Meistersleute wecken?«

»Ich brauch' sie nicht.« rief Barfüßele und hob ein brennendes Scheit vom Herde, das knatternd Funken sprühte. »Fort, oder ich zeichne dich.«

Der Roßbub schlich mit gezwungenem Lachen davon. Barfüßele aber schürzte sich hoch auf und ging schwer aufatmend mit der dampfenden Tränke hinab in den Stall.

Die Kälberkuh schien es mit Dank zu empfinden, daß sie schon in so früher Stunde bedacht wurde, sie brummte, setzte mehrmals ab im Saufen und schaute Barfüßele mit großen Augen an.

»Ja, jetzt werd' ich viel gefragt und gehänselt werden,« sagte Barfüßele vor sich hin, »aber was tut's? «

Mit dem Melkkübel auf eine andere Kuh losgehend, sang sie:

>»Dreh dich um und dreh dich um
>Rotg'scheckete Kuh,
>Wer wird dich denn melken,
>Wenn ich heiraten tu?«

»Dummes Zeug!« setzte sie dann, wie sich selbst ausscheltend, hinzu. Sie vollführte ihre Arbeit nun still, und allmählich erwachte das Leben im Hause, und kaum war Rosel erwacht, als sie Barfüßele nachlief und sie ausschalt, denn Rosel hatte ein schönes Halstuch verloren. Sie behauptete, sie habe es Barfüßele zum Aufbewahren gegeben, diese aber habe in ihrer Mannstollheit alles weggeworfen, als der Fremde sie aufforderte, und wer weiß, ob's nicht ein Dieb war, der den Gaul und die Kleider gestohlen hat, und den man morgen in Ketten einbringt, und es sei eine Schande gewesen, wie Barfüßele laut beim Tanze gejauchzt habe, und sie solle sich in acht nehmen, denn der Enzian-Valentin habe gesagt: wenn eine Henne kräht wie ein Hahn, schlägt das Wetter ein und gibt's Unglück. Sie habe sie zum ersten- und letztenmal mit zum Tanz genommen; sie habe sich fast die Augen aus dem Kopfe geschämt, daß sie sich überall habe müssen sagen lassen: so eine dient bei euch. Wenn ihr die Schwägerin nicht die Stange hielte und es ihr nachginge, müßte die Gänshirtin sogleich fort aus dem Haus.

Barfüßele ließ alles ruhig über sich ergehen, sie hatte heute schon die beiden Endpunkte dessen wahrgenommen, was sie nun erfahren müsse, und sie hatte darauf von selbst getan, wie sie es nun immer halten wollte: wer sie ausschimpfte, den schüttelte sie mit Schweigen von sich, wer sie ausspottete, den trumpfte sie ab. Hatte sie auch nicht immer ein brennendes Scheit bei der Hand wie beim Roßbuben, sie hatte Blicke und Worte, die den gleichen Dienst taten.

Barfüßele konnte der schwarzen Marann' nicht genug erzählen, was ihr die Rosel antat im Hause, und da sie es zu Hause nicht tun konnte, ließ Barfüßele hier ihre Zunge los und schalt auf die Rosel mit den heftigsten Worten. Schnell aber besann sie sich wieder und sagte:

»Ach Gott, das ist nicht recht, die macht mich jetzt auch so schlecht, daß ich solche Worte in den Mund nehme.«

Die Marann' aber tröstete: »Daß du so schimpfest, das ist brav. Schau, wenn man etwas Ekelhaftes sieht, muß man ausspeien, sonst wird man krank, und wenn man etwas Schlechtes sieht und hört und erfährt, da muß man schimpfen, da muß die Seele auch ausspeien, sonst wird sie schlecht.«

Barfüßele mußte lachen über die wunderlichen Tröstungen der schwarzen Marann'.

Tag um Tag verging in alter Weise, und man vergaß bald Hochzeit und Tanz und alles, was dabei geschehen war. Barfüßele aber spürte ein ewiges Hinausdenken, daß sie gar nicht bewältigen konnte.

Es war gut, daß sie der schwarzen Marann' alles anvertrauen konnte. »Ich meine, ich habe mich versündigt, daß ich damals so über alles hinaus lustig war,« klagte sie einmal.

»An wem hast du dich versündigt?«

»Ich meine, Gott straft mich dafür.«

»O Kind, was machst du da? Gott liebt die Menschen wie seine Kinder. Gibt es für Eltern eine größere Freude, als ihre Kinder lustig zu sehen? Ein Vater, eine Mutter, die ihre Kinder fröhlich tanzen sehen, sind doppelt glücklich, und so denk' auch: Gott hat dir zugesehen, wie du getanzt hast, und hat sich recht gefreut, und deine Eltern haben dich auch tanzen sehen und haben sich auch gefreut. Laß du die ungestorbenen Menschen reden, was sie wollen. Wenn mein Johannes kommt, hei, der kann tanzen! Aber ich sage nichts. Du hast an mir einen Menschen, der dir recht gibt; was brauchst du denn mehr?«

Freilich, Wort und Beistand der schwarzen Marann' war tröstlich, aber Barfüßele hatte ihr doch nicht alles gesagt. Es war ihr nicht bloß um das Gerede der Menschen zu tun, und es war nicht mehr wahr, daß sie sich genügen ließ, nur einmal vollauf glücklich gewesen zu sein. Sie sehnte sich doch wieder nach dem Manne, der ihr wie eine erlösende Erscheinung gekommen war, der sie so ganz verändert hatte und nun nichts mehr von ihr wußte.

Ja, Barfüßele war sehr verändert. Sie ließ es an keiner Arbeit fehlen, man konnte ihr nichts nachreden; aber eine tiefe Schwermut setzte sich in ihr fest. Jetzt kam noch ein anderer Grund dazu, der sich vor der Welt offen geltend machen durfte. Dami hatte von Amerika aus noch kein Wort geschrieben, und sie vergaß sich soweit, daß sie einmal zur schwarzen Marann' sagte:

»Es heißt nicht umsonst im Sprichwort, ›wenn man Feuer unter einem leeren Topf hat, verbrennt eine arme Seele‹ Unter meinem Herzen brennt ein Feuer, und meine arme Seele verbrennt.«

»Was ist denn?«

»Daß der Dami auch nicht schreibt! Das Warten, das ist die schrecklichst gemordete Zeit, es gibt keine, die man ärger umbringen kann als mit dem Warten; da ist man ja in keiner Stunde, in keiner Minute mehr daheim, auf keinem Boden mehr fest, und immer mit einem Fuß in der Luft.«

»O Kind! Sag' das nicht,« jammerte die Marann'. »Was willst denn du vom Warten reden? Denk' an mich, ich warte geduldig und warte bis zu meiner letzten Stunde und geb's nicht auf.«

In der Erkenntnis fremden Kummers loste sich der Schmerz Barfüßeles in Tränen auf, und sie klagte: »Mir ist so schwer. Ich denk' jetzt immer ans Sterben. Wieviel tausend Kübel Wasser muß ich noch holen und wieviel Sonntage gibt's noch? Man sollte sich eigentlich gar nicht so viel grämen, das Leben hat ja bald ein Ende, und wenn die Rosel zankt, denk' ich: ja, zank' du nur, wir sterben beide bald, dann hat's ein End'; und dann überfällt mich wieder eine Angst, daß ich mich so arg vor dem Sterben fürchte. Wenn ich so liege und will mir denken, wie es ist. wenn ich tot bin: ich höre nichts, ich sehe nichts, dieses Auge, dieses Ohr ist tot, alles da um mich her ist nicht mehr da, es wird Tag, und ich weiß nichts mehr davon; man mäht, man erntet, ich bin nicht mehr dabei. O, warum ist denn das Sterben! ...Was willst du machen? Haben andere auch sterben müssen, und die waren noch mehr als du. Man muß es ruhig ertragen. – Horch, der Schütz schellt aus,« so unterbrach sich Barfüßele in der seltsamen Klage, und sie, die eben sterben wollte, und wieder nicht sterben wollte, hätte doch gern erfahren, was der Dorfschütze noch ausschellt.

»Laß ihn schellen, er bringt dir doch nichts,« sagte die Alte, wehmütig lächelnd. »O, was ist der Mensch! Wie muß jeder wieder die harte Nuß aufzuknacken suchen und sie doch endlich ungeöffnet beiseite legen! Ich will dir sagen, Amrei, was mit dir ist: Du bist jetzt sterbensverliebt. Sei froh, so gut wird es wenigen Menschen, es wird wenig Menschen so wohl, daß sie eine rechte Liebe in sich spüren; aber nimm dir ein Beispiel an mir: laß die Hoffnung nicht fahren. Weißt, wer schon bei lebendigem Leibe gestorben ist? Wer nicht von jedem Tag, absonderlich wer nicht von jedem Frühling meint: jetzt fängt das Leben erst recht an; jetzt kommt etwas, was noch gar nie dagewesen ist. Dir muß es noch gut gehen, du tust ja lauter Gottestaten. Was hast du an deinem Bruder getan, was an mir, was am alten Rodelbauer, was an allen Menschen! Aber es ist gut, daß du nicht weißt, was du tust. Wer Gutes tut und betet und immer daran denkt und sich was drauf einbildet, der betet sich durch den Himmel durch und muß auf der andern Seite die Gänse hüten.«

»Das hab' ich schon hier getan, davon bin ich erlöst,« lachte Barfüßele, und die Alte fuhr fort:

»Mir sagt eine Stimme, daß der, der mit dir getanzt hat, mein Johannes gewesen ist, kein anderer Mensch. Und ich will dir's nur sagen; wenn er nicht verheiratet ist, dich muß er nehmen. Sammetkleider hat mein Johannes immer gern gehabt, und ich denk' jetzt so: er läuft jetzt um die Grenze herum, bis unser König stirbt, dann kommt er herein ins Land; aber unrecht ist's, daß er mir nichts sagen läßt, und es tut mir so and⁵ nach ihm.«

Barfüßele schauderte vor der unverwüstlichen Hoffnungskraft der schwarzen Marann' und wie sie sich immer und immer an ihr festhielt.

Sie erwähnte fortan selten den Fremden, nur wenn sie von der Hoffnung auf Wiederkehr sprach und dabei Dami nannte, konnte sie sich nicht enthalten, dabei auch innerlich an den Fremden zu denken. Er war ja nicht über dem Meer und konnte doch auch wiederkommen und schreiben; aber freilich, er hat dich ja nicht gefragt, wo du her bist. Wieviel tausend Städte und Dörfer und Einsiedelhofe gibt's in der Welt ...vielleicht sucht er dich und findet dich nimmer wieder. Aber nein, er kann ja in Endringen fragen. Er kann nur den Dominik fragen und das Ameile, und die werden ihm gut Bescheid geben. Aber *ich* weiß nicht, wo er ist, *ich* kann nichts tun.

Es war wiederum Frühling geworden, und Amrei stand bei ihren Blumen am Fenster; da kam eine Biene dahergeflogen und saugte sich fest an dem offenen Kelche. Ja so ist's, dachte Barfüßele, so ein Mädchen ist wie eine Pflanze, festgewachsen an dem Ort, das kann nicht herumgehen und suchen, das muß warten, bis das da zufliegt.

> »Wenn ich ein Vöglein wär'
> Und auch zwei Flügelein hätt',
> Flög' ich zu dir;
> Weil's aber nicht kann sein,
> Bleib' ich allhier.

Bin ich gleich weit von dir,
Bin ich doch im Traum bei dir
Und red' mit dir;
Wenn ich erwachen tu,

Bin ich allein.

Es vergeht kein' Stund in der Nacht,
Daß nicht mein Herz erwacht
Und an dich denkt« –

So sang Barfüßele.

Es war wunderbar, wie jetzt alle Lieder auf Barfüßele gesetzt waren, und wieviel Tausend haben sich diese schon aus der Seele gesungen, und wieviel Tausende werden sie sich noch aus der Seele singen!

Ihr, die ihr euch sehnt und endlich ein Herz umschlungen haltet, ihr haltet damit umschlungen das Leben aller derer, die je waren und sein werden.

12. Kapitel.

Er ist gekommen.

Barfüßele stand eines Sonntags nachmittags nach ihrer Gewohnheit an die Türpfoste des Hauses gelehnt und schaute träumend vor sich hin, da kam der Enkel des Kohlenmathes das Dorf heraufgesprungen und winkte schon von ferne und rief:

»Er ist gekommen! Barfüßele, er ist gekommen!« Barfüßele zitterten die Knie, und mit bebender Stimme rief sie: »Wo ist er? wo?«

»Bei meinem Großvater im Moosbrunnenwald.«

»Wo? Wer? Wer schickt dich?«

»Dein Dami. Er ist drunten im Wald.«

Barfüßele mußte sich auf die Steinbank vor dem Hause setzen, aber nur eine Minute, dann bezwang sie sich selbst, richtete sich straff auf mit den Worten: »Mein Dami? Mein Bruder?«

»Ja, des Barfüßele Dami,« sagte der Knabe treuherzig, »und er hat mir versprochen, du gäbest mir einen Kreuzer, wenn ich zu dir Boten gehe und es dir sage; jetzt gib mir einen Kreuzer.«

»Mein Dami wird dir schon drei dafür geben.«

»O nein,« sagte der Knabe, »er hat ja zu meinem Großvater geheult, weil er keinen Kreuzer mehr habe.«

»Ich habe jetzt auch keinen,« sagte Barfüßele, »aber ich bleib' dir gut dafür.«

Sie ging schnell zurück ins Haus, bat die Nebenmagd, an ihrer Statt des Abends die Kühe zu melken, wenn sie zum Abend nicht wieder da sei; sie müsse schnell einen Gang machen. Mit Herzklopfen, bald im Zorn auf Dami, bald in Wehmut über ihn und sein Unglück, bald in Aerger, daß er wieder da sei, und dann wieder in Vorwürfen, daß sie ihrem einzigen Bruder so begegne, ging Barfüßele das Feld hinaus, das Tal hinab nach dem Moosbrunnenwald.

Der Weg zum Kohlenmathes war nicht zu verfehlen, ob man gleich von dem Fußweg abseits gehen mußte. Der Geruch des Meilers führte unfehlbar zu ihm. – Wie singen die Vögel in den Bäumen, und ein jammerndes Menschenkind wandelt drunter hin, und wie traurig muß es dann sein, der das alles wiedersieht, und es muß ihm hart gegangen sein, wenn er keinen andern Ausweg mehr weiß, als heim und sich an dich zu hängen und dich aussaugen. Andre Schwestern haben von den Brüdern eine Hilfe, und ich ... Aber ich will dir jetzt schon zeigen. Dami, du mußt bleiben, wo ich dich hinstelle, und darfst nicht zucken.

In solcherlei Gedanken ging Barfüßele dahin und war endlich beim Kohlenmathes angekommen. Aber sie sah hier nur den Kohlenmathes, der vor seiner Blockhütte beim Meiler saß und seine Holzpfeife mit beiden Händen hielt und rauchte; denn ein Köhler tut es seinem Meiler nach und raucht immer.

»Hat mich jemand zum Narren gehabt?« fragte sich Barfüßele. »O, das wäre schändlich! Was tue ich denn den Menschen, daß sie mich zum Narren haben? Aber ich krieg's schon heraus, wer das angestellt hat; der soll mir's büßen.«

Mit geballter Faust und flammenrotem Gesicht stand sie jetzt vor dem Kohlenmathes. Dieser hob kaum das Antlitz nach ihr, viel weniger, daß er ein Wort redete; er war, so lang die Sonne schien, fast immer wortlos, und nur des Nachts, wenn ihm niemand ins Auge sehen konnte, sprach er viel und gern.

Barfüßele starrte eine Minute in das schwarze Antlitz des Köhlers und fragte dann zornig: »Wo ist mein Dami?«

Der Alte schüttelte mit dem Kopfe verneinend. Da fragte Barfüßele nochmals mit dem Fuße aufstampfend: »Ist mein Dami bei Euch?«

Der Alte legte die Hände auseinander und zeigte rechts und links, daß er nicht da sei.

»Wer hat denn zu mir geschickt?« fragte Barfüßele immer heftiger: »So redet doch!«

Der Köhler wies mit dem rechten Daumen nach der Seite, wo ein Fußweg sich um den Berg hinzog.

»Um Gottes willen, saget doch ein Wort,« drängte Barfüßele, vor Zorn weinend, »nur ein einziges Wort. Ist mein Dami da, oder wo ist er?«

Endlich sagte der Alte: »Er ist da, dir entgegengegangen, den Fußweg,« und gleich, als hätte er viel zu viel gesprochen, preßte er rasch die Lippen zusammen und ging um den Meiler.

Da stand nun Barfüßele und lachte höhnisch und wehmutig über den einfältigen Bruder. »Er schickt nach mir und bleibt doch nicht an einer Stelle, wo man ihn finden kann; und wenn ich jetzt den Weg hinaufgehe – wie konnte er nur glauben, daß ich den Fußweg gehe? das ist ihm jetzt gewiß auch eingefallen, und er geht einen andern und ist nicht mehr zu finden, und wir laufen umeinander herum wie im Nebel.«

Barfüßele setzte sich still auf einen Baumstumpf, und in ihr brannte es wie in dem Meiler, die Flamme konnte nicht ausschlagen, sie mußte still in sich verkohlen. Die Vögel sangen, der Wald rauschte, ach, was ist das alles, wenn kein heller Ton im Herzen klingt … Wie aus einem Traume erinnerte sich jetzt Barfüßele, wie sie einst Liebesgedanken nachgehangen. Wie kommst du dazu, solches in dir aufkommen zu lassen? Hast du nicht Elend genug an dir und an deinem Bruder? Und der Gedanke dieser Liebe war ihr jetzt wie mitten im Winter die Erinnerung an einen hellen Sommertag. Man kann's nur glauben, daß es einst so sonnig warm gewesen, aber man weiß nichts mehr davon. Jetzt muß sie lernen, was »Warten« heißt: hoch oben auf einer Spitze, wo kaum eine Handbreit Boden; und wenn du erst weißt, wie es ist, bist du im allen Elend und in noch größerem …

Sie ging hinein in die Blockhütte des Köhlers, da lag ein Sack locker und kaum halb voll, und auf dem Sacke stand der Name des Vaters.

»O, wie bist du herumgeschleppt!« sagte sie fast laut. Sie ging aber schnell über die Erregung des Gemütes hinweg und wollte sehen, was denn Dami wieder mit zurückgebracht. »Er hat doch mindestens die guten Hemden noch, die du ihm von der Leinwand der schwarzen Marann' hast machen lassen? Und vielleicht ist auch ein Geschenk von dem Ohm aus Amerika darin. Aber wenn er noch etwas Ordentliches hätte, wäre er dann zuerst zum Kohlenmathes im Walde? Hätte er sich nicht gleich im Dorfe gezeigt?«

Barfüßele hatte Zeit, diesen Gedanken nachzuhängen, denn das Sackbändel war wahrhaft kunstmäßig verknotet, und nur ihrer gewohnten Geschicklichkeit und Unablässigkeit gelang es, ihn endlich zu entwirren. Sie tat alles heraus, was in dem Sacke war, und mit zornigem Blicke sagte sie vor sich hin: »O, du Garnichts! da ist ja kein heiles Hemd mehr. Du hast jetzt die Wahl, ob du Bettellump oder Lumpenbettler heißen willst.«

Das war keine gute Stimmung, in der sie den Bruder zum erstenmal wieder begrüßen konnte, und dieser mochte es fühlen, denn er stand lauernd am Eingange der Blockhütte, bis Barfüßele wieder alles in den Sack getan hatte.

Dann trat er auf sie zu und sagte: »Grüß Gott, Amrei! Ich bringe dir nichts als schwarze Wäsche, aber du bist sauber und wirst mich auch wieder …«

»O, lieber Dami, wie siehst du aus!« schrie Barfüßele und lag an seinem Halse, aber schnell riß sie sich wieder los und sagte:

»Um Gottes willen, du riechst ja nach Branntwein. Bist du schon so weit?«

»Nein, der Kohlenmathes hat mir nur ein bißchen Wacholdergeist gegeben, ich hab' auf keinem Bein mehr stehen können; es ist mir schlecht gegangen, aber schlecht bin ich drum nicht geworden, das glaub' mir, ich kann dir's freilich nicht beweisen.«

»Ich glaub' dir. Du wirst doch das einzige, was du auf der Welt hast, nicht betrügen? O, wie verwildert und elend siehst du aus! Du hast ja einen großen Bart wie ein Scheerenschleifer. Das leid' ich nicht, den mußt du heruntermachen. Du bist doch sonst gesund? Es fehlt dir doch nichts?«

»Gesund bin ich und will Soldat werden.«

»Was du bist und was du wirst, das wollen wir schon noch überlegen; jetzt sag', wie es dir ergangen ist.«

Dami stieß ein Scheit halbverbranntes Holz, von den sogenannten unbrauchbaren Bränden, mit dem Fuße weg und sagte: »Siehst du? Grad so bin ich; nicht ganz Kohle geworden und doch auch kein frisch Holz mehr.«

Barfüßele ermahnte ihn, er solle ohne Klagen erzählen, und nun berichtete Dami eine lange, lange Geschichte, wie er es beim Ohm nicht ausgehalten, wie hartherzig und eigennützig der sei, besonders aber, wie ihm die Frau jeden Bissen mißgönnt habe, den er im Hause genoß, wie er dann da und dort gearbeitet, aber immer mehr die Hartherzigkeit der Menschen erfahren habe; in Amerika da können die Menschen einen andern im Elend verkommen sehen und schauen nicht nach ihm um. Barfüßele mußte fast lachen, als in der Erzählung immer und immer wieder der Endreim vorkam: »Und da haben sie mich auf die Straße geworfen.« Sie konnte nicht umhin einzuschalten: »Ja, so bist du, du läßt dich immer werfen. Bist schon als Kind so gewesen: wenn du einmal gestolpert bist, da hast du dich fallen lassen wie ein Stück Holz. Man muß aus dem Stolper auch einen Hopser machen, drum sagt man ja im Sprichwort: von Stolpe nach Danzig[6]. Sei lustig. Weißt, was man tun muß, wenn einem die Menschen weh tun wollen?«

»Man muß ihnen aus dem Weg gehen.«

»Nein, man muß ihnen weh tun, wenn man kann, und am wehesten tut man ihnen, wenn man sich aufrecht erhält und was vor sich bringt. Aber du stellst dich immer hin und sagst zur Welt: tu’ mir gut, tu’ mir bös. küss’ mich, schlag’ mich, wie du willst. – Das ist leicht. Du lassest dir alles geschehen, und dann hast Erbarmen mit dir selber. Wär’ mir auch recht, wenn mich ein anderes da und dort hinstellte, wenn ich’s nicht selbst zu tun hätte; aber du mußt jetzt selbst Einsteher für dich sein, hast dich genug in der Welt herumstoßen lassen, jetzt zeig’ einmal den Meister.«

Vorwürfe und Lehren werden einem Unglücklichen gegenüber oft zu ungerechten Härten, und auch Dami nahm die Worte der Schwester als solche. Es war fürchterlich. daß sie nicht einsah, wie er der unglücklichste Mensch auf der Welt sei. Sie konnte ihm streng vorhalten, daß er das nicht glauben möge, und wenn er es nicht glaube, so sei es auch nicht. Aber das schwierigste von allem ist: einem Menschen den Glauben an sich beizubringen; die meisten gewinnen ihn erst, nachdem ihnen etwas gelungen ist. Dami wollte der herzlosen Schwester kein Wort weiter erzählen, und erst später gelang es ihr, daß er ausführlich von seinen Fahrten und Schicksalen berichtete, und wie er zuletzt als Heizer auf einem Dampfschiff nach der alten Welt zurückgekehrt sei. Indem sie ihm jetzt seine selbstquälerische Weichmütigkeit vorhielt, ward sie inne, daß auch sie nicht frei davon war.

Durch den fast ausschließlichen Verkehr mit der schwarzen Marann’ hatte sie sich gewöhnt, immer so viel von sich zu reden und an sich zu denken, und sie war in ein schweres Wesen geraten. Jetzt, indem sie den Bruder aufrichtete, tat sie es auch unwillkürlich mit sich selbst; denn das ist die geheimnisvolle Macht des Menschenzusammenhanges, daß wir immer, indem wir anderen helfen, uns selbst mithelfen.

»Wir haben vier gesunde Hände,« schloß sie, »und da wollen wir sehen, ob wir uns nicht durch die Welt durchschlagen, und durchschlagen ist tausendmal besser als sich durchbetteln. Jetzt komm, Dami, jetzt komm mit heim.«

Dami wollte sich im Orte gar nicht zeigen, er fürchtete sich vor dem Gespötte, das von allen Seiten auf ihn losbreche, er wollte vor der Hand noch versteckt bleiben; aber Barfüßele sagte: »Jetzt gehst mit, am hellen Sonntag, und mitten durch das Dorf und läßt dich ausspotten. Laß sie nur reden und deuten und lachen, dann bist du fertig und bist’s los, hast den bittern Kolben auf einmal verschluckt und nicht tropfenweis.«

Erst nach vielem und heftigem Widerstreben und erst nachdem der schweigsame Kohlenma-thes auch sein Wort und Barfüßele recht gegeben hatte, ließ sich Dami führen.

Und in der Tat hagelte und regnete es von allen Seiten, bald grob, bald spitz, auf des Bar-füßeles Dami los, der auf Gemeindekosten eine Vergnügungsreise nach Amerika gemacht habe. Nur die schwarze Marann’ nahm ihn freundlich auf, und ihr zweites Wort war: »Hast du nichts von meinem Johannes gehört?«

Dami konnte keine Kunde geben. Und in doppelter Weise mußte Dami heute Haare lassen; denn noch am Abend brachte Barfüßele den Bader, der ihm den wilden Vollbart abnehmen und ihm das landesübliche glatte Gesicht geben mußte.

Schon am andern Morgen wurde Dami aufs Rathaus beschieden, und da er davor zitterte – er wußte nicht warum – versprach Barfüßele ihn zu begleiten, und das war gut; wenn es gleich nicht viel half.

Der Gemeinderat verkündete Dami, daß er aus dem Orte ausgewiesen sei; er habe kein Recht hier zu bleiben, um vielleicht der Gemeinde wiederum zur Last zu fallen.

Alle Gemeinderäte staunten, da Barfüßele hierauf erwiderte:

»Jawohl, ihr könnt ihn ausweisen; aber wisset ihr wann? Wenn ihr hinausgehen könnt auf den Kirchhof, dort wo unser Vater und unsere Mutter liegt, und wenn ihr zu den Begrabenen sagen könnt: »Auf! geht fort mit eurem Kind! – Dann könnt ihr ihn ausweisen. Man kann niemand ausweisen aus dem Ort, wo seine Eltern begraben sind, da ist er mehr als daheim; und wenn's tausend und tausendmal da in den Büchern steht – sie deutete auf die gebundenen Regierungsblätter – und anders stehen mag, es geht doch nicht und ihr könnet nicht.«

Ein Gemeinderat sagte dem Schullehrer ins Ohr:

»Diese Reden hat das Barfüßele von niemand anders gelernt als von der schwarzen Marann'!« Und der Heiligenpfleger neigte sich zum Schultheiß und sagte: »Warum duldest du, daß das Aschenputtel so schreit? Klingle dem Schütz, er soll sie ins Narrenhäusle stecken.«

Der Schultheiß aber lächelte und erklärte Barfüßele, daß sich die Gemeinde von allen Ueberlasten, die ihr durch den Dami werden könnten, losgekauft habe, indem sie den größten Teil des Ueberfahrtsgeldes für ihn auslegte.

»Ja, wo ist er denn jetzt daheim?« fragte Barfüßele.

»Wo man ihn annimmt, aber hier nicht und vor der Hand nirgends.«

»Ja, ich bin nirgends daheim,« sagte Dami, dem es fast wohltat, immer noch mehr unglücklich zu sein. Jetzt konnte doch niemand leugnen, daß es keinem Menschen auf der Welt schlechter ginge als ihm.

Barfüßele kämpfte noch dagegen, aber sie sah bald, hier half nichts; das Gesetz war wider sie, und nun beteuerte sie, daß ihr eher das Blut unter den Nägeln hervorstießen solle, ehe sie je wieder etwas für sich und ihren Bruder von der Gemeinde annehme, und sie versprach alles Erhaltene zurückzuerstatten.

»Soll ich das auch ins Protokoll nehmen?« fragte der Gemeindeschreiber die Umsitzenden, und Barfüßele antwortete: »Ja, schreibet's nur, bei euch gilt ja doch nur das Geschriebene.«

Barfüßele unterzeichnete das Protokoll, aber als dies geschehen war, wurde dennoch Dami verkündet, daß er als Fremder die Erlaubnis habe, drei Tage im Dorfe zu bleiben; wenn er bis dahin kein Unterkommen gefunden, werde er ausgewiesen und nötigenfalls mit Zwangsmitteln über die Grenze gebracht.

Ohne weiter ein Wort zu sagen, verließ Barfüßele mit Dami das Rathaus, und Dami weinte darüber, daß sie ihn unnötig gezwungen habe, ins Dorf zurückzukehren; er wäre besser im Walde geblieben und hätte sich dadurch den Spott und jetzt den Kummer erspart, zu wissen, daß er aus seinem Heimatsorte als Fremder ausgewiesen sei. Barfüßele wollte ihm erwidern, daß es besser sei, wenn man alles klar wisse, und sei es auch das Herbste; aber sie verschluckte das, sie selber fühlte sich auch ausgewiesen mit ihrem Bruder, und sie empfand es, daß sie einer Welt gegenüberstand, die sich auf Macht und Gesetze stützte, und sie selber hatte nur die leere Hand; aber sie hielt sich jetzt aufrechter als je.

Das Ungeschick und Mißgeschick Damis drückte sie nicht nieder, denn so ist der Mensch: hat er ein Schmerzen, das ihn ganz erfüllt, trägt er ein anderes, und sei es noch so schwer, oft leichter, als wenn es allein gekommen wäre. Und weil Barfüßele ein unnennbares Wehe empfand, gegen das sie nichts tun konnte, trug sie das nennbare, gegen das sie wirken konnte, um so williger und freier. Sie gönnte sich keine Minute der Träumerei mehr und ging immer mit straffen Armen und mit geballter Faust hin und her, als wollte sie sagen: wo ist denn die Arbeit? und sei es auch die schwerste, ich nehme sie über mich, wenn ich nur mich und meinen

Bruder aus der Abängigkeit und Verlassenheit herausbringe. Sie dachte jetzt selber daran, mit Dami ins Elsaß zu wandern und dort in einer Fabrik zu arbeiten. Es kam ihr schrecklich vor, daß sie das sollte; aber sie wollte sich dazu zwingen. Wenn nur der Sommer vorüber war, dann sollte es fortgehen, und Lebewohl, Heimat! Wir sind ja auch in der Fremde, wo wir daheim sind.

Der nächste Annehmer, den die beiden Waisen in der Ortsregierung gehabt hatten, war jetzt machtlos. Der alte Rodelbauer lag schwer krank darnieder, und in der Nacht nach der stürmischen Gemeinderatssitzung verschied er.

Barfüßele und die schwarze Marann' waren diejenigen, die auf dem Kirchhofe bei seiner Beerdigung am meisten weinten. Ja, die schwarze Marann' sagte auf dem Heimwege noch als besonderen Grund: »Der Rodelbauer ist der letzte noch Lebende gewesen, mit dem ich einstmals in meinen jungen Jahren getanzt habe. Mein letzter Tänzer ist nun gestorben.«

Bald aber hielt sie ihm eine andere Nachrede, denn es zeigte sich, daß der Rodelbauer, der Barfüßele so jahrelang darauf vertröstet hatte, sie in seinem Testamente gar nicht erwähnte, viel weniger ihr etwas vererbte.

Als die schwarze Marann' gar nicht aufhören wollte mit Klagen und Schelten, sagte Barfüßele: »Das geht jetzt in einem hin, es ist jetzt einmal so, es hagelt jetzt von allen Seiten auf mich los, aber die Sonne wird schon wieder scheinen.«

Die Hinterlassenen des Rodelbauern schenkten indes Barfüßele einige Kleider des Alten; sie hätte sie gern zurückgewiesen, aber durfte sie es wagen, jetzt noch mehr Trotz kundzugeben? Auch Dami wollte die Kleider nicht annehmen, aber er mußte nachgeben. Es schien einmal sein Los, in den Kleidern allerlei Abgeschiedener sein Leben zu verbringen.

Der Kohlenmathes nahm Dami zu sich in den Wald zum Meiler, und Zuträger sagten dem Dami, er solle nur einen Prozeß anfangen, man könne ihn nicht ausweisen, weil er noch an keinem andern Orte angenommen sei; das sei stillschweigende Voraussetzung beim Aufgeben des Heimatsrechtes.

Die Leute schienen sich fast daran zu erlustigen, daß die armen Waisen weder Zeit noch Geld hatten, einen Rechtsstreit anzufangen.

Dami schien sich in der Einsamkeit des Waldes wohlzugefallen. Es war so nach seiner Art, daß man sich nicht an- und ausziehen brauchte, und jedesmal am Sonntag nachmittag kostete es Barfüßele einen Kampf, bis sich Dami nur ein bißchen reinigte; dann saß sie bei ihm und dem Matthes, man sprach wenig, und Barfüßele konnte ihre Gedanken nicht abhalten, daß sie in der Irre umhergingen in der Welt und den suchten, der sie einst einen ganzen Tag so glücklich gemacht und in den Himmel gehoben hatte. Wußte er nichts mehr von ihr, und dachte er nicht mehr an sie? Kann denn der Mensch den andern vergessen, mit dem er einmal so glücklich war?

Es war Sonntag morgen gegen Ende Mai, alles war in der Kirche. Es hatte am Tage vorher geregnet. Ein frischer erquickender Atem hauchte von Berg und Tal, denn die Sonne schien hell hernieder. Auch Barfüßele hatte in die Kirche gehen wollen, aber sie lag wie festgebannt unter dem Fenster, während es läutete, und sie versäumte die Kirche. Das war seltsam und noch nie geschehen. Nun da es zu spät war, entschloß sie sich, allein zu bleiben und daheim in ihrem Gesangbuche zu lesen. Sie kramte in ihrer Truhe und war überrascht von allerlei Sachen, die sie besaß. Sie saß auf dem Boden und las eben einen Gesang und summte ihn halblaut vor sich hin, da regte sich etwas am Fenster. Sie schaute sich um; eine weiße Taube steht auf dem Simse und schaut nach ihr; und wie sich die Blicke des Mädchens und der Taube begegnen, fliegt die Taube davon, und Barfüßele schaut ihr nach, wie sie hinausfliegt über das Feld und sich dort niederläßt.

Dieses Begegnis, das doch so natürlich war, macht sie plötzlich ganz froh, und sie nickt immer hinaus ins Weite nach den Bergen, nach Feld und Wald. Sie ist den ganzen Tag ungewöhnlich heiter. Sie kann nicht sagen warum, es ist ihr, als ob ihr eine Freude in der Seele jauchzte, sie weiß nicht, woher sie kam. Und so oft sie auch am Mittag, an die Türpfoste gelehnt, über die seltsame Erregung, die sie spürt, den Kopf schüttelt, sie weicht nicht von ihr. »Es muß sein, es muß doch sein, daß jemand gut an mich gedacht hat; und warum kann das nicht sein, daß so eine Taube der stille Bote ist, der mir das sagt? Die Tiere leben doch auch auf der Welt, wo die Gedanken der Menschen hin und her fliegen, und wer weiß, ob sie nicht alles still davontragen.«

Die Menschen, die an Barfüßele vorübergingen, konnten nicht ahnen, was für ein seltsames Leben sich in ihr bewegte.

13. Kapitel.

Aus einem Mutterherzen.

Während Barfüßele im Dorf und in Feld und Wald träumte und sorgte und kümmerte, bald von seltsamen Freudenschauern sich durchrieselt fühlte, bald sich wie ausgestoßen vorkam in der weiten Welt, schickten Eltern ihr Kind fort, freilich, damit es um so reicher wiederkäme.

Droben im Allgäu, auf dem großen Bauernhofe, genannt zur »wilden Reuthe«, saß der Land-friedbauer mit seiner Frau bei ihrem jüngsten Sohne, und der Bauer sagte: »Hör' einmal, Johannes, jetzt ist mehr als ein Jahr um, seitdem du zurückgekehrt bist, und ich weiß nicht, was mit dir ist; du bist damals wie ein geschlagener Hund heimgekommen und hast gesagt, du wollest dir lieber hier in der Gegend eine Frau suchen, aber ich sehe nichts davon. Willst du mir noch einmal folgen, dann will ich dir kein Wort mehr zureden.«

»Ja, ich will,« sagte der junge Mann, ohne sich aufzurichten.

»Nun gut, versuch's noch einmal: einmal ist keinmal; und ich sage dir, du machst mich und die Mutter glücklich, wenn du dir eine Frau nimmst aus unserer Gegend, und am liebsten, wo die Mutter her ist. Ich kann dir's schon ins Gesicht sagen, Bäuerin, es gibt in der ganzen Welt nur *einen* guten Schlag Weibsleut', und der ist bei uns daheim, und du bist gescheit, Johannes, du wirst schon eine Rechtschaffene finden, und dann wirst du uns noch auf dem Totenbette danken, daß wir dich in unsere Heimat geschickt haben, dir eine Frau zu holen. Wenn ich nur fort könnte, ich ginge mit dir, und wir beide fänden schon die Rechte. Aber ich hab' mit unserm Jörg geredet, er will mit dir gehen, wenn du ihn darum ansprichst. Reit' hinüber und sag's ihm.«

»Wenn ich meine Meinung sagen darf,« erwiderte der Sohn, »wenn ich noch einmal gehen soll, möcht' ich wieder allein. Ich bin einmal so. Das verträgt bei mir kein anderes Aug', ich möcht' mit niemand darüber reden. Wenn's möglich war', möcht' ich am liebsten ungesehen und stumm alles erkundschaften; und kommt man nun gar zu zweit', da ist's so gut, wie wenn man's ausschellen ließ', und alles putzt sich auf.«

»Wie du willst,« sagte der Vater, »du bist einmal so aus der Art. Weißt was? Mach' dich gleich auf den Weg; es fehlt uns ein Gespann zu unserm Schimmel, such' dir einen dazu, aber nicht auf dem Markt; und wenn du so in den Häusern herumkommst, kannst du schon viel sehen, und kannst auch auf dem Heimweg ein Bernerwägelein kaufen. – Der Dominik in Endringen soll ja noch drei Töchter haben wie die Orgelpfeifen, such' dir eine aus, aus dem Haus wäre uns eine Tochter recht.«

»Ja,« ergänzte die Mutter, »das Ameile hat gewiß brave Töchter.«

»Und besser wär's.« fuhr der Vater fort, »du siehst dir einmal in Siebenhöfen die Amrei an, des Schmalzgrasen Tochter, die hat einen ganzen Hof, den könnte man gut verkaufen, die Siebenhö-fener Bauern, die schlecken die Finger danach, wenn sie nur noch Aecker kriegen könnten, und da ist bar Geld, da gibt's keine Zieler; aber ich red' dir weiter nicht zu, du hast ja deine Augen selber bei dir. Komm, mach' dich gleich auf den Weg. Ich füll' dir die Geldgurte voll. Zweihun-dert Kronentaler werden genug sein, und der Dominik leiht dir, wenn du mehr brauchst. Gib dich nur zu erkennen. Ich kann's noch nicht verstehen, daß du dich damals auf der Hochzeit nicht zu erkennen gegeben hast; es muß dir etwas geschehen sein, aber ich will's nicht wissen.«

»Ja, weil er's nicht sagt,« ergänzte die Mutter lächelnd.

Der Bauer machte sich nun gleich daran, die Geldgurte zu füllen. Er brach zwei gestößelte Rollen auf, und man sah es ihm an, es tat ihm wohl, wie er so die grobe Münze von der einen Hand in die andere laufen ließ. Er machte Häufchen von je zehn Talern und zählte sie zwei-, dreimal ab, um sich ja nicht zu irren.

»Nun meinetwegen,« sagte der junge Mann und richtete sich auf. – Es ist der fremde Tänzer, den wir bei der Hochzeit in Endringen kennengelernt. Bald bringt er den gesattelten Schimmel aus dem Stall, schnallt noch den Mantelsack darauf, und ein schöner Wolfshund springt dabei an ihm empor und leckt ihm die Hände.

»Ja, ja, ich nehm' dich mit,« sagte der Bursche zu dem Hunde und erschien zum erstenmal im ganzen Gesicht freundlich, und er rief zum Vater hinein in die Stube: »Vater, darf ich den Lux mitnehmen?«

»Ja, wie du willst,« lautete von drinnen die Antwort aus dem Klingen der Taler heraus. Der Hund schien Hin- und Widerrede verstanden zu haben. Er sprang bellend und sich im Kreise drehend im Hofe umher.

Der Bursche ging hinein in die Stube, und indem er sich die Geldgurte umschnallte, sagte er: »Ihr habt recht, Vater, es wird mir jetzt schon wohler, weil ich jetzt aus dem so hinleben mich herausmache, und ich weiß nicht, man soll freilich keinen Aberglauben haben, aber es hat mir doch wohlgetan, daß der Schimmel sich nach mir wendet, wie ich in den Stall komme, und wiehert, und daß der Hund so auch mit will; es ist doch ein gutes Zeichen, und wenn man die Tiere befragen konnte, wer weiß, ob die einem nicht den besten Rat geben könnten.«

Die Mutter lächelte, aber der Vater sagte: »Vergiß nicht, daß du dich an den Krappenzacher hältst, und geh' nicht voran und bind' dich nicht, ehe du ihn befragt hast; der kennt das Inwendige aller Menschen auf zehn Stunden im Umkreis und ist ein lebendiges Hypothekenbuch. Jetzt behüt' dich Gott und laß dir Zeit, du kannst auf zehn Tage ausbleiben.«

Vater und Sohn schüttelten sich die Hände, und die Mutter sagte: »Ich geb' dir noch ein Stück das Geleite.«

Der Bursche führte nun das Pferd am Zügel und ging neben der Mutter her, still bis hinaus vor den Hof; und erst bei einer Biegung des Weges sagte die Mutter zagend: »Ich möchte dir gern Anweisungen geben.«

»Ja, ja, nur zu, ich höre gern drauf.«

Nun begann die Mutter, indem sie die Hand des Sohnes faßte: »Bleib' stehen, ich kann im Gehen nicht gut reden. – Schau, daß sie dir gefällt, das ist natürlich das erste: ohne Lieb' ist keine Freud', und ich bin nun eine alte Frau, gelt, ich darf alles sagen?«

»Ja, ja!«

»Wenn du dich nicht darauf freust und es nicht wie ein Gnadengeschenk vom Himmel ansiehst, daß du ihr einen Kuß geben darfst, da ist's die rechte Liebe nicht, aber... bleib' doch stehen ... und auch die Liebe reicht noch nicht aus, da kann sich noch etwas anderes dahinter verstecken. Glaub' mir...« Die alte Frau hielt stotternd inne und wurde flammrot im Gesichte. »Schau, wo der rechte Respekt nicht ist, und wo man nicht Freud' daran hat, daß eine Frau grad so eine Sache in die Hand nimmt und grad so wegstellt und nicht anders, da geht's schwer; und vor allem achte darauf, wie sie sich zu den Dienstboten stellt.«

»Ich will Euch immer abnehmen und in klein Geld wechseln, was Ihr meinet, Mutter; das Sprechen wird Euch schwer. Jetzt das verstehe ich schon. Sie darf nicht zu stolz und nicht zu vertraut sein.«

»Das freilich, aber ich seh's einer am Mund an, ob der Mund schon geflucht und geschimpft und gescholten hat, und ob er's gern tut. Ja, wenn du sie im Aerger weinen sehen, wenn du sie im Zorn ertappen könntest, da wäre sie am besten kennen zu lernen; da springt der versteckte inwendige Mensch heraus, und das ist oft einer mit Geierkrallen wie ein Teufel. O, Kind! Ich hab' viel erfahren und ins Aug' gefaßt. Ich sah' daran, wie eine das Licht auslöscht, wie's in ihr aussieht und was sie für ein Gemüt hat. Die so im Vorbeigehen mit einem Hui das Licht ausbläst, mag's funkeln und blaken, das ist eine, die sich auf ihr schnelles Schaffen was einbildet, und sie tut das alles nur halb und hat keine Ruhe im Gemüt.«

»Ja, Mutter, das macht Ihr mir zu schwer; eine Lotterie ist und bleibt es immer.«

»Ja, ja, du brauchst auch nicht alles zu behalten, was ich mein', nur so obenhin, wenn dir's nachher vorkommt, wirst schon finden, wie ich's gemeint habe, und dann paß auf: ob sie gut beim Arbeiten redet, ob sie etwas in die Hand nimmt, wenn sie mit dir spricht, und nicht allemal still hält, wenn sie ein Wort sagt, und nicht eine Scheinarbeit tut. Ich sage dir, Arbeitsamkeit ist bei einer Frau alles. Meiner Mutter Red' ist immer gewesen: ein Mädchen darf nie mit leeren Händen gehen und muß über drei Zäune springen, um ein Federchen aufzulesen. Und dabei muß sie doch beim Schaffen ruhig und stetig sein, nicht so um sich rasen und aufbegehren, als wollte sie jetzt grad' ein Stück von der Welt herunterreißen. Und wenn sie dir Red' und Antwort gibt, merk' auf, ob sie nicht zu blöd' und nicht zu keck ist. Du glaubst gar nicht, die Mädchen sind ganz anders, wenn sie einen Mannshut sehen, als wenn sie unter sich sind, und die, wo immer gar so tun, als ob sie bei jedem sagen wollten: friß mich nicht! das sind die schlimmsten, aber die so ein gewetztes Mundstück haben und die meinen, wenn jemand in der Stube sei, dürfte das Maul gar nicht stillstehen, die sind noch ärger.«

Der Bursche lachte und sagte: »Mutter, Ihr solltet einmal predigen gehen in der Welt herum und Kirche halten für die Mädchen allein.«

»Ja, das könnte ich auch,« sagte die Mutter ebenfalls lachend, »aber ich bringe das Letzte zuerst vor. Natürlich, daß du zuerst darauf siehst, wie sie zu Eltern und Geschwistern steht; du bist ja selber ein gutes Kind, da brauch' ich dir nichts zu sagen. Das vierte Gebot kennst du.«

»Ja, Mutter, da seid ruhig, und da habe ich mein besonderes Merkzeichen: die viel Wesens von der Elternliebe machen, da ist's nichts; das zeigt sich am besten wie man tut; und wer viel davon schwätzt, ist müd' und matt, wenn's ans Tun geht.«

»Du bist ja gescheit,« sagte die Mutter in spöttischer Glückseligkeit, legte die Hand auf die Brust und schaute zu ihrem Sohne auf: »Soll ich dir noch mehr sagen?«

»Ja, ich hör' Euch immer gern.«

»Mir ist, wie wenn ich heut' zum erstenmal so recht mit dir reden könnte, und wenn ich sterbe, so habe ich nichts mehr hinter mir, was ich vergessen habe. Das vierte Gebot! ja, da fällt mir ein, was mein Vater einmal gesagt hat. O, der hat alles verstanden und viel in Schriften gelesen, und ich habe einmal zugehört, wie er zum Pfarrer, der oft bei ihm war, gesagt hat: ,Ich weiß den Grund, warum beim vierten Gebot allein eine Belohnung ausgesetzt ist, und man meint doch, da wäre es grad' am unnötigsten, denn das ist ja das natürlichste, aber es heißt: Ehre Vater und Mutter, damit du lange lebest! …damit ist nicht gemeint, daß ein braves Kind siebzig oder achtzig Jahre alt wird; nein, wer Vater und Mutter ehrt, lebt lange, aber rückwärts. Er hat das Leben von seinen Eltern in sich, in der Erinnerung, in Gedanken, und das kann ihm nicht genommen werden, und er lebt lange auf Erden, wie alt er auch sei. Und wer Vater und Mutter nicht ehrt, der ist erst heut' auf die Welt gekommen und morgen nicht mehr da.«

»Mutter, das ist ein gutes Wort das verstehe ich, und ich werde es nicht vergessen, und meine Kinder sollen's auch lernen; aber je mehr Ihr so redet, je schwerer wird mir's, daß ich eine finde; ich meine, sie müßte so sein wie Ihr.«

»O Kind, sei nicht so einfältig! Mit neunzehn, zwanzig Jahren bin ich auch noch ganz anders gewesen, wild und eigenwillig, und auch jetzt bin ich noch nicht, wie ich sein möchte! Aber was ich dir noch sagen wollte? ja, von wegen der Frau. Es ist wunderlich, warum es gerade dir so schwer wird. Aber dir ist von klein auf alles schwerer geworden, du hast erst mit zwei Jahren laufen gelernt und kannst doch jetzt springen wie ein Füllen. Nur noch ein paar Kleinigkeiten, aber da kennt man oft Großes draus. Merk' auf, wie sie lacht; nicht so platschig zum Ausschütten, und nicht so spitzig zum Schnäbelchen machen, nein, so von innen heraus, ich wollt', du wüßtest wie du lachst, dann könntest du's schon abmerken.«

Der Sohn mußte hierbei laut auflachen, und die Mutter sagte immer: »Ja, ja, so ist's, so hat grad' mein Vater auch gelacht, so hat's ihm den Buckel geschüttelt und die Achseln gehoben.« Und je mehr die Mutter das sagte, um so mehr mußte der Sohn lachen, und sie stimmte endlich selbst mit ein, und so oft das eine aufhörte, steckte das fortgesetzte Lachen des andern es wieder an. Sie setzten sich an einen Wegrain, ließen das Pferd grasen, und indem die Mutter ein Maasliebchen abpflückte und damit in der Hand spielte, sagte sie: »Ja, das ist auch was, das hat viel zu bedeuten. Gib Acht, ob die Blumen gedeihen, da steckt viel drin, mehr als man glaubt.«

Man hörte in der Ferne Mädchen singen, und die Mutter sagte: »Merk' auch auf, ob sie beim Singen gern gleich die zweite Stimme singt; die wo gern immer den Ton angeben, das hat etwas zu bedeuten; und schau! da kommen Schulkinder, die sagen mir auch was. Wenn du's erkundschaften kannst, ob sie ihr Schreibbuch aus der Schule noch hat, das ist auch wichtig.«

»Ja, Mutter, Ihr nehmt noch die ganze Welt zum Wahrzeichen. Was soll denn das jetzt zu bedeuten haben, ob sie ihr Schreibbuch noch hat?«

»Daß du noch fragst, das zeigt, daß du noch nicht ganz gescheit bist. Ein Mädchen, das nicht gern alles aufbewahrt, was einmal gegolten hat, das hat kein rechtes Herz.«

Der Sohn hatte während des Redens versucht, die Treibschnur an der Peitsche, die sich verknotet hatte, aufzuknüpfen: jetzt holte er das Messer aus der Tasche und schnitt den Knoten entzwei. Mit dem Finger darauf hindeutend, sagte die Mutter:

»Siehst du? das darfst du tun, aber das Mädchen nicht. Gib Acht, ob sie einen Knoten schnell zerschneidet; da liegt ein Geheimnis drin.«

»Das kann ich erraten,« sagte der Sohn. »Aber Euer Schuhbändel ist Euch aufgegangen, und wir müssen jetzt fort.«

»Ja, und du bringst mich damit noch auf was,« sagte die Mutter. »Schau, das ist noch eins der besten Zeichen: gib acht, wie sie die Schuhe vertritt, nach innen oder nach außen, und ob sie schlürft und viel Schuhwerk zerreißt.«

»Da müßte ich zum Schuhmacher laufen,« sagte der Sohn lächelnd; »o Mutter, alles das, was Ihr sagt, das findet man nicht beieinander.«

»Ja, ja, ich red' zu viel, und du brauchst ja nicht alles zu behalten, es soll dich nur daran erinnern, wenn's dir vorkommt. Ich meine nur: nicht was eine hat oder erbt, ist die Hauptsache, sondern was eine braucht. Jetzt aber, du weißt, ich habe dich ruhig gehen lassen, jetzt mach' mir dein Herz auf und sag': Was ist dir denn geschehen, daß du voriges Jahr von der Hochzeit in Endringen heimgekommen bist wie behext und seitdem nicht mehr der alte Bursch bist von ehedem? Sag's, vielleicht kann ich dir helfen.«

»O Mutter, das könnet Ihr nicht, aber ich will's Euch sagen. Ich hab' eine gesehen, die die Rechte gewesen wäre, aber es ist die Unrechte gewesen.«

»Um Gottes willen! Du hast dich doch nicht in eine Ehefrau verliebt?«

»Nein, es ist aber doch die Unrechte gewesen. Was soll ich da viel drum herumreden? Es war eine Magd.«

Der Sohn atmete tief auf, und Mutter und Sohn schwiegen eine geraume Weile; endlich legte die Mutter die Hand auf seine Schulter und sagte: »O, du bist brav, ich danke Gott, daß er dich so hat werden lassen. Das hast du brav gemacht, daß du dir das aus dem Sinn geschlagen hast. Der Vater hätt' das nie zugegeben, und du weißt ja, was Vatersegen zu bedeuten hat.«

»Nein, Mutter, ich will mich nicht braver machen, als ich bin, es hat mir selber ganz allein nicht gefallen, daß sie eine Magd ist; das geht nicht, und drum bin ich fort. Aber es ist mir doch härter geworden, mir das aus dem Sinn zu bringen, als ich geglaubt habe; aber jetzt ist's vorbei, und es muß vorbei sein, ich habe mir das Wort gegeben, daß ich mich nicht nach ihr erkundige, niemand frage, wo sie ist und wer sie ist; ich bringe Euch, will's Gott, eine rechte Bauerntochter.«

»Du hast doch den Rechtschaffenen an dem Mädchen gemacht und hast ihm nicht den Kopf verwirrt?«

»Mutter, da, meine Hand, ich habe mir nichts vorzuwerfen.«

»Ich glaube dir,« sagte die Mutter und drückte mehrmals seine Hand, »und Glück und Segen auf den Weg.«

Der Sohn stieg auf, und die Mutter sah ihm nach, und jetzt rief sie: »Halt', ich muß dir noch was sagen, ich habe das Beste vergessen.«

Der Sohn wendete das Pferd, und bei der Mutter angekommen, sagte er lächelnd: »Aber nicht wahr, Mutter, das ist das letzte?«

»Ja, und die beste Probe. Frage das Mädchen auch nach den Armen im Ort, und dann lauf' herum und horch' die Armen aus, was sie über sie reden. Das muß eine schlechte Bauerntochter sein, die nicht ein Armes an der Hand hat, dem sie Gutes tut. Merk' dir das. und jetzt behüt' dich Gott und reit' scharf zu.«

Und wie er nun davonritt, sprach die Mutter noch ein Gebet auf seinen Weg. dann kehrte sie zurück nach dem Hof.

»Ich hätt' ihm doch noch sagen sollen, daß er sich auch nach des Josenhansen Kinder erkundigen soll, was aus denen geworden ist,« sagte die Mutter in seltsamer Erregung vor sich hin;

und wer weiß die verborgenen Wege, die die Seele geht, die Strömungen, die hinziehen über
unserer erkennbaren Schicht oder tief unter ihr? Es erwacht eine längst verklungene Lied- und
Tanzweise in deiner Erinnerung, du kannst sie nicht laut singen, du bringst die Töne nicht
zusammen, aber innerlich bewegt sie sich ganz deutlich, und es ist dir, als ob du es hörtest.
Was ist's, das plötzlich diese verklungenen Töne in dir erweckte?

Warum dachte jetzt die Mutter an diese Kinder, die schon längst aus ihrem Gedächtnis ge-
schwunden waren? War die andächtige Stimmung von jetzt wie eine Erinnerung an eine andere
längst verklungene, und erweckte sie damit die begleitenden Umstände derselben? Wer kann
die unwägbaren und unsichtbaren Elemente fassen, die hin und her von Mensch zu Mensch,
von Erinnerung zu Erinnerung schweben und schwingen!

Als die Mutter in den Hof zurückkam zu dem Bauer, sagte dieser spöttisch:

»Du hast ihm gewiß noch viel Unterweisung gegeben, wie man die beste fischt; ich habe
auch dafür vorgesorgt, ich habe voraus an den Krappenzacher geschrieben, der wird ihn schon
in die rechten Häuser bringen. Er muß eine bringen, die brav Batzen hat.«

»Das Batzenhaben macht die Bravheit nicht aus,« entgegnete die Mutter.

»So gescheit bin ich auch,« höhnte der Bauer, »aber warum soll eine nicht brav sein können
und doch auch brav Batzen haben?«

Die Mutter schwieg. Nach einer Weile aber sagte sie:

»An den Krappenzacher hast ihn gewiesen? Beim Krappenzacher ist der Bub vom Josenhans
untergebracht gewesen.« So knüpfte sie jetzt durch den Namen laut an ihre frühere Erinnerung
an, und jetzt erst wurde sie sich bewußt, wessen sie sich erinnert hatte, und kam später bei
nachfolgenden Ereignissen, die sich uns bald auftun werden, noch oft darauf zurück.

»Ich weiß nicht, was du redest,« sagte der Bauer, »was hast du mit dem Kind? Warum sagst
du jetzt nicht, daß ich das gescheit gemacht habe?«

»Ja, ja, das ist gescheit«, bestätigte die Frau, aber dem Alten genügte das nachträgliche Lob
nicht, und er ging brummend hinaus.

Ein gewisses ärgerliches Bangen, daß es doch mit dem Johannes schief gehen könne, und
daß man sich vielleicht zu sehr übereilt habe, machte den Alten für die Gegenwart und alles,
was ihn umgab, unwirsch.

14. Kapitel.

Der Schimmelreiter.

Am Abend desselben Tages, an dem Johannes ausgeritten war von Zusmarshofen, kam der Krappenzacher ins Haus des Rodelbauern und saß mit diesem lange im Hinterstübchen und las ihm leise einen Brief vor.

»Hundert Kronentaler mußt du mir geben, wenn die Sache ins reine kommt, und das will ich schriftlich,« sagte der Krappenzacher.

»Ich meine, fünfzig Kronentaler wären auch genug, das ist ein schön Stück Geld.«

»Nein, keinen roten Heller weniger als runde hundert, und ich schenke dir dabei noch gut und gern hundert, aber ich gönne es dir und deiner Schwester, und tue gern einem im Ort einen Gefallen. Ich bekäme in Endringen und in Siebenhöfen gut und gern das Doppelte. Deine Rosel ist eine rechte Bauerntochter, da kann man nichts dagegen sagen, aber was Besonderes ist sie nicht, da kann man fragen: was kostet das Dutzend von denen?«

»Sei still, das leid’ ich nicht.«

»Ja, ja, will still sein und dich nicht im Schreiben verwirren. Jetzt schreib’ gleich.«

Der Rodelbauer mußte dem Krappenzacher willfahren, und als er geschrieben hatte, sagte er: »Wie meinst, soll ich meiner Rosel etwas davon sagen?«

»Freilich mußt du das, aber sie soll sich nichts merken lassen, und auch niemand im Ort; das verträgt das Schnaufen nicht, und ein jedes hat seine Feinde, du und deine Schwester auch. Kannst mir’s glauben. Sag’ der Rosel, sie soll sich alltagsmäßig anziehen und die Kühe melken, wenn er kommt. Ich lasse ihn allein zu dir ins Haus, hast ja gesehen, daß der Landfriedbauer schreibt, er habe seinen eigenen Kopf und liefe gleich davon, wenn er merke, daß da etwas angelegt sei. Mußt aber noch schnell heut’ abend hinüberschicken nach Lauterbach und dir den Schimmel von deinem Schwager holen lassen; ich will den Freier dann schon durch einen Unterhändler nach einem Gaul zu dir schicken. Laß du dir auch nichts merken.«

Der Krappenzacher ging weg, und der Rodelbauer rief seine Schwester und seine Frau ins Hinterstübchen und teilte ihnen unter Angelobung der Geheimhaltung mit, daß morgen ein Freier für die Rosel käme, und zwar ein Mensch wie ein Prinz, der einen Hof habe, wie es keinen zweiten gebe, mit einem Wort, des Landfriedbauern Johannes von Zusmarshofen. Er gab nun die weiteren Anordnungen, wie sie der Krappenzacher bestimmt hatte, und empfahl das strengste Geheimhalten.

Nach dem Nachtessen konnte sich indes Rosel nicht enthalten, das Barfüßele zu fragen, ob sie, wenn sie heirate, gern mit ihr ginge als Magd, sie gäbe ihr den doppelten Lohn, den sie jetzt habe, und sie brauche dann auch nicht über den Rhein in eine Fabrik. Barfüßele gab ausweichende Antwort, denn sie war nicht geneigt, mit der Rosel zu gehen, und wußte, daß diese bei ihrem Antrag noch andere Absichten hatte: sie wollte zuerst ihren Triumph anbringen, daß sie einen Mann kriege, und was für einen, und dann sollte Barfüßele ihr das Hauswesen instand halten, um das sie sich bisher fast gar nicht gekümmert hatte. Das hätte nun Barfüßele gerne getan für eine ihr zugeneigte Herrin, aber nicht für Rosel, und sollte sie einmal von ihrer jetzigen Meisterin fort, dann wollte sie nicht mehr in Dienst, dann lieber für sich, sei es auch in der Fabrik mit ihrem Bruder.

Noch als sich Barfüßele zu Bette legen wollte, rief sie die Meisterin und vertraute ihr das Geheimnis mit dem Hinzufügen: »Du hast zwar immer Geduld gehabt mit der Rosel, jetzt aber hab’ doppelte, so lange der Freier da ist, daß es keinen Lärmen im Hause gibt.«

»Ja, ich finde es aber schlecht, daß sie jetzt das einzige Mal die Kühe melken will; das heißt ja den guten Menschen betrügen, und sie kann ja gar nicht melken.«

»Du und ich, wir können die Welt nicht ändern,« sagte die Meisterin, »ich mein’, du hast’s für dich allein schwer genug; laß du andere treiben, was sie wollen.«

Barfüßele legte sich mit dem schweren Gedanken nieder, wie doch die Menschen sich gar kein Gewissen daraus machen, einander zu betrügen. Sie wußte zwar nicht, wer der Betrogene sein würde; aber sie hatte tiefes Mitleid mit dem armen jungen Mann, und schwarz wurde es ihr vor den Augen, als sie denken mußte: wer weiß, vielleicht wird die Rosel mit ihm ebenso angeführt wie er mit ihr.

Am Morgen, als Barfüßele in aller Frühe zum Fenster hinaussah, schrak sie plötzlich zurück, als wäre ihr ein Schuß an die Stirne gefahren. »Himmel! Was ist denn das?« Sie rieb sich hastig die Augen und riß sie wieder auf und fragte sich, ob sie noch träume. »Das ist ja der Schimmelreiter von der Endringer Hochzeit, er kommt daher ins Dorf, er holt dich, nein, er weiß nichts; aber er soll's wissen ... Nein, nein, was willst du? Er kommt näher, immer näher, er schaut nicht auf ... Eine doppelt aufgeblühte Nelke fällt von der Hand Barfüßeles über dem Fensterbrett auf ihn nieder, sie trifft den Mantelsack seines Pferdes, aber er sieht sie nicht, und sie fällt auf die Straße, und Barfüßele eilt hinab und nimmt das verräterische Zeichen wieder zu sich, und jetzt geht es ihr auf wie ein neuer fürchterlicher Tag: das ist ja der Freier der Rosel, der ist's, den sie gemeint hat am gestrigen Abend. Sie hatte ihn nicht genannt, aber es kann kein anderer sein, keiner; und der soll betrogen werden?

Im Schuppen auf dem grünen Klee, den sie den Kühen aufstecken wollte, kniete Barfüßele und betete inbrünstig zu Gott, er möge den Fremden davor bewahren, daß er die Rosel bekäme. Daß er ihr eigen werden sollte – sie wagte es nicht, sich dem Gedanken hinzugeben, und nicht, ihn zu verscheuchen.

Kaum hatte sie gemolken, als sie zur schwarzen Marann' hinübereilte; sie wollte sie fragen, was sie tun solle; die schwarze Marann' lag schwer krank, sie war fast taub geworden und verstand kaum mehr zusammenhängende Worte, und Barfüßele wagte es nicht, das Geheimnis, das ihr halb anvertraut worden, und das sie halb erraten hatte, so laut zu schreien, daß es die schwarze Marann' verstand. Leute von der Straße konnten es hören. Sie kehrte wieder ratlos nach Hause zurück.

Barfüßele mußte ins Feld und den ganzen Tag draußen bleiben beim Einpflanzen der Rübensetzlinge. Bei jedem Schritte fast zögerte sie und wollte zurück und dem Fremden alles sagen, aber das Gebot der Untertänigkeit ebensosehr, als eine besondere Betrachtung drängte sie fort zu ihrer angewiesenen Pflicht. Wenn er so einfältig und unbesonnen ist, daß er so fahrlässig hineinrennt, dann ist ihm nicht zu helfen, dann verdient er's nicht besser, und – versprochen ist ja noch nicht geheiratet, tröstete sie sich zuletzt; aber sie war doch den ganzen Tag voll Unruhe, und als sie nach der Heimkehr abends die Kühe molk und Rosel mit dem vollen Kübel an einer ausgemolkenen Kuh saß und hell sang, da hörte sie den Fremden mit dem Bauer im benachbarten Pferdestall. Es handelt sich um einen Schimmel. Aber woher kam denn ein Schimmel in den Stall? sie hatten ja bisher keinen!«

»Das ist meine Schwester,« sagte der Bauer, und auf dieses Wort hin fiel Barfüßele ein und sang die zweite Stimme so mächtig, so trotzig, daß sie ihn zwingen wollte, daß er auch fragen müsse, wer denn drüben das sei; aber das Singen hatte den Uebelstand, daß man dadurch nicht hören konnte, ob er denn wirklich gefragt habe. Und als Rosel jetzt mit dem vollen Kübel über dem Hof ging, wo eben jetzt der Schimmel vorgeführt und beschaut wurde, sagte der Bauer:

»Da, die da, das ist meine Schwester. Rosel! Stell' ab und richt' was zum Nachtessen, wir haben einen Verwandten zum Gast; ich will ihn schon hinaufbringen.«

»Und die Kleine da hat wohl die zweite Stimme gesungen?« fragte der Fremde. »Ist das auch eine Schwester?«

»Nein, das ist so halb und halb ein angenommenes Kind; mein Vater ist sein Pfleger gewesen.«

Der Bauer wußte recht wohl, daß solche Mildtätigkeit ein schöner Ruhm eines Hauses sei, und darum hatte er es vermieden, Barfüßele gradaus Magd zu nennen.

Barfüßele war aber innerlich froh, daß der Fremde nun doch von ihr wußte. Wenn er gescheit ist, muß er sich bei mir nach der Rosel erkundigen, berechnete sie richtig; dann war die Anknüpfung gegeben, und er war wenigstens vor Unglück bewahrt.

Rosel trug das Essen auf, und der Fremde war gar erstaunt, daß so schnell eine so schöne Gasterei hergerichtet sei; er konnte nicht wissen, daß alles vorbereitet war, und Rosel entschuldigte, daß er einstweilen fürlieb nehmen sollte mit der geringen Aufwartung, er sei's gewiß zu Hause besser gewohnt. Sie rechnete nicht ohne Klugheit, daß das Hervorbringen eines weltbekannten Ruhmes jedem wohltue.

Barfüßele mußte heute in der Küche bleiben und Rosel alles in die Hand geben, und immer und immer bat sie: »So sag' mir doch um Gottes willen, wer ist's denn? Wie heißt er denn?« Rosel gab keine Antwort, und die Meisterin löste endlich das Geheimnis, indem sie erklärte: »Jetzt kannst du's schon sagen, es ist des Landfriedbauern Johannes von Zusmarshofen. Nicht wahr, Amrei, du hast noch ein Andenken von seiner Mutter?«

»Ja, ja.« sagte Barfüßele, und sie mußte sich auf den Herd niedersetzen, so war es ihr in die Knie gefahren. Wie wunderbar war das alles! Also der Sohn ihrer ersten Wohltäterin ist es. »Nun muß ihm geholfen werden, und wenn das ganze Dorf mich steinigt, ich leid's nicht!« sprach sie in sich hinein.

Der Fremde ging fort, man gab ihm das Geleite, aber noch auf der Treppe kehrte er wieder um und sagte: »Meine Pfeife ist mir ausgegangen, und ich zünd' mir sie am liebsten mit einer Kohle an.« Er wollte offenbar mustern, wie es in der Küche aussähe. Die Rosel drängte sich vor ihm herein und reichte ihm mit einer Zange eine Kohle, sie stand gerade vor Barfüßele, das hinten an der Esse auf dem Herd saß.

Und noch spät in der Nacht, als alles im Hause schon schlief, verließ Barfüßele dasselbe und rannte im Dorf hin und her. Sie sucht jemanden, dem sie es sagen könnte, damit er den Johannes warne, aber sie weiß niemand. Halt, da wohnt der Heiligenpfleger, der ist ein Feind des Rodelbauern, und der weiß alles geschmälzt anzubringen; aber ... zu einem Feinde deines Meisters gehst du nicht, und überhaupt zu keinem hier. Hast schon Feinde genug von der Gemeinderatssitzung her wegen des Dami ... Ja. der Dami, der kann's. Warum nicht? Ein Mann kann eher davon reden, was kann man ihm Hinterhältiges zutrauen? Und der Johannes, ja, so heißt er, er wird ihm das nicht vergessen, ja, und dann hat der Dami einen Annehmer, und was für einen! So einen Mann! So eine Familie! Da kann's ihm nicht mehr fehlen. Nein, der Dami darf sich nicht ins Dorf wagen. O lieber Gott, er ist ja ausgewiesen! Aber der Kohlenmathes, der könnte es, und vielleicht doch der Dami...

Hin und her wie ein Irrlicht schweifte ihr Denken, und sie selber irrte durch die Feldwege, ohne zu wissen wohin, und es war ihr heute so schreckhaft, wie das immer ist, wenn man nichts weiß von der Welt und in Gedanken so dahingeht; sie erschrak vor jedem Tone, die Frösche im Weiher krächzten so fürchterlich, und die Schnarren in den Wiesen so heimtückisch, die Bäume stehen so schwarz in die Nacht hinein. Es hat heute gegen Endingen zu gewittert. Der Himmel ist von fliegenden Wolken überzogen, nur manchmal blinkt ein Stern hervor.

Barfüßele eilt durch das Feld in den Wald, sie will doch zum Dami, sie muß sich wenigstens mit einem Menschen davon ausreden. Wie ist es im Walde so dunkel! Was ist das für ein Vogel, der jetzt in der Nacht zwitschert, fast wie eine Amsel, wenn sie am Abend heimfliegt, und »ich komm' komm' komm'; komm' schon, komm' schon!« lautet der Klang? Und jetzt schlägt die Nachtigall, so ohne Atemholen, so von innen heraus, quellend, sprudelnd, leise rieselnd, wie ein Waldquell, der aus dem Innersten der Erde gespeist wird.

Mehr hin und her schlängelten sich nicht die Wurzeln auf dem Waldwege, als die Gedanken Barfüßeles durcheinanderliefen.

»Nein, der Plan ist nichts! Geh nur wieder heim,« sagte sie sich endlich und kehrte um, aber noch lange wanderte sie in den Feldern umher; sie glaubte nicht mehr an Irrlichter, aber heute war es doch, als ob sie eines hin und her führte, und heute zum erstenmal spürte sie auch, daß sie im Nachttau so lange barfuß umherging, und dabei brannten ihr die Wangen. In Schweiß gebadet kam sie endlich heim in ihre Kammer.

15. Kapitel.

Gebannt und erlöst.

Am Morgen, als Barfüßele erwachte, lag das Halsgeschmeide, das sie einst von der Landfried-bäuerin erhalten, auf ihrem Bette; sie mußte sich lange besinnen, bis sie sich erinnerte, daß sie dasselbe noch gestern abend herausgenommen und lange betrachtet hatte.

Als sie sich aufrichten wollte, waren ihr alle Glieder wie zerschlagen, und die Hände mühsam ineinanderklammernd jammerte sie:

»Um Gottes willen, nur jetzt nicht krank sein! Ich habe keine Zeit dazu, ich kann jetzt nicht.« Wie im Zorn gegen ihren Körper, ihn mit der Willenskraft gewaltsam bezwingend, stand sie auf; aber wie erschrak sie, als sie jetzt sich in dem kleinen Spiegel betrachtete. Ihr ganzes Gesicht war geschwollen. »Das ist die Strafe, weil du gestern Nacht noch so herumgelaufen bist und hast fremde Menschen und auch böse zu Hilfe rufen wollen.« Sie schlug sich wie zur Züchtigung ins schmerzende Gesicht, nun aber verband sie sich über und über und ging an ihre Arbeit.

Als die Meisterin sie sah, wollte sie, daß sie sich zu Bette lege; aber die Rosel schimpfte, das sei eine Bosheit des Barfüßele, daß sie jetzt krank sein wolle, sie habe das zum Possen getan, weil sie wisse, daß man sie jetzt nötig habe. Barfüßele war still, und als sie im Schuppen war und Klee in die Raufe steckte, da sagte eine helle Stimme: »Guten Morgen! Schon fleißig?«

Es war seine Stimme.

»Nur ein bisle,« antwortete Barfüßele und biß dann die Zähne übereinander, vor allem über den neidischen Teufel, der sie so verhext und entstellt hatte, daß er sie unmöglich erkennen konnte.

Sollte sie sich jetzt zu erkennen geben?

Man muß es abwarten.

Während sie nun molk, fragte Johannes allerlei. Zuerst über das Milchergebnis der Kühe, und ob man verkaufe kaufe und wie, und wer buttere, und ob vielleicht eines im Hause Buch darüber führe.

Barfüßele zitterte; jetzt war es in ihrer Hand, ihre Nebenbuhlerin zu beseitigen, indem sie zeigte, wie sie war; aber wie seltsam zusammengesponnen sind die Fäden alles Tuns! Sie schämte sich vor allem, über ihre Meistersleute schlecht zu sprechen, obgleich sie nur eigentlich die Ro-sel getroffen hätte, denn die anderen waren brav; aber sie wußte, daß es auch einen Dienstboten schändet, wenn er das innere Wesen des Hauses zur Schande preisgibt, und sie sicherte sich da-her, indem sie zuerst sagte: das stehe einem Dienstboten nicht wohl an, seine Meistersleute zu beurteilen: »und gutherzig sind sie alle,« setzte sie in innerem Gerechtigkeitssinn hinzu, denn in der Tat war dies auch Rosel, trotz ihres heftigen und herrischen Wesens. Jetzt fiel ihr was Gutes ein. Sagte sie gleich, wie die Rosel sei, so reiste er schnell wieder ab; er war dann freilich von der Rosel los, aber er war dann auch fort, und mit kluger Rede sagte sie daher:

»Ihr scheinet mir bedachtsam, wie auch Eure Eltern den Namen dafür haben. Ihr wisset aber, daß man kein Stückle Vieh in einem Tag recht kennt; so mein’ ich, Ihr solltet ein bißchen hier bleiben, und nachher können auch wir zwei einander besser kennen lernen, und da wird dann schon ein Wort das andre geben, und wenn ich Euch dienstlich sein kann, an mir soll’s nicht fehlen. Ich weiß zwar nicht, warum Ihr soviel ausfraget...«

»O, du bist ein Schelm, aber du gefällst mir,« sagte Johannes.

Barfüßele zuckte zusammen, so daß die Kuh vor ihr zurückwich und sie fast den Melkkübel verschüttete.

»Und du sollst auch ein gutes Trinkgeld haben,« setzte Johannes hinzu und ließ einen Taler, den er schon in der Hand gehabt, wieder in die Tasche fallen.

»Ich will Euch noch ’was sagen,« begann Barfüßele nochmals, als sie sich zu einer andern Kuh begab. »Der Heiligenpfleger ist ein Feind von meinem Meister, daß Ihr das ja wisset, wenn er sich an Euch anklammern will!«

»Ja, ja, ich seh' schon, mit dir kann man reden; aber du hast ja ein geschwollenes Gesicht; den Kopf verbinden, das hilft dir nichts, wenn du so barfuß gehst.«

»Ich bin's so gewohnt,« sagte Barfüßele, »aber ich will Euch folgen. Ich danke.«

Man hörte oben Schritte sich nahen. »Wir reden schon noch mehr miteinander,« schloß der Bursche und ging davon.

»Ich danke dir, dicker Backen!« sagte Barfüßele hinter ihm drein und hätschelte sich die geschwollene Wange, »du bist gescheit gewesen; durch dich kann ich ja mit ihm reden, wie wenn ich nicht da wäre, unter der Larve wie der Fastnachtshansel. Juchhe! Das ist lustig!«

Wunderbar war's, wie diese innere Freudigkeit ihr körperliches Fiebern fast auflöste, nur müde war sie, unsäglich müde, und es war ihr teils lieb, teils wehe, als sie den Oberknecht das Bernerwägelchen schmieren sah und hörte, daß der Meister jetzt gleich mit dem Fremden über Land fahren wolle. Sie eilte in die Küche, und da hörte sie, wie in der Stube der Bauer zu Johannes sagte: »Wenn du reiten willst, Johannes, das wäre ganz geschickt; da könntest du zu mir aufs Bernerwägelein sitzen, Rosel, und du, Johannes, reitest nebenher.«

»Da fährt die Bäuerin aber auch mit,« setzte Johannes nach einer Pause hinzu.

»Ich habe ein Kind an der Brust, ich kann nicht weg,« sagte die Bäuerin.

»Und ich mag auch nicht so am Werktag im Land herumfahren,« ergänzte Rosel.

»O was! Wenn so ein Vetter da ist, darfst du schon einen freien Tag machen,« drängte der Bauer, denn er wollte, daß Johannes alsbald mit der Rosel beim Furchenbauer ankomme, damit sich dieser keine Hoffnung mache für eine seiner Töchter; zugleich wußte er auch, daß so eine kleine Ausfahrt über Land die Leute rascher zusammenbringe als achttägiger Besuch im Hause.

Johannes schwieg, und der Bauer in seinem innern Drängen stieß ihn an und sagte halblaut: »Red' ihr doch zu; es kann sein, sie folgt dir eher und geht mit.«

»Ich mein',« sagte Johannes laut, »deine Schwester hat recht, daß sie nicht so mitten in der Woche im Land herumfahren will. Ich spann' meinen Schimmel zu deinem, dann können wir auch sehen, wie sie miteinander gehen, und zum Nachtessen sind wir wieder da, wenn nicht schon früher.«

Barfüßele, die das alles hörte, biß sich auf die Lippen und konnte sich fast gar nicht halten vor Lachen über die Rede des Johannes; »Ja,« sagte sie vor sich hin, »den habt ihr noch nicht am Halfter, geschweige denn am Zaume, der läßt sich nicht gleich in der Welt herumführen wie versprochen, daß er nicht mehr zurückkann.«

Sie mußte ihr Tuch von dem Gesichte abtun, so heiß wurde es ihr vor Freude.

Das war nun ein seltsamer Tag heute im Hause, und Rosel erzählte halb ärgerlich, was für wunderliche Fragen der Johannes an sie gestellt habe, und Barfüßele jubelte innerlich, denn alles das, was er wissen wollte und wovon sie sich recht gut abnehmen konnte, warum er es fragte, alles das war ja in ihr erfüllt. Aber was nützt das? Er kennt dich nicht, und wenn er dich auch kennt, du bist ein armes Waisenkind und in Dienst, da kann nimmer was draus werden. Er kennt dich nicht und wird dich nicht fragen.

Am Abend, als die beiden Männer zurückkehrten, hatte Barfüßele schon das Tuch um die Stirne abnehmen können, nur das um Kinn und Schläfe gebundene aber mußte sie noch behalten und breit vorziehen.

Johannes schien jetzt weder Wort noch Blick für sie zu haben. Dagegen war sein Hund bei ihr in der Küche, und sie gab ihm zu fressen und streichelte ihn und redete auf ihn hinein: »Ja! Wenn du ihm nur alles sagen könntest, du würdest ihm gewiß alles treu berichten!«

Der Hund legte seinen Kopf in den Schoß Barfüßeles und schaute sie mit verständnisreichen Augen an, dann schüttelte er den Kopf, wie wenn er sagen wollte: es ist hart, ich kann leider Gottes nicht reden.

Jetzt ging Barfüßele hinein in die Kammer und sang die Kinder, die schon lange schliefen, noch einmal ein mit allerlei Liedern, aber den Walzer, den sie einst mit Johannes getanzt, sang sie am meisten. Johannes horchte wie verwirrt darauf hin und schien abwesend in seinen Reden. Rosel ging in die Kammer und hieß Barfüßele schweigen.

Noch spät in der Nacht, als Barfüßele eben für die schwarze Marann' Wasser geholt hatte und mit dem vollen Kübel auf dem Kopfe nach dem Elternhause ging, begegnete ihr eben Johannes, der sich nach dem Wirtshause begab. Mit gepreßter Stimme sagte sie: »Guten Abend!«

»Ei, du bist's?« sagte Johannes, »wohin denn noch mit dem Wasser?«

»Zu der schwarzen Marann'.«

»Wer ist denn das?«

»Eine arme bettlägerige Frau.«

»Die Rosel hat mir ja gesagt, es gebe hier keine Armen?«

»O, lieber Gott, mehr als genug; aber die Rosel hat's gewiß nur gesagt, weil sie meint, es wäre eine Schande für das Dorf. Gutmütig ist sie, das könnt Ihr mir glauben, sie schenkt gern weg.«

»Du bist eine gute Verteidigung, aber bleib' nicht stehen mit dem schweren Kübel. Darf ich mit dir gehen?«

»Warum nicht?«

»Du hast recht, du gehst einen guten Weg, und da bist du behütet, und vor mir brauchst du dich gar nicht zu fürchten.«

»Ich fürchte mich vor niemand und am wenigsten vor Euch. Ich hab's Euch heute angesehen, daß Ihr gut seid.«

»Wo denn?«

»Weil Ihr mir geraten habt, wie ich das geschwollene Gesicht wegbringe: es hat mir schon geholfen, ich hab' jetzt Schuhe an.«

»Das ist brav von dir, daß du folgst,« sagte Johannes mit Wohlgefallen, und der Hund schien das Wohlgefallen an Barfüßele zu bemerken, denn er sprang an ihr hinauf und leckte ihre freie Hand.

»Komm her, Lux,« befahl Johannes.

»Nein, lasset ihn nur,« entgegnete Barfüßele. »wir sind schon gute Freunde, er ist heute bei mir in der Küche gewesen; mich und meinen Bruder haben die Hunde alle gern.«

»So? du hast auch noch einen Bruder?«

»Ja, und da hab' ich Euch bitten wollen, Ihr tätet Euch einen Gotteslohn erwerben, wenn Ihr ihn als Knecht zu Euch nehmen könntet; er wird Euch gewiß sein Lebenlang treu dienen.«

»Wo ist denn dein Bruder?«

»Da drunten im Walde, er ist vor der Hand Kohlenbrenner.«

»Ja, wir haben wenig Wald und gar keine Köhlerei, einen Senn' könnt' ich eher brauchen.«

»Ja, dazu wird er sich auch anschicken. Jetzt, da ist das Haus.«

»Ich warte, bis du wiederkommst,« sagte Johannes, und Barfüßele ging hinein, das Wasser abzustellen, das Feuer herzurichten und der Marann' frisch zu betten.

Als sie herauskam, stand Johannes noch da, der Hund sprang ihr entgegen, und lange stand sie hier noch bei Johannes an dem Vogelbeerbaum, der flüsterte so still und wiegte seine Zweige, und sie sprachen über allerlei, und Johannes lobte ihre Klugheit und ihren regen Sinn und sagte zuletzt: »Wenn du einmal deinen Platz ändern willst, du wärst die rechte Person für meine Mutter.«

»Das ist das größte Lob, was mir ein Mensch auf der Welt hätte sagen können,« beteuerte Barfüßele, »und ich habe noch ein Andenken von ihr.« Sie erzählte nun die Begebenheit aus der Kinderzeit, und beide lachten, als Barfüßele bemerkte, wie der Dami es nicht vergessen wolle, daß die Landfriedbäuerin ihm noch ein Paar lederne Hosen schuldig sei.

»Er soll sie haben,« beteuerte Johannes.

Sie gingen noch miteinander das Dorf hinein, und Johannes gab ihr eine Hand zur »Guten Nacht«.

Barfüßele wollte ihm sagen, daß er ihr schon einmal eine Hand gegeben, aber wie von dem Gedanken erschreckt, flog sie davon und hinein ins Haus. Sie gab ihm keine Antwort auf seine Gute Nacht! Johannes ging sinnend und innerlich verwirrt in seine Herberge im »Auerhahn«.

Barfüßele aber fand am andern Morgen den dicken Backen wie weggeblasen, und lustiger trällerte es noch nie durch Haus, Hof und Stall und Scheuer, als am heutigen Tage, und heute auch sollte sich's entscheiden, heute mußte sich Johannes erklären. Der Rodelbauer wollte seine Schwester nicht länger ins Geschrei bringen, wenn's vielleicht doch nichts wäre.

Fast den ganzen Tag saß Johannes drinnen in der Stube bei der Rosel, sie nähte an einem Mannshemde, und gegen Abend kamen die Schwiegereltern des Rodelbauern und andere Gefreundete. Es muß sich entscheiden.

In der Küche prozelte der Braten, und das Fichtenholz knackte, und die Wangen Barfüßeles brannten von dem Feuer auf dem Herde und von innerem Feuer angefacht. Der Krappenzacher ging ab und zu, herauf und herunter in großer Geschäftigkeit, er tat im ganzen Hause wie daheim und rauchte aus der Pfeife des Rodelbauern.

»Also ist's doch entschieden!« klagte Barfüßele in sich hinein.

Es war Nacht geworden, und viele Lichter brannten im Hause, Rosel ging hoch aufgeputzt zwischen Stube und Küche hin und her und wußte doch nichts anzurühren. Eine alte Frau, die ehemals als Köchin in der Stadt gedient hatte, war mit zum Kochen angenommen worden. Es war alles bereit.

Jetzt sagte die junge Bäuerin zu Barfüßele: »Geh' nauf und mach' dich g'sunntigt[7]«.

»Warum?«

»Du mußt heute aufwarten, du kriegst dann auch ein besser Letzgeld.«

»Ich möchte in der Küche bleiben.«

»Nein, tu', was ich dir gesagt habe, und mach' hurtig.«

Amrei ging in ihre Kammer, und totmüde setzte sie sich eine Minute verschnaufend auf ihre Truhe; es war ihr so bang, so schwer, – wenn sie nur jetzt einschlafen und nimmer aufwachen könnte. Aber die Pflicht rief, und kaum hatte sie das erste Stück ihres Sonntagsgewandes in der Hand, als Freude in ihr aufblitzte, und das Abendrot, das einen hellen Strahl in die Dachkammer schickte, zitterte auf den hochgeröteten Wangen Amreis.

»Mach' dich g'sunntigt!« Sie hatte nur *ein* Sonntagskleid, und das war jenes, das sie damals beim Tanze auf der Nachhochzeit in Endringen angehabt, und jedes Biegen und Rauschen des Gewandes tönte Freude, und jenen Walzer, den sie damals getanzt; aber wie die Nacht rasch hereinsank und Amrei nur noch im Dunkeln alles festknüpfte, so bannte sie auch wieder alle Freude hinweg und sagte sich nur, daß sie Johannes zu Ehren sich so ankleide; und um ihm zu zeigen, wie sehr sie alles, was aus seiner Familie komme, hochhalte, band sie zuletzt auch noch den Anhänger um.

So kam Barfüßele geschmückt, wie damals zum Tanze in Endringen, von ihrer Kammer herab.

»Was ist das? Was hast du, dich so anzuziehen?« schrie Rosel im Aerger und in der Unruhe, daß der Bräutigam so lang ausblieb. »Was hast du deinen ganzen Reichtum an? Ist das eine Magd, die so ein Halsband anhat und so eine Denkmünze? Gleich tust du das herunter!«

»Nein, das tu' ich nicht, das hat mir seine Mutter geschenkt, wie ich noch ein kleines Kind war, und das hab' ich angehabt, wie wir in Endringen miteinander getanzt haben.«

Man hörte etwas fallen auf der Treppe, aber niemand achtete darauf, denn Rosel schrie jetzt:

»So, du nichtsnutzige verteufelte Hex', du wärst ja in Lumpen verfault, wenn man dich nicht herausgenommen hätte, du willst mir meinen Bräutigam wegnehmen?«

»Heiß' ihn nicht so, ehe er's ist,« antwortete Amrei mit einer seltsamen Mischung von Tönen, und die alte Köchin aus der Küche rief: »Das Barfüßele hat recht, man darf ein Kind nicht bei seinem Namen nennen, eh' es getauft ist: das ist lebensgefährlich.«

Amrei lachte, und die Rose! schrie:

»Warum lachst du?«

»Soll ich heulen?« sagte Barfüßele. »ich hätte Grund genug, aber ich mag nicht.«

»Wart', ich will dir zeigen, was du mußt,« schrie Rosel: »da!« und sie riß Barfüßele nieder auf den Boden und schlug ihr ins Gesicht.

»Ich will mich ja ausziehen, laß doch!« schrie Barfüßele, aber Rosel ließ ohnedies ab, denn wie aus dem Boden herausgewachsen, stand jetzt Johannes vor ihr.

Er war leichenblaß, seine Lippen bebten, er konnte kein Wort hervorbringen und legte nur die Hand schützend auf Barfüßele, die noch auf der Erde kniete.

Barfüßele war die erste, die ein Wort sagte, und sie rief: »Glaubet mir, Johannes, sie ist noch nie so gewesen, in ihrem ganzen Leben nicht, und ich bin schuld...«

»Ja, du bist schuld, und komm! Mit mir gehst du, und mein bist du! Willst du? Ich hab' dich gefunden und habe dich nicht gesucht! und jetzt bleibst du bei mir, meine Frau. Das hat Gott gewollt.«

Wer jetzt in das Auge Barfüßeles hätte sehen können!

Aber noch hat kein sterbliches Auge den Blitz am Himmel völlig erfaßt, und erwartet es ihn noch so fest, es wird doch geblendet; und es gibt Blitze im Menschenauge, die nie und nimmer fest gesehen, es gibt Regungen im Menschengemüte, die nie und nimmer fest gefaßt werden; sie schwingen sich über die Welt und lassen sich nicht halten.

Ein rascher Freudenblitz, wie er in dem Auge erglänzen müßte, dem sich der Himmel auftut, hatte aus dem Antlitze Amreis gezuckt, und jetzt bedeckte sie das Gesicht mit beiden Händen, und die Tränen quollen ihr zwischen den Fingern hervor. Johannes hielt seine Hand auf ihr.

Alle Gefreundete waren herzugekommen und sahen staunend, was hier vorging.

»Was ist denn das mit dem Barfüßele? Was ist denn da?« lärmte der Rodelbauer.

»So? Barfüßele heißt du?« jauchzte Johannes, er lachte laut und heftig und rief wieder: »Jetzt komm. Willst du mich? Sag's nur hier gleich, da sind Zeugen, und die müssen's bestätigen. Sag' Ja und nur der Tod soll uns voneinander scheiden.«

»Ja! und nur der Tod soll uns voneinander scheiden!« rief Barfüßele und warf sich an seinen Hals.

»Gut, so nimm sie gleich aus dem Haus!« schrie der Rodelbauer, schäumend vor Zorn.

»Ja, und das brauchst du mir nicht zu heißen, und ich dank' dir für die gute Aufwartung, Vetter; wenn du einmal zu uns kommst, wollen wir's wett machen.« So erwiderte Johannes. Er faßte sich mit beiden Händen an den Kopf und rief: »Herr Gott! O Mutter. Mutter! Was wirst d u dich freuen!«

»Geh hinauf, Barfüßele, und nimm deine Truhe gleich mit, es soll nichts mehr von dir im Hause sein,« befahl der Rodelbauer.

»Jawohl, und mit weniger Geschrei geschieht das auch,« erwiderte Johannes. »Komm, ich geh' mit dir, Barfüßele; sag', wie heißt denn du eigentlich?«

»Amrei!«

»Ich hätt' schon einmal eine Amrei haben sollen, die ist die Schmalzgräfin, und du bist meine Salzgräfin. Juchhe! Jetzt komm', ich will auch deine Kammer sehen, wo du so lange gelebt hast; jetzt kriegst du ein großes Haus.«

Der Hund ging immer mit borstig aufstehenden Rückenhaaren um den Rodelbauer herum, er merkte wohl, daß der Rodelbauer eigentlich gerne den Johannes erwürgt hätte, und erst als Johannes und Barfüßele die Treppe hinauf waren, ging der Hund ihnen nach.

Johannes ließ die Kiste stehen, weil er sie nicht aufs Pferd nehmen konnte, und packte alle Habseligkeiten Barfüßeles in den Sack, den sie noch von dem Vater ererbt hatte, und Barfüßele erzählte dabei durcheinander, was der Sack alles schon mitgemacht habe, und die ganze Welt drängte sich zusammen in eine Minute und war ein tausendjähriges Wunder. Barfüßele sah staunend drein, als Johannes ihr Schreibebuch aus der Kindheit mit Freude begrüßte und dabei rief: »Das bring' ich meiner Mutter, das hat sie geahnt; es gibt noch Wunder in der Welt.«

Barfüßele fragte nicht weiter danach. War denn nicht alles ein Wunder, was mit ihr geschah? Und als wüßte sie, daß die Rosel alsbald die Blumen ausreißen und auf die Straße werfen würde, so fuhr sie noch einmal mit der Hand über die Pflanzen alle hin; sie füllten ihre Hand mit Nacht-tau, und jetzt ging sie mit Johannes hinab, und eben als sie das Haus verlassen wollte, drückte ihr noch jemand im Finstern still die Hand; es war die Bäuerin, die ihr so noch Lebewohl sagte.

Auf der Schwelle rief noch Barfüßele, indem sie die Hand auf die Türpfoste hielt, an der sie so oft träumend gelehnt hatte: »Möge Gott diesem Hause alles Gute vergelten und alles Böse vergeben!« Aber kaum war sie einige Schritte entfernt, als sie rief: »Ach Gott, ich habe ja alle meine Schuhe vergessen, die stehen oben auf dem Brett.« Und noch hatte sie diese Worte kaum ausgesprochen, als wie nachtrabend die Schuhe von dem Fenster herabflogen auf die Straße.

»Lauf drin zum Teufel!« schrie eine Stimme aus dem Dachfenster. Die Stimme tönte tief, und doch war's die Rosel.

Barfüßele las die Schuhe zusammen und trug sie mit Johannes, der den Sack auf dem Rücken hatte, nach dem Wirtshause.

Der Mond schien hell, und im Dorfe war bereits alles still.

Barfüßele wollte nicht im Wirtshause bleiben.

»Und ich möchte am liebsten heut' noch fort.« setzte Johannes hinzu.

»Ich will bei der Marann' bleiben,« entgegnete Barfüßele, »das ist mein Elternhaus, und du läßt mir deinen Hund. Gelt, du bleibst bei mir, Lux? Ich fürchte, sie tun mir heute nacht was an, wenn ich hier bleibe.«

»Ich wach' vor dem Haus.« entgegnete Johannes, »aber es wäre besser, wir gingen jetzt gleich; was willst du denn noch hier?«

»Vor allem muß ich noch zu der Marann'. Sie hat Mutterstelle an mir vertreten, und ich hab' sie heute den ganzen Tag noch nicht gesehen und nichts für sie sorgen können, und sie ist noch krank dazu. Ach Gott, es ist hart, daß ich sie allein lassen muß. Aber was will ich machen? Komm, geh mit zu ihr.«

Sie gingen miteinander durch das schlafende mondbeschienene Dorf Hand in Hand. Nicht weit von dem Elternhause blieb Barfüßele stehen und sagte: »Siehst du? Auf diesen Fleck da, da hat mir deine Mutter den Anhäng geschenkt und einen Kuß gegeben.«

»So? Und da hast noch einen und noch einen.«

Selig umarmten sich die Liebenden. Der Vogelbeerbaum rauschte drein, und vom Walde her tönte Nachtigallenschlag.

»So, jetzt ist's genug, nur noch den, und dann gehst mit herein zur Marann'. O lieber Gott im siebenten Himmel! Was wird die sich freuen!«

Sie gingen miteinander hinein in das Haus, und als Barfüßele die Stubentür öffnete, fiel eben wieder, wie damals der Sonnenstrahl, jetzt ein breiter Mondstrahl auf den Engel am Kachelofen, und er schien jetzt noch fröhlicher zu lachen und zu tanzen, und jetzt rief Barfüßele mit mächtiger Stimme: »Marann'! Marann'! Wachet auf! Marann', Glück und Segen ist da. Wachet auf!«

Die Alte richtete sich auf, der Mondstrahl fiel auf ihr Antlitz und ihren Hals, sie riß die Augen weit auf und fragte: »Was ist? Was ist? Wer ruft?«

»Freut Euch, da bring' ich Euch meinen Johannes!«

»Meinen Johannes!« schrie die Alte gellend. »Lieber Gott, meinen Johannes! Wie lang... wie lang ... ich hab' dich, ich hab' dich, ich danke dir, Gott, tausend und tausendmal! O mein Kind! Ich sehe dich mit tausend Augen und tausendfach ... Nein da, da deine Hand!... Komm her! dort in der Kiste die Aussteuer ... Nehmt das Tuch ... Mein Sohn! Mein Sohn! Ja, ja, die ist dein ... Johannes, mein Sohn! mein Sohn!« Sie lachte krampfhaft auf und fiel zurück ins Bett. Amrei und Johannes waren davor niedergekniet, und als sie sich aufrichteten und sich über die Alte beugten, atmete sie nicht mehr.

»O Gott, sie ist tot, die Freude hat sie getötet!« schrie Barfüßele, »und sie hat dich für ihren Sohn gehalten. Sie ist glücklich gestorben. O! wie ist denn das alles in der Welt, o wie ist das alles!« Sie sank wiederum am Bette nieder und weinte und schluchzte bitterlich.

Endlich richtete sie Johannes auf, und Barfüßele drückte der Toten die Augen zu. Sie stand lange mit Johannes still am Bette, dann sagte sie:

»Komm, ich will Leute wecken, daß sie bei der Leiche wachen. Gott hat's wunderbar gut gemacht. Sie hat niemand mehr gehabt, der für sie sorgt, wenn ich fort bin, und Gott hat ihr noch die höchste Freude in der letzten Minute gegeben. Wie lang', wie lang' hat sie auf diese Freude gewartet!«

»Ja, jetzt kannst aber heute nicht hier bleiben,« sagte Johannes, »und jetzt folgst mir und gehst gleich heute noch mit mir.«

Barfüßele weckte die Frau des Totengräbers und schickte sie zur schwarzen Marann', und sie war so wunderbar gefaßt, daß sie dieser sogleich sagte, man solle die Blumen, die auf ihrem Fensterbrett stehen, auf das Grab der schwarzen Marann' pflanzen und nicht vergessen, daß man ihr, wie sie immer gewünscht hätte, ihr Gesangbuch und das ihres Sohnes unter den Kopf lege.

Als sie endlich alles angeordnet hatte, richtete sie sich hoch auf, streckte und bäumte sich und sagte: »So! Jetzt ist alles fertig; aber verzeih mir nur, du guter Mensch, daß du jetzt gleich so mit mir in das Elend hineinsehen mußt, und verzeih' mir auch, wenn ich jetzt nicht so bin, wie ich eigentlich sein möcht'. Ich seh' wohl, es ist alles gut, und Gott hätt's nicht besser machen können, aber der Schreck liegt mir noch in allen Gliedern, und Sterben ist doch gar eine harte Sache, du kannst nicht glauben, wie ich mir darüber fast das Hirn aus dem Kopf gedacht habe. Aber jetzt ist's schon gut, ich will schon wieder heiter sein, ich bin ja die glückseligste Braut auf Erden.«

»Ja, du hast recht. Komm, wir wollen fort. Willst du mit mir auf dem Gaul sitzen?« fragte Johannes.

»Ja. Ist das noch der Schimmel, den du auf der Endringer Hochzeit gehabt hast?«

»Freilich.«

»Und o! der Rodelbauer! Schickt der noch in der Nacht, eh' du kommst, nach Lauterbach und läßt sich einen Schimmel holen, damit du ins Haus kommen kannst. Hotto! Schimmele, geh' nur wieder heim,« schloß sie fast freudig, und so kehrten sie in Denken und Empfinden wieder ins gewöhnliche Leben zurück und lernten aus ihm ihre Glückseligkeit neu kennen.

16. Kapitel.

Silbertrab.

»Nicht wahr, es ist kein Traum? Wir sind beide miteinander wach, und morgen wird's Tag und dann wieder ein Tag, und so tausendmal fort?« So sprach Barfüßele mit dem Lux, der bei ihr geblieben war, während Johannes drinnen im Stall den Schimmel aufschirrte. Jetzt kam er heraus, packte den Sack auf und sagte: »Da sitz' ich drauf, und du sitzest vor mir im Sattel.«

»Laß mich lieber auf meinen Sack sitzen.«

»Wie du willst.«

Er schwang sich hinauf, dann sagte er: »So, jetzt tritt auf meinen Fuß, tritt nur fest drauf und gib mir deine beiden Hände,« und leicht schwang sie sich hinauf, und er hob sie empor und küßte sie und sagte dann: »Jetzt kann ich mit dir machen, was ich will, du bist in meiner Gewalt.«

»Ich fürchte mich nicht,« sagte Barfüßele, »und du bist auch in meiner Gewalt.«

Schweigend ritten sie miteinander durch das Dorf hinaus. Im letzten Hause brannte noch ein Licht, dort wachte die Totengräberin bei der Leiche der Marann', und Johannes ließ Barfüßele sich ausweinen.

Erst als sie über den Holderwasen ritten, sagte Barfüßele: »Da hab' ich einmal die Gänse gehütet, und da hab' ich einmal deinem Vater zu trinken gegeben aus dem Brunnen dort. Behüt' dich Gott, du Holzbirnenbaum, und euch, ihr Felder und ihr Wälder! Es ist mir, wie wenn ich alles nur geträumt hätte, und verzeih mir nur, lieber Johannes, ich möcht' mich freuen und kann doch nicht und darf doch nicht, wenn ich denk', daß da drinnen eine Tote liegt; es ist eine Sünde, wenn ich mich freue, und eine Sünde, wenn ich mich nicht freue. Weißt was, Johannes? Ich sag', es ist schon ein Jahr um, und ich freue mich; aber nein, übers Jahr ist schön, und heut' ist auch schön, ich freue mich heut', just. Jetzt reiten wir in den Himmel hinein! Ach, was hab' ich da auf dem Holderwasen für Träume gehabt, daß der Kuckuck vielleicht ein verzauberter Prinz sei, und jetzt sitz' ich auf dem Gaul, und jetzt bin ich Salzgräfin geworden. Das freut mich, daß du mich Salzgräfin geheißen hast; ich weiß, daß sie jetzt in Haldenbrunn darüber spötteln, aber mir ist's recht, daß du mich Salzgräfin geheißen hast. Kennst du denn auch die Geschichte von dem: so lieb wie das Salz?«

»Nein, was ist denn das?«

»Es ist einmal ein König gewesen, und der fragt seine Tochter: wie lieb hast du mich denn? und da sagt sie: ich hab' dich so lieb … so lieb wie das Salz. Der König denkt, das ist eine einfältige Antwort, und ist bös darüber. Es vergeht nicht lange Zeit, da gibt der König eine große Gasterei, und die Tochter macht es, daß alle Speisen ungesalzen auf den Tisch kamen. Da hat's natürlich dem König nicht geschmeckt, und er fragte die Tochter: warum ist denn heut' alles so schlecht gekocht? das schmeckt ja alles nach gar nichts – und da sagt sie: seht Ihr nun? Weil das Salz fehlt. Und hab' ich nun nicht recht gehabt, daß ich gesagt habe, ich hab' Euch so lieb, so lieb wie das Salz? Der König hat ihr recht gegeben, und darum sagt man noch heutigentags: so lieb wie das Salz. Die Geschichte hat mir die schwarze Marann' erzählt. Ach Gott, die kann jetzt nicht mehr erzählen. Da drinnen liegt eine Tote, und horch! dort schlägt die Nachtigall, so glückselig. Aber jetzt Vorbei! Ich will schon deine Salzgräfin sein, Johannes. Du sollst es schon spüren. Ja. ich bin glückselig, just, o die Marann' hat ja auch gesagt: Gott freut sich, wenn die Menschen lustig sind, wie sich Eltern freuen, wenn ihre Kinder tanzen und singen; getanzt haben wir schon, und jetzt komm, jetzt wollen wir singen. Wend' jetzt da links ab in den Wald, wir reiten zu meinem Bruder, sie haben jetzt den Meiler da unten an der Straße.

> Sing', Nachtigall! wir singen mit!
> Nachtigall, ich hör' dich singen;
> Das Herz im Leib möcht' mir zerspringen;
> Komm nur bald und sag mir wohl,
> Wie ich mich verhalten soll!«

Und die beiden sangen allerlei Lieder, traurig und lustig, ohne Aufhören, und Barfüßele sang die zweite Stimme ebenso wie die erste. Am meisten aber sangen sie den Ländler, den sie auf der Endringer Hochzeit dreimal miteinander getanzt, und so oft sie absetzten, berichtete bald das eine, bald das andere, wie es des Fernen gedacht, und Johannes sagte:

»Es ist mir schwer geworden, den Ländler aus dem Kopf zu kriegen, denn da bist du immer drin herumgetanzt. Ich hab' keine Magd zur Frau haben wollen, denn ich muß dir nur sagen, ich bin stolz.«

»Das ist recht, ich bin's auch.«

Nun erzählte Johannes, wie er mit sich gekämpft habe, wie das aber nun gut sei, denn jetzt sei alles vorbei. Er berichtete, wie er zum ersten und zweitenmal in die Heimat der Mutter geschickt worden, um sich von da eine Frau zu holen. Wie ihm Barfüßele damals beim Antritt in Endringen gleich ins Herz gestiegen sei, er habe es gespürt und sich darum, als er gehört habe, daß sie eine Magd sei, nicht zu erkennen gegeben.

Barfüßele berichtete dagegen von dem Benehmen der Rosel in Endringen, und wie sie's damals zum erstenmal gekränkt habe, daß die Rosel sagte: es ist nur unsere Magd, und nach allerlei beweglicher Hin- und Widerrede schloß Johannes: »Ich könnte närrisch werden, wenn ich mir denken will, es hätte anders kommen können. Wie konnte das nur sein, ich zöge mit einer andern als du heimwärts? Wie wäre das nur möglich?«

Nach ihrer besonnenen Art sagte Barfüßele:

»Denk' nicht zu viel, wie's hätt' anders sein können; so und so und anders. Wie's einmal ist, ist es recht und muß recht sein, sei's Freud' oder Leid, und Gott hat's so gewollt, und jetzt ist's an uns, daß wir's weiter recht machen.«

»Ja,« sagte Johannes, »wenn ich die Augen zumache und dich so reden höre, so meine ich, ich hörte meine Mutter. Grade so hätte sie auch gesagt. Und auch deine Stimme ist fast so.«

»Sie muß jetzt von uns träumen,« sagte Barfüßele. »Ich glaub's ganz gewiß und fest.« Und nach ihrer Art inmitten aller lebenssichern Fassung doch erfüllt von allerlei Wundersamem, mit dem ihre Jugend vollgepfropft war. sagte sie jetzt:

»Wie heißt denn dein Gaul?«

»Wie er aussieht.«

»Nein, wir wollen ihm einen Namen geben, und weißt du wie? Silbertrab.«

Und nach der Weise des Ländlers, den sie miteinander getanzt, sang jetzt Johannes immer und immer das eine Wort: Silbertrab! Silbertrab! und Barfüßele sang mit, und eben jetzt, indem sie keinerlei Worte mehr sangen, die irgendwas sagten, ward ihre Lustigkeit die reine, volle, unbegrenzte: sie konnten allerlei Jubel hineinlegen und hinausklingen lassen. Und wieder hing sich allerlei Jodeln daran; denn es gibt ein Glockengeläute in der Seele, das keinen zusammenhängenden Ton mehr hat, keine bestimmte Weise, und das alles in sich schließt, und hin und her und auf und ab in Jubeltönen schwang und wiegte sich das Herz der Liebenden. Und wieder ging's an Schelmenlieder. und Amrei sang:

> »Mein'n Schatz halt' ich fest,
> Wie der Baum seine Aest,
> Wie der Apfel seinen Kern,
> Ich hab' ihn so gern.«

Und Johannes erwiderte:

> »In Ewigkeit laß ich mein Schätzele net[8],
> Und wenn es der Teufel am Kettele hätt;
> Am Kettele, am Schnürle, am Bändele, am Seil,
> In Ewigkeit ist mir mein Schätzle nicht feil.«

Und wieder sang Amrei:

»Tausendmal denk ich dran,
Wie mein Schatz tanzen kann,
'rum und num, hin und her,
Wie ich's begehr'.«

Johannes erwiderte:

»Und alleweil ein bisle lustig
Und alleweil fidel,
Der Teufel ist g'storben,
'S kommt niemand in d'Höll!«

Und jetzt sangen sie gemeinsam in langgezogenen Tönen das tiefe Lied:

»Auf Trauern folgt große Freud,
Das tröstet mich allezeit;
Weiß mir ein schwarzbraunes Mägdelein,
Die hat zwei schwarzbraune Aeugelein,
Die mir mein Herz erfreut.«

»Mein eigen will sie sein,
Keinem andern mehr als mein,
Und so leben wir in Freud und Leid,
Bis uns der Tod von einander scheidt.«

Das war ein Helles Klingen im Walde, wo der Mondschein durch die Wipfel spielte und an Zweigen und Stämmen hing und zwei fröhliche Menschenkinder mit der Nachtigall um die Wette sangen. –

Und drunten beim Meiler saß noch in stiller Nacht der Dami beim Kohlenbrenner, und der Kohlenbrenner, der in der Nacht gern sprach, erzählte allerlei Wundergeschichten aus der Vergangenheit, wo der Wald hier zu Lande noch so geschlossen bestanden war, daß ein Eichhörnchen, ohne auf den Boden zu kommen, von Baum zu Baum, vom Neckar bis zum Bodensee laufen konnte, und jetzt eben berichtete er die Geschichte vom Schimmelreiter, der eine Wandlung des alten Heidengottes ist und überall Glanz und Pracht verbreitet und Glück ausgießt.

Es gibt Sagen und Märchen, die sind für die Seele, was für das Auge das Hineinstarren in ein loderndes Feuer: wie das züngelt und sich verschlingt und in bunten Farben spielt, hier verlischt, dort ausbricht und plötzlich wieder alles in eine Flammenwoge sich erhebt. Und wendest du dich ab von der Flamme, so ist die Nacht noch dunkler.

So hörte Dami zu, so schaute er sich manchmal um, und der Kohlenmathes erzählte so eintönig fort.

Da hielt er inne; dort kam von dem Berge herab ein Schimmel, und drauf sang es so lieblich. Will die Wunderwelt herabsteigen? Und immer näher kam das Pferd, und darauf saß ein wunderlicher Reiter, so breit, und hatte zwei Köpfe, und das kam immer näher, und jetzt rief bald eine Männerstimme, bald eine Frauenstimme: »Dami! Dami! Dami!« Die beiden wollten in den Boden sinken vor Schreck, sie konnten sich nicht bewegen, und jetzt war es da, und jetzt stieg es ab, und: »Dami, ich bin's!« rief Barfüßele und erzählte alles, was geschehen war.

Dami hatte gar nichts zu sagen und streichelte nur bald das Pferd und bald den Hund und nickte, als Johannes versprach: er wolle ihn zu sich nehmen und ihn zum Almhirten machen, er solle dreißig Kühe auf der Alm haben und Buttern und Käsen lernen.

»Du kommst aus dem Schwarzen ins Weiße,« sagte Barfüßele, »da könnte man ein Rätsel daraus machen.«

Dami gewann endlich die Sprache und sagte: »Und ein Paar lederne Hosen auch.« Alle lachten, und er erklärte, daß ihm die Landfriedbäuerin noch ein Paar lederne Hosen schuldig sei.

»Ich geb' dir einstweilen meine Pfeife, da, das soll die Schwagerpfeife sein,« sagte Johannes und reichte Dann seine Pfeife.

»Ja, dann hast du ja keine,« sagte Amrei in halber Einrede.

»Ich brauch' jetzt keine.«

Wie selig sprang Dami in die Höhe und in die Blockhütte hinein, mit seiner silberbeschlagenen Pfeife, aber man hätte es nicht glauben sollen, daß er einen so fröhlichen Spaß machen könne; nach einer Weile kam er wieder und hatte den Hut des Kohlenmathes auf und seinen langen Rock an und in jeder Hand eine lange Fackel. Mit gravitätischem Gang und Ton ließ er nun die Brautleute an: »Was ist das? Ja, Johannes, da hab' ich zwei Fackeln, da will ich dir mit heimleuchten. Wie kommst du dazu, so mir nichts dir nichts meine Schwester fortzunehmen? Ich bin der großjährige Bruder, und bei mir mußt du um sie anhalten, und ehe ich Ja! gesagt habe, gilt alles nichts.«

Amrei lachte fröhlich, und Johannes hielt förmlich bei Dami um die Hand seiner Schwester an.

Dami wollte den Scherz noch weitertreiben, denn er gefiel sich in der Rolle, in der ihm einmal so etwas gelungen war. Aber Amrei wußte, daß da kein Verlaß auf ihn war; er konnte allerlei Albernheiten vorbringen und den Scherz in sein Gegenteil verkehren. Sie sah schon, wie der Dami mehrmals die Hand auf und zu machend nach dem Uhrgehänge des Johannes griff und immer wieder, bevor er es gefaßt, zurückzog; sie sagte daher streng, wie man einem tollenden Kinde wehrt: »Jetzt ist's genug! Das hast du gut gemacht, jetzt laß es dabei!«

Dami entlarvte sich wieder und sagte nur noch zu Johannes: »So ist's recht! Du hast eine stahlbeschlagene Frau und ich eine silberbeschlagene Pfeife.« Als niemand lachte, setzte er hinzu: »Gelt, Schwager, das hättest du nicht geglaubt, daß du einen so gescheiten Schwager hast? Ja, sie hat's nicht allein, wir sind in *einem* Topf gekocht. Ja, Schwager!«

Es schien, als wollte er die Freude: Schwager! sagen zu können, völlig auskosten.

Man stieg endlich wieder auf, denn das Brautpaar wollte noch nach der Stadt, und schon als sie ein Stück weg waren, schrie Dami in den Wald: »Schwager! vergiß meine ledernen Hosen nicht!« Helles Lachen antwortete, und wiederum tönte Gesang, und die Brautleute ritten fort und fort in die Mondnacht hinein.

17. Kapitel.

Ueber Berg und Tal.

Es läßt sich nicht so fortleben in gleichem Atem, es wechseln Nacht und Tag, lautlose Ruhe und wildes Rauschen und Brausen und die Jahreszeiten alle. So im Leben der Natur, so im Menschenherzen, und Wohl dem Menschenherzen, das auch in aller Bewegung sich nicht aus seiner Bahn verirrt.

Es war Tag geworden, als die beiden Liebenden vor der Stadt ankamen, und schon eine weite Strecke vorher, als ihnen der erste Mensch begegnete, waren sie abgestiegen. Sie fühlten, daß ihre Auffahrt gar seltsam erscheinen mußte, und der erste Mensch war ihnen wie ein Bote der Erinnerung, daß sie sich wieder einfinden müßten in die gewohnte Ordnung der Menschen und ihre Herkömmlichkeiten. Johannes führte das Pferd an der einen Hand, mit der andern hielt er Amrei; sie gingen lautlos dahin, und so oft sie einander ansahen, erglänzten ihre Gesichter wie die von Kindern, die aus dem Schlafe erwachen. So oft sie aber wieder vor sich niederschauten, waren sie gedankenvoll und bekümmert um das, was nun werden sollte.

Als ob sie mit Johannes schon darüber gesprochen hätte, und in der unmittelbaren Zuversicht, daß er das gleiche gedacht haben müsse, wie sie, sagte jetzt Amrei:

»Freilich Wohl wär's gescheiter gewesen, wir hätten die Sache ruhiger gemacht; du wärst zuerst heim, und ich wär' derweil wo geblieben, meinetwegen, wenn nicht anders, beim Kohlenmathes im Wald, und du hättest mich dann abgeholt mit deiner Mutter oder mir geschrieben, und ich wäre nachgekommen mit meinem Dami. Aber weißt du, was ich denk'?«

»Just alles weiß ich noch nicht.«

»Ich denke, daß Reue das Dümmste ist, was man in sich aufkommen lassen kann. Wenn man sich den Kopf herunterreißt, man kann Gestern nicht mehr zu Heute machen, und du bist ja so ein richtiger Mensch, du wirst sehen, kannst alles mit mir überlegen, sag' mir nur alles frei heraus. Kannst mir sagen, was du willst, du tust mir nicht weh damit; aber wenn du mir etwas nicht sagst, da tust du mir weh damit. Gelt, du hast auch keine Reue?«

»Kannst du ein Rätsel lösen?« fragte Johannes.

»Ja, das habe ich als Kind gut können.«

»Nun. so sag' mir: was ist das? Es ist ein einfaches Wort, tut man den ersten Buchstaben vorn 'runter, da möcht' man sich den Kopf 'runterreißen, und tut man ihn wieder auf, da ist alles fest.«

»Das ist leicht.« sagte Barfüßele. »kinderleicht, das ist Neu' und Treu'.« Und wie die Lerchen über ihnen zu singen begannen, so sangen sie jetzt auch das Rätsellied, und Johannes begann:

> »Ei Jungfrau, ich will dir was aufzuraten geben
> Wann du es erratest, so Heirat' ich dich:
> Was ist weißer als der Schnee?
>
> Was ist grüner als der Klee?
> Was ist schwärzer als die Kohl?
> Willst du mein Weibchen sein,
> Erraten wirst du's wohl.«

Amrei:

> »Die Kirschenblust[9] ist weißer als der Schnee,
> Und wann sie verblühet hat, grüner als der Klee,
> Und wann sie verreifet hat, schwärzer als die Kohl',
> Weil ich dein Weiblein bin, erraten kann ich's wohl.«

Johannes:

»Was für ein König hat keinen Thron?
Was für ein Knecht hat keinen Lohn?«

Amrei:

»Der König in dem Kartenspiel hat keinen Thron,
Der Stiefelknecht hat keinen Lohn.«

Johannes:

»Welches Feuer hat keine Hitz,
Und welches Messer hat keine Spitz?«

Amrei:

»Ein abgemaltes Feuer hat keine Hitz,
Ein abgebrochenes Messer hat keine Spitz.«

Plötzlich schnalzte Johannes mit den Fingern und sagte: »Jetzt gib acht,« und er sang:

»Was hat keinen Kopf und doch einen Hals?
Und was schmeckt gut ohne Salz und Schmalz?«

Amrei erwiderte rasch:

»Die Flasch' hat keinen Kopf und doch einen Hals,
Und alles, was gezuckert ist, schmeckt ohne Schmalz und Salz.«

»Du hast's nur halb erraten,« lachte Johannes, »bist in der Küche stecken geblieben; ich hab's
so gemeint:

Die Flasch' hat keinen Kopf und doch einen Hals,
Und der Kuß von deinem Mund schmeckt ohne Schmalz und Salz.«

Und nun fangen sie noch den letzten Vers des vielgewundenen Rätselliedes:

»Was für ein Herz tut keinen Schlag?
Was für ein Tag hat keine Nacht?«
»Das Herz an der Schnalle tut keinen Schlag,
Der allerjüngste Tag hat keine Nacht.«
»Ei Jungfrau, ich kann ihr nichts aufzuraten geben,
Und ist es ihr wie mir, so heiraten wir.«
»Ich bin ja keine Schnalle, mein Herz tut manchen Schlag,
Und eine schöne Nacht hat auch der Hochzeitstag.«

Am ersten Wirtshause vor dem Tore kehrten sie ein, und Amrei sagte, als sie mit Johannes
in der Stube war und dieser einen guten Kaffee bestellt hatte:
»Die Welt ist doch prächtig eingerichtet! Da haben die Leute ein Haus hergestellt und Stühle
und Bänke und Tische und eine Küche, darauf brennt das Feuer, und da haben sie Kaffee und
Milch und Zucker und das schöne Geschirr, und das richten sie alles her, wie wenn wir's bestellt
hätten, und wenn wir weiterkommen, sind immer wieder Leute da und Häuser und alles drin.
Es ist gerade wie im Märlein: Tischlein deck' dich!«
»Aber Knüppel aus dem Sack gehört auch dazu,« sagte Johannes, griff in die Tasche und holte
eine Handvoll Geld heraus, »ohne das kriegst du nichts.«
»Ja freilich,« sagte Amrei, »wer diese Räder hat, der kann durch die Welt rollen. Sag', Johan-
nes, hat dir je in deinem Leben ein Kaffee so geschmeckt wie der? Und das frische Weißbrot!

Du hast nur zuviel bestellt; wir können das nicht alles ermachen; das Weißbrot, das steck' ich zu mir, aber es ist schad' um den guten Kaffee; o! wie manchem Armen tät' der wohl, und wir müssen ihn da stehen lassen, und du mußt ihn doch bezahlen.«

»Das macht nichts, man kann's nicht so genau nehmen in der Welt.«

»Ja. Ja, du hast recht, ich bin halt noch genau gewohnt; mußt mir's nicht übel nehmen, wenn ich so was sage, es geschieht im Unverstand.«

»Das hast du leicht sagen, weil du weißt, daß du gescheit bist.«

Amrei stand bald auf, sie glühte vor Hitze, und als sie jetzt vor dem Spiegel stand, rief sie laut: »O lieber Gott! bin denn ich das? Ich kenn' mich gar nicht mehr.«

»Aber ich kenn' dich,« sagte Johannes, »du heißt Amrei und Barfüßele und Salzgräfin, aber das ist noch nicht genug, du kriegst jetzt noch einen Namen dazu: Landfriedbäuerin ist auch nicht übel.«

»O lieber Gott! kann denn das sein? Ich mein' jetzt, es wäre nicht möglich.«

»Ja, es gibt noch harte Bretter zu bohren, aber das ficht mich nicht an. Jetzt leg' dich ein wenig schlafen, ich will derweil nach einem Bernerwägele umschauen; du kannst am Tage nicht mit mir reiten, und wir brauchen ohnedies eins.«

»Ich kann nicht schlafen, ich muß noch einen Brief nach Haldenbrunn schreiben; ich bin so fort und hab' doch auch viel Gutes genossen da, und hab' auch noch andere Sachen anzugeben.«

»Ja, mach' das, bis ich wiederkomm'.«

Johannes ging davon, und Amrei schaute ihm mit seltsamen Gedanken nach: da geht er und gehört doch zu dir, und wie er so stolz geht! Ist es denn möglich, daß es wahr ist, er ist dein? ... Er schaut nicht mehr um, aber der Hund, der mit ihm geht', Amrei winkt ihm und lockt ihn, und richtig, da kommt er zurückgerannt. Sie ging ihm vor das Haus entgegen, und als er an ihr hinaufsprang, sagte sie: »Ja, ja, schon gut, es ist recht von dir, daß du bei mir bleibst, daß ich nicht so allein bin; aber jetzt komm' herein, ich muß schreiben.«

Sie schrieb einen großen Brief an den Schultheiß in Haldenbrunn, dankte der ganzen Gemeinde für die Wohltaten, die sie empfangen, und versprach: einstens ein Kind aus dem Ort zu sich zu nehmen, wenn sie es machen könne, und verpflichtete nochmals den Schultheiß, daß man der schwarzen Marann' ihr Gesangbuch unter den Kopf lege. Als sie den Brief zugesiegelt, preßte sie ihre Lippen dabei zusammen und sagte: »So, jetzt bin ich fertig mit dem, was in Haldenbrunn noch lebt.« Sie riß aber doch schnell den Brief wieder auf, denn sie hielt es für Pflicht, Johannes zu zeigen, was sie geschrieben. Dieser aber kam lange nicht, und Amrei errötete, als die gesprächsame Wirtin sagte: »Ihr Mann hat wohl auf dem Amt zu tun?« Daß Johannes zum erstenmal ihr Mann genannt wurde, das traf sie tief ins Herz.

Sie konnte nicht antworten, und die Wirtin sah sie staunend an. Amrei wußte sich vor ihren seltsamen Blicken nicht anders zu flüchten, als indem sie vor das Haus ging und dort auf aufgeschichteten Brettern mit dem Hunde saß und auf Johannes wartete. Sie streichelte den Hund und schaute ihm tief glücklich in die treuen Augen. – Kein Tier sucht und verträgt den anhaltenden Menschenblick, nur dem Hunde scheint das gegeben, aber auch sein Auge zuckt bald, und er blinzelt gern aus der Ferne.

Wie ist doch die Welt auf einmal so rätselhaft und so offenbar!

Amrei ging mit dem Hunde hinein in den Stall, sah zu, wie der Schimmel fraß, und sagte: »Ja, lieber Silbertrab, laß dir's nur schmecken, und bring' uns gut heim, und Gott gebe, daß es uns allen gut geht.«

Johannes kam lange nicht, und als sie ihn endlich sah, ging sie auf ihn zu und sagte: »Gelt, wenn du wieder was zu besorgen hast auf der Reise, nimmst mich mit?«

»So? ist dir's bang geworden? Hast gemeint, ich war' davon? Ha, wie wär's, wenn ich dich jetzt da sitzen ließ' und davonritt?«

Amrei zuckte zusammen, dann sagte sie streng: »Just witzig bist du nicht. Mit so etwas seinen Spaß haben, das ist zum Erbarmen einfältig! Du dauerst mich, daß du das getan hast, du hast dir damit was getan, es ist bös, wenn du es weißt, und bös, wenn du es nicht weißt. Du willst mir davonreiten und meinst, jetzt soll ich zum Spaß heulen? Meinst du vielleicht, weil du den

Gaul hast und Geld, wärst du der Herr? Nein, dein Gaul hat uns beide mitgenommen, und ich bin mit dir gegangen. Wie meinst, wenn ich den Spaß machte und sagen tat: wie wär's, wenn ich dich da sitzen ließ? Du dauerst mich, daß du den Spaß gemacht hast.«

»Ja, ja, du sollst recht haben, aber hör' doch jetzt einmal auf.«

»Nein, ich red', solang noch was in mir ist von einer Sache, wo ich die Beleidigte bin; und an mir ist es, von der Sache aufzuhören, wenn ich will. Und dich selber hast du auch beleidigt, den, der du sein sollst und der du auch bist. Wenn ein anderes was sagt, was nicht recht ist, kann ich drüber wegspringen; aber an dir darf kein Schmutzfleckchen sein, und glaub' mir, mit so was Spaß machen, das ist grad, wie wenn man mit dem Kruzifix da Puppe spielen wollte.«

»Oho! So arg ist's nicht; aber allem Anschein nach verstehst du keinen Spaß.«

»Ich versteh' wohl, das wirst du schon erfahren, aber nicht mit so etwas, und jetzt ist's gut. Jetzt bin ich fertig und denke nicht mehr dran.«

Dieser kleine Zwischenfall zeigte beiden schon früh, daß sie bei aller liebenden Hingebung sich doch voreinander zusammennehmen mußten, und Amrei fühlte, daß sie zu heftig gewesen war, und ebenso Johannes, daß es ihm nicht anstand, mit der Verlassenheit Amreis und ihrer völligen Hingebung an ihn ein Spiel zu treiben. Sie sagten das einander nicht, aber jedes fühlte es dem andern ab.

Das kleine Wölkchen, das aufgestiegen war, zerfloß bald vor der helldurchbrechenden Sonne, und Amrei jubelte wie ein Kind, als ein schönes grünes Bernerwägelein kam, mit einem runden gepolsterten Sitz drauf. Noch bevor angespannt war, setzte sie sich hinauf und klatschte in die Hände vor Freude. »Jetzt mußt mich nur noch fliegen machen,« sagte sie zu Johannes, der den Schimmel einspannte, »ich bin mit dir geritten, jetzt fahr' ich, und nun bleibt nichts mehr als Fliegen.«

Und im hellen Morgen fuhren sie auf schöngebahnter Straße dahin. Dem Schimmel schien das Fahren leicht, und Lux bellte vor Freude immer vor ihm her.

»Denk' nur, Johannes,« sagte Amrei nach einer Strecke, »denk' nur, die Wirtin hat mich schon für deine Frau gehalten.«

»Und das bist du schon, und darum frag' ich nichts danach, was sie alle dazu sagen mögen. Du Himmel und ihr Lerchen und ihr Bäume und ihr Felder und Berge! schaut her, das ist mein Weible! Und wenn sie zankt, ist sie grad' so lieb, wie wenn sie einem was Schönes sagt. O, meine Mutter ist eine weise Frau, o, die hat's gewußt: sie hat gesagt, ich soll darauf achten, wie sie im Zorn weint, da kommt der inwendige Mensch heraus. Das war ein lieber, scharfer, schöner, böser, der heute bei dir herausgekommen ist, wie du dort gezankt hast. Jetzt kenn' ich die ganze Sippschaft, die in dir steckt, und sie ist mir recht. O du ganze weite Welt! Ich frag' dich, hast du, so lang' du stehst, so ein lieb Weible gesehen? Juchhe! juchhe!«

Und wo einer am Wege ging, an dem man vorbeifuhr, faßte Johannes Amrei an und rief: »Schau, schau, das ist mein Weible!« bis ihn Amrei dringend bat, das zu lassen; er aber sagte: »Ich weiß mir vor Freude nicht zu helfen. Ich könnte es der ganzen Welt zurufen, daß alles mit mir jubelt, und ich weiß gar nicht, wie können die Menschen da nur noch zu Acker fahren und Holz spalten und alles, und wissen nicht, wie selig ich bin.«

Amrei sah eine arme Frau am Wege gehen, knüpfte schnell ein Paar ihrer so sehr geliebten Schuhe ab und warf sie der Armen hin, die den Davoneilenden staunend nachsah und dankte. Es berührte Amrei wie eine selige Empfindung, das sie zum erstenmal in ihrem Leben eine Wertsache, die sie selber noch wohl brauchen konnte, verschenkt hatte. Anfangs, als sie es so rasch weggegeben und darüber nachsann, dachte sie vor allem nur daran, und das kam noch oft wieder, wieviel eigentlich die Schuhe wert gewesen seien; das Besitztum wollte sich nicht leicht ablösen von ihr, sie hatte es zu fest in Gedanken besessen, und sie dachte gar nicht mehr daran, wieviel sie eigentlich an der schwarzen Marann' getan; daß sie die Schuhe hergegeben, erschien ihr als ihre erste Wohltat; und die Empfindung derselben beglückte sie gewiß noch mehr als die Empfängerin; sie lächelte immer vor sich hin, sie hatte ein geheimes Geschenk in der Seele, das ihr Herz in Freude hüpfen machte, und als Johannes fragte: »Was hast denn? Warum lachst denn immer so wie ein Kind im Schlaf?« sagte sie:

»O Gott, es ist ja auch alles wie ein Traum. Ich kann jetzt herschenken. Ich gehe in Gedanken noch jetzt immer mit der Frau und weiß, wie sie sich freut.«

»Das ist brav, daß du gern schenkst.«

»O, was will denn das heißen: im Glück herschenken? das ist, wie wenn ein volles Glas überfließt. Ich bin so voll, ich möcht' gern alles herschenken, ich möcht' auch wie du gern alle Menschen anrufen. Ich meine, ich könnte sie alle speisen und tränken. Ich meine, ich säße an einer langen Hochzeitstafel ganz allein mit dir, und ich bin so voll, ich kann gar nichts essen, ich bin satt.«

»Ja, ja, das ist gut.« sagte Johannes. »Aber schenk' keine von deinen Schuhen mehr weg. Wenn ich sie ansehe, denk' ich an die vielen schönen guten Jahre, die drin stecken, da kannst du viele schöne Jahre herumlaufen, bis sie zerrissen sind.«

»Wie kommst du jetzt darauf? Wieviel hundertmal hab' ich das gedacht, wenn ich die Schuhe angesehen hab'. Aber jetzt erzähl' mir auch von deinem Daheim, sonst schwätz' ich immer von mir. Erzähl'.«

Das tat Johannes gern, und während er erzählte und Amrei mit weit offenen Augen zuhörte, tanzte in ihrem Geiste mitten durch alles immer ein glückseliges Bild nebenher, das war die Arme am Wege in den neuen geschenkten Schuhen.

Nachdem Johannes die Menschen geschildert, rühmte er vor allem das Vieh und sagte: »Das ist alles so wohlgenährt und gesund und rund, daß kein Tropfen Wasser drauf stehenbleibt.«

»Mir will's gar nicht in den Sinn,« sagte Amrei, »daß ich auf einmal so reich sein soll. Wenn ich bedenke, daß ich selber so viel eigene Felder und Kühe und Mehl und Schmalz und Obst und Kisten und Kasten haben soll, da mein' ich, ich hätte bisher mein Lebenlang geschlafen und wäre jetzt auf einmal aufgewacht. Nein, nein, das ist nicht so. Mir kommt es schrecklich vor, daß ich auf einmal für so vieles verantwortlich sein soll. Gelt, deine Mutter hilft mir noch? Sie ist ja noch gut bei der Hand. Ich weiß gar nicht, wie man's macht, daß ich nicht alles an die Armen verschenke; aber nein, das geht nicht, es ist ja nicht mein. Ich hab's ja auch nur geschenkt.«

»Almosengeben armet nicht! ist ein Sprichwort meiner Mutter,« erwiderte Johannes hierauf.

Es läßt sich nicht sagen, mit welchem Jubel die beiden Liebenden dahinfuhren. Jedes Wort machte sie glücklich. Als Amrei fragte: »Habt ihr auch Schwalben am Haus?« und Johannes dies bejahte mit dem Beisatze, daß sie auch ein Storchennest hätten, da war Amrei ganz glücklich und ahmte das Storchengeschnatter nach und schilderte gar lustig, wie der Storch mit ernsthaftem Gesichte auf einem Bein stehe und von oben herunter in sein Haus schaue.

War es eine Verabredung, oder war es die innere Macht des Augenblicks? Sie sprachen nichts davon, wie nun die eigentliche Auffahrt und das Eintreten ins elterliche Haus vor sich gehen sollte, bis sie gegen Abend in den Amtsbezirk kamen, in dem Zusmarshofen lag. Erst jetzt, als Johannes schon einige Leute begegneten, die ihn kannten, ihn grüßten und verwundert anschauten, erklärte er Amrei, daß er sich zweierlei ausgedacht habe, wie man die Sache am besten anfange. Entweder wolle er Amrei zu seiner Schwester bringen, die hier abseits wohne – man sah den Kirchturm ihres Dorfes hinter einem Vorberge – er wollte dann allein nach Hause und alles erklären; oder er wolle Amrei gleich ins Haus nehmen, das heißt, sie sollte eine Viertelstunde vorher absteigen und als Magd ins Haus kommen.

Amrei zeigte ihre ganze Klugheit, indem sie auseinandersetzte, was zu diesem Verfahren bestimme und was daraus hervorgehen könne. Halte sie sich bei der Schwester auf, so hätte sie zuerst eine Person zu gewinnen, die nicht die entscheidende war, und es konnte allerlei Hin- und Hergerede geben, das nicht zu berechnen war, abgesehen davon, daß es in späteren Zeiten immer eine mißliche Erinnerung und in der ganzen Umgebung ein Gerede bleibe, daß sie sich nicht geradezu ins Haus gewagt habe. Da scheine der zweite Weg besser. Aber es gehe ihr wider die Seele, mit einer Lüge ins Haus zu kommen. Freilich habe ihr die Mutter vor Jahren versprochen, daß sie zu ihr in Dienst kommen könne; aber sie wolle ja jetzt nicht in Dienst, und es sei wie ein Diebstahl, wenn sie sich in die Gunst der Eltern einschleichen wolle, und sie wisse gewiß, daß sie in dieser Verlarvung alles ungeschickt täte. Sie könne nicht gradaus sein, und wenn sie dem Vater nur einen Stuhl stellen wolle, werfe sie ihn gewiß um, denn sie müsse immer dabei denken: du tust's, um ihn zu hintergehen. Und wenn alles das auch noch ginge: wie sie denn vor den Dienstleuten erscheinen müsse, wenn sie später hören, daß sich die Meisterin als Magd ins Haus eingeschmuggelt habe, und sie könne mit Johannes während der ganzen Zeit kein Wort reden.

Diese ganze Auseinandersetzung schloß sie mit den Worten: »Ich hab' dir das alles nur gesagt, weil du auch meine Gedanken hören willst, und wenn du etwas mit mir überlegst, so muß ich doch frei herausreden; ich sage dir aber auch gleich: was du willst, wenn du es fest sagst, so tue ich es, und wenn du sagst, so, tu' ich's auch. Ich folge dir ohne Widerrede, und ich will's so gut machen, als ich kann, was du mir auferlegst.«

»Ja, ja, du hast recht,« sagte Johannes im schweren Besinnen, »es ist beides ein ungerader Weg, der erste weniger; und wir sind jetzt schon so nahe, daß wir uns schnell besinnen müssen. Siehst du dort die Waldblöße da drüben auf dem Berge mit der kleinen Hütte? Du siehst auch die Kühe, so ganz klein wie Käfer? Da ist unsere Frühalm, da will ich unsern Dami hinsetzen.«

Staunend sagte Amrei: »O Gott, wohin wagen sich nicht die Menschen! Das muß aber ein gut Grasgelände sein.«

»Freilich, aber wenn mir der Vater das Gut übergibt, führe ich doch mehr Stallfütterung ein, es ist nützlicher; aber die alten Leute bleiben gern beim alten. Ach! was schwätzen wir da? Wir sind jetzt schon so nah. Hätten wir uns nur früher besonnen. Mir brennt der Kopf.«

»Bleib' nur ruhig, wir müssen uns in Ruhe besinnen; ich habe schon eine Spur, wie's zu machen wär', nur noch nicht ganz deutlich.«

»Was? Wie meinst?«

»Nein, besinn' du dich; vielleicht kommst du selber drauf. Es gehört dir, daß du's einrichtest, und wir sind jetzt beide so im Wirrwarr, daß wir einen Halt dran haben, wenn wir beide zugleich drauf kommen.«

»Ja, mir fällt schon was ein. Da im zweitnächsten Ort ist ein Pfarrer, den ich gut kenne, der wird uns am besten raten. Aber halt! So ist's besser! Ich bleib' unten im Tal beim Müller, und du gehst allein hinauf auf den Hof zu meinen Eltern und sagst ihnen alles gradaus, rund und klein. Meine Mutter hast du gleich an der Hand, aber du bist ja gescheit, du wirst auch den Vater herumkriegen, daß du ihn um den Finger wickelst. So ist alles besser. Wir brauchen nicht zu warten und haben keine fremden Menschen zu Hilfe genommen! Ist dir das recht? Ist dir das nicht zu viel?«

»Das ist auch ganz mein Gedanke gewesen. Aber jetzt wird nichts mehr überlegt, gar nichts; das steht fest wie geschrieben, und das wird ausgeführt, und frisch ans Werk macht den Meister. So ist's recht. O, du weißt gar nicht, was du für ein lieber, guter, prächtiger, ehrlicher Kerl bist.«

»Nein du! Aber es ist jetzt eins, wir sind jetzt beide zusammen ein einziger braver Mensch, und das wollen wir bleiben. Da guck, hier gib mir die Hand, so, da die Wiese ist unser erstes Feld. Grüß Gott. Weible. so, jetzt bist du daheim. Und Juchhe! da ist unser Storch und fliegt auf. Storch! Sag' grüß Gott! Da ist die neue Meisterin. Ich will dir später schon noch mehr sagen. Jetzt, Amrei, mach' nur nicht so lang oben und schick' mir gleich eins in die Mühle; wenn der Roßbub daheim ist, am besten den, der kann springen wie ein Has'. So, siehst du dort das Haus mit dem Storchennest und die zwei Scheuern dort am Berg, links vom Wald? Es ist eine Linde am Haus, siehst du's?«

»Ja!«

»Das ist unser Haus. Jetzt komm, steig' ab, du kannst den Weg jetzt nicht mehr fehlen.«

Johannes stieg ab und half auch Amrei von dem Wagen, und diese hielt das Halsgeschmeide, das sie in die Tasche gesteckt hatte, wie einen Rosenkranz zwischen den gefalteten Händen und betete leise. Auch Johannes zog den Hut ab, und seine Lippen bewegten sich.

Die beiden sprachen kein Wort mehr, und Amrei ging voraus. Johannes stand noch lange an den Schimmel gelehnt und schaute ihr nach. Jetzt wendete sie sich und scheuchte den Hund zurück, der ihr gefolgt war, er wollte aber nicht gehen, rannte ins Feld abseits und wieder zu ihr, bis Johannes ihm pfiff, dann erst kam das Tier zurück.

Johannes fuhr nach der Mühle und hielt dort an. Er hörte, daß sein Vater vor einer Stunde dagewesen sei, um ihn hier zu erwarten; er sei aber wieder umgekehrt. Johannes freute sich, daß sein Vater wieder wohl auf den Beinen war, und daß Amrei nun beide Eltern zu Hause träfe. Die Leute in der Mühle wußten nicht, was das mit Johannes war, daß er bei ihnen anhielt und doch fast auf kein Wort hörte. Er ging bald in das Haus, bald aus demselben, bald auf den Weg nach dem Hofe, bald kehrte er wieder zurück. Denn Johannes war voll Unruhe, er zählte die Schritte, die Amrei ging. Jetzt war sie an diesem Felde, und jetzt an diesem, jetzt am Buchenhag, jetzt sprach sie mit den Eltern … Es ließ sich doch nicht ausdenken, wie es war.

18. Kapitel.

Das erste Herdfeuer

Amrei war unterdes traumverloren dahingegangen. Sie schaute wie fragend nach den Bäumen auf; die stehen so ruhig auf dem Fleck, und die werden so stehen und auf dich niederschauen, Jahre, Jahrzehnte, dein ganzes Leben lang als deine Lebensgenossen: und was wirst du derweil erfahren!

Amrei war aber doch schon so alt geworden, daß sie nicht mehr nach einem Halt in der Außenwelt tastete. Es war schon lange, seitdem sie mit dem Vogelbeerbaum gesprochen hatte. – Sie wollte ihre Gedanken wegbannen von allem, was sie umgab, und doch starrte sie wieder hinein in die Felder, die ihr eigen werden sollten, und wollte sich immer vordenken, was nun kommen sollte: Eintritt und Empfang, Anrede und Antwort, hin und her. Wie ein Wirrwarr von tausend Möglichkeiten schwirrte alles um sie her, und sie sagte endlich fast laut, und der Silbertrabwalzer spielte sich ihr im Kopfe: »Was da, was da, vorher besinnen? Wenn aufgespielt wird, tanz' ich, Hopser oder Walzer. Ich weih nicht, wie ich die Füße setze, sie tun's allein; und ich kann mir's nicht denken, und ich will mir's nicht denken, wie ich vielleicht in einer Stunde den Weg da wieder zurückkehre, und die Seele ist mir aus dem Leibe genommen, und ich muß doch gehen, einen Schritt nach dem andern. Genug! Jetzt laß kommen, was kommen will; ich bin ja auch dabei!«

Und es lag noch mehr als diese ausgesprochene Zuversicht in ihrem Wesen; sie hatte nicht umsonst von Kindheit an Rätsel gelöst und von Tag zu Tag mit dem Leben gerungen. Die ganze Kraft dessen, was sie geworden, ruhte still und sicher treffend in ihr. Ohne weitere Frage, wie man einer Notwendigkeit entgegengeht, still in sich zusammengefaßt, ging sie mutig und festen Schrittes dahin.

Sie war noch nicht weit gegangen, da saß ein Bauer mit einem roten Schlehdornstock zwischen den Füßen und beide Hände und das Kinn darauf stützend am Wege.

»Grüß Gott!« sagte Amrei. »tut das Ausruhen gut?«

»Ja. Wohin willst?«

»Dahinauf auf den Hof. Wollet Ihr mit? Ihr könnet Euch an mir führen.«

»Ja, so ist's!« grinste der Alte, »vor dreißig Jahren wäre mir das lieber gewesen, wenn mir so ein schönes Mädle das gesagt hätte, da wäre ich gesprungen wie ein Füllen.«

»Zu denen, die springen können wie die Füllen, sagt man das aber nicht!« lachte Amrei.

»Du bist reich,« sagte der Alte, der eine müßige Unterhaltung am heißen Mittag zu lieben schien. Er nahm vergnüglich eine Prise aus seiner Horndose.

»Woher seht Ihr, daß ich reich bin?«

»Deine Zähne sind zehntausend Gulden wert, es gäbe mancher zehntausend Gulden drum, wenn er sie im Maul hätte.«

»Ich hab' jetzt keine Zeit zum Spaßen. Behüt' Euch Gott.«

»Wart' nur, ich geh' mit, aber mußt nicht schnell laufen.«

Amrei half nun dem Alten behutsam auf, und der Alte sagte: »Du bist stark.« Er hatte sich in seiner neckischen Weise noch schwerer und unbehilflicher gemacht, als er war. Im Gehen fragte er jetzt: »Zu wem willst du denn auf dem Hof?«

»Zum Bauern und zu der Bäuerin.«

»Was willst du denn von ihnen?«

»Das will ich ihnen selber sagen.«

»Wenn du was geschenkt haben willst, da kehr' lieber gleich wieder um; die Bäuerin gäb' dir schon, aber sie ist über nichts Meister, und der Bauer, der ist zäh, der hat ein Sperrholz im Genick und einen steifen Daumen dazu.«

»Ich will nichts geschenkt, ich bring' ihnen was,« sagte Amrei.

Es begegnete den beiden ein älterer Mann, der mit der Sense ins Feld ging, und der Alte neben Amrei rief ihn an und fragte ihn mit seltsamen Augenzwinkern: »Weißt nicht, ist der geizige Landfriedbauer nicht daheim?«

»Ich glaub', aber ich weiß nicht,« lautete die Antwort des Mannes mit der Sense, und er ging davon feldein. Es zuckte etwas in seinem Gesichte, und noch jetzt, als er so hinwandelte, schüttelte es ihm den Rücken auf und nieder, er lachte offenbar, und Amrei schaute starr in das Antlitz ihres Begleiters und gewahrte die Schelmerei darin, und plötzlich erkannte sie in den eingefallenen Zügen die jenes Mannes, dem sie einst auf dem Holderwasen zu trinken gegeben hatte, und leise mit den Fingern schnalzend, dachte sie: »Wart', dich krieg' ich.« und laut sagte sie: »Das ist schlecht von Euch, daß Ihr so von dem Bauer redet zu einem Fremden, wie ich, das Ihr nicht kennet, und das vielleicht eine Verwandte von ihm ist; und es ist auch gewiß gelogen, was Ihr saget. Freilich soll der Bauer zäh sein, aber wenn's drauf ankommt, hat er gewiß auch ein rechtschaffenes Herz und hängt nur nicht an die große Glocke, was er Gutes tut, und wer so brave Kinder hat, wie man die seinen berühmt, der muß auch rechtschaffen sein, und es kann sein, er macht sich vor der Welt gern schlecht, weil es ihm nicht der Mühe wert ist, was andere von ihm denken, und ich kann ihm das nicht übelnehmen.«

»Du hast dein Maul nicht vergessen. Woher bist denn?«

»Nicht aus der Gegend, vom Schwarzwald her.«

»Wie heißt der Ort?«

»Haldenbrunn.«

»So? Und du bist zu Fuß dahergekommen?«

»Nein, es hat mich unterwegs einer mitfahren lassen, es ist der Sohn von dem Bauern da. Ein richtiger braver Mensch.«

»So? Ich hätte dich in seinen Jahren auch mitfahren lassen.«

Man war am Hofe angekommen, und der Alte ging mit Amrei in die Stube und rief: »Mutter, wo bist?«

Die Frau kam aus der Kammer, und die Hand Amreis zuckte, sie wäre ihr gern um den Hals gefallen, aber sie konnte nicht, sie durfte nicht, und der Alte sagte unter herzerschütterndem Lachen: »Denk' nur, Bäuerin, das ist ein Mädle aus Haldenbrunn, und es hat dem Landfriedbauer und der Bäuerin was zu sagen, aber mir will's nichts davon kundgeben. Jetzt sag' du, wie man mich heißt.«

»Das ist ja der Bauer,« sagte die Bäuerin, nahm als Zeichen des Willkomms dem Alten den Hut vom Kopfe und hing den Hut an das Ofengeländer.

»Ja. merkst's jetzt?« sagte der Alte triumphierend gegen Amrei, »jetzt sag', was du willst.«

»Setz' dich,« sagte die Mutter und wies Amrei auf einen Stuhl. Mit schwerem Atemholen begann diese nun:

»Ihr könnt mir's glauben, daß kein Kind mehr hat an euch denken können als ich, schon vorher, schon vor den letzten Tagen. Erinnert ihr euch des Josenhansen am Weiher, wo der Fahrweg gegen Endringen geht?«

»Freilich, freilich,« sagten die beiden Alten.

»Und ich bin des Josenhansen Tochter.«

»Guck, ist mir doch gewesen, als ob ich dich kenn',« sagte die Alte. »Grüß Gott!« Sie reichte die Hand und fuhr fort: »Bist ein starkes sauberes Mädle geworden. Jetzt sag', was führt dich denn so weit daher?«

»Sie ist ein Stück mit unserm Johannes gefahren,« sprach der Bauer dazwischen, »er kommt bald nach.«

Die Mutter erschrak, sie ahnte etwas und erinnerte ihren Mann, daß sie damals, als Johannes weggeritten sei, an des Josenhansen Kinder gedacht habe.

»Und ich habe ja auch noch ein Andenken von euch beiden,« sagte Amrei und holte den Anhänger und ein eingewickeltes Geldstück aus der Tasche. »Das da habt Ihr mir damals geschenkt, wie Ihr zum letztenmal im Ort gewesen seid.«

»Guck! und hast mich angelogen und hast gesagt, du habest es verloren,« schalt der Bauer zu seiner Frau.

»Und da,« fuhr Amrei fort, ihm den eingewickelten Groschen hinreichend, »da ist das Geldstück, das Ihr mir geschenkt habt, wie ich auf dem Holderwasen die Gänse gehütet und Euch am Brunnen Wasser geschöpft hab'.«

»Ja, ja, ist alles richtig, aber was soll denn jetzt das alles? Was dir geschenkt ist, kannst du behalten,« sagte der Bauer.

Amrei stand auf und sagte: »Ich habe aber jetzt noch eine Bitte: lasset mich ein paar Minuten reden, ganz frei. Darf ich?«

»Ja. warum nicht?«

»Schaut, der Johannes hat mich mitnehmen wollen und zu euch bringen als Magd, und ich hätt' auch gern bei euch gedient zu andern Zeiten, lieber als sonstwo; aber jetzt wär's unehrlich gewesen, und gegen wen ich mein Lebenlang ehrlich sein will, dem will ich nicht zum erstenmal unehrlich mit einer Lüge gekommen sein. Jetzt muß alles sonnenklar sein. Mit einem Wort: der Johannes und ich, wir haben uns von Grund des Herzens gern, und er will mich zu seiner Frau haben...«

»Oha!« schrie der Bauer und stand rasch auf; man hätte es deutlich sehen können, daß seine frühere Unbeholfenheit nur geheuchelt war. »Oha!« schrie er nochmals, als ob ihm ein Gaul durchginge. Die Mutter aber hielt ihn bei der Hand fest und sagte: »Laß sie doch ausreden.«

Und Amrei fuhr fort:

»Glaubet mir, ich bin gescheit genug, und ich weiß, daß man eines nicht aus Mitleid zur Schwiegertochter machen kann; ihr könnet mir was schenken, viel schenken, aber zur Schwiegertochter machen aus Barmherzigkeit, das kann man nicht, und das will ich auch nicht. Ich habe keinen Groschen Geld – ei ja doch, den Groschen, den Ihr mir auf dem Holderwasen geschenkt habt, den hab' ich noch, es hat ihn niemand für einen Groschen nehmen wollen,« sagte sie zum Bauer gewendet, und dieser mußte unwillkürlich lächeln. »Ich habe nichts, ja noch mehr, ich habe einen Bruder, der wohl gesund und stark ist. für den ich aber doch noch sorgen muß, und ich habe die Gänse gehütet und war das Geringste im Ort, das ist alles; aber das geringste Unrecht kann man mir auch nicht nachsagen, und das ist auch wieder alles – und was dem Menschen eigentlich von Gott gegeben ist, darin sag' ich zu jeder Prinzessin: ich stell mich um kein Haar breit gegen dich zurück, und wenn du sieben goldene Kronen auf dem Kopf hast. Es wäre mir lieber, es täte ein anderes für mich reden, ich red' nicht gern; aber ich hab' mein Lebentag für mich allein Annehmer sein müssen, und tue es heut' zum letztenmal, wo es sich entscheidet über Tod und Leben. Heißt das, versteht mich nicht falsch: wollt ihr mich nicht, so gehe ich in Ruhe fort, ich tue mir kein Leid an, ich springe nicht ins Wasser, und ich hänge mich nicht; ich suche mir wieder einen Dienst und will Gott danken, daß mich einmal so ein braver Mensch hat zur Frau haben wollen, und will annehmen, es ist Gottes Wille nicht gewesen...« Die Stimme Amreis zitterte, und ihre Gestalt wurde größer, und ihre Stimme wurde mächtiger, als sie sich jetzt zusammennahm und rief: »Aber prüfet euch, fraget euch im tiefsten Gewissen, ob das Gottes Wille ist, was ihr tut. Weiter sage ich nichts.« –

Amrei setzte sich nieder. Alle drei waren still, und der Alte sagte: »Du kannst ja predigen wie ein Pfarrer.« Die Mutter aber trocknete sich die Augen mit der Schürze und sagte: »Warum nicht? Die Pfarrer haben auch nicht mehr als *ein* Hirn und *ein* Herz.«

»Ja du!« höhnte der Alte, »du hast ja auch so was Geistliches; wenn man dir mit so ein paar Reden kommt, da bist du gleich gekocht.«

»Und du tust, wie wenn du nicht gar werden wolltest vor deinem Ende.« sagte die Bäuerin im Trotze.

»So?« höhnte der Alte. »Guck, du Heilige vom Unterland! du bringst schönen Frieden in unser Haus. Jetzt hast's gleich fertig gebracht, daß die da scharf gegen mich aufsitzt; die hast du schon gefangen. Nun. ihr werdet warten können, bis mich der Tod gestreckt hat, dann könnt ihr ja machen, was ihr wollt.«

»Nein!« rief Amrei, »das will ich nicht; so wenig ich will, daß mich der Johannes zur Frau nehme ohne Euren Segen, so wenig will ich, daß die Sünde in unsern Herzen sei, daß wir beide auf Euren Tod warten. Ich habe meine Eltern kaum gekannt, ich kann mich ihrer nicht mehr erinnern; ich habe sie nur lieb, wie man Gott lieb hat, ohne daß man ihn je gesehen hat. Aber ich weiß doch auch, was Sterben ist. Gestern in der Nacht habe ich der schwarzen Marann' die Augen zugedrückt; ich habe ihr mein Leben lang getan, was sie gewollt hat, und jetzt, wo sie tot ist, da habe ich doch schon oft denken müssen: wie manchmal bist du unwillig und herb gegen sie gewesen, wie hättest du ihr noch manches Gute tun können, und jetzt liegt sie da, und jetzt ist's vorbei; du kannst nichts mehr tun und nichts mehr abbitten. Ich weiß, was Sterben ist, und will nicht...«

»Aber *ich* will!« schrie der Alte und ballte die Fäuste und knirschte die Zähne. »Aber *ich* will.« schrie er nochmals. »Da bleibst, und unser bist! Und jetzt mag kommen, was da will, mag reden, wer da will. Du kriegst meinen Johannes, und keine andere.«

Die Mutter rannte auf den Alten los und umarmte ihn, und dieser, der das gar nicht gewohnt war, rief unwillkürlich: »Was machst du da?«

»Dir einen Kuß geben, du verdienst's, du bist braver, als du dich geben willst.«

Der Alte, der während der ganzen Zeit eine Prise zwischen den Fingern gehabt, wollte die Prise nicht verschwenden, er schnupfte sie daher schnell und sagte: »Nun, meinetwegen!« Dann aber setzte er hinzu: »Aber jetzt hast du den Abschied, ich habe eine viel Jüngere, und von der schmeckt's viel besser. Komm her, du verstellter Pfarrer.«

»Ich komme schon, aber ruft mich zuerst bei meinem Namen.«

»Ja, wie heißt du denn?«

»Das brauchet Ihr nicht zu wissen. Ihr könnet mir ja selber einen Namen geben; wisset schon welchen.«

»Du bist gescheit! Nun meinetwegen, so komm her, Söhnerin. Ist dir der Name recht?«

Und als Antwort flog Amrei auf ihn zu.

»Und ich, ich werde gar nicht gefragt?« schalt die Mutter in heller Glückseligkeit, und der Alte war ganz übermütig geworden in seiner Freude. Er nahm Amrei an der Hand und sagte in nachspottendem Predigertone:

»Nun frage ich Sie, wohlehrsame Kordula Katharina, genannt Landfriedbäuerin: wollen Sie hier diese« – er fragte das Mädchen beiseite – »ja, wie heißt du denn eigentlich mit dem Taufnamen?«

»Amrei!«

Und der Alte fuhr fort in gleichem Tone: »Wollen Sie hier diese Amrei Josenhans von Haldenbrunn zu Ihrer Schwiegertochter annehmen, sie nicht zu Worte kommen lassen, wie Sie bei Ihrem Manne tun, sie schlecht füttern, ausschimpfen, unterdrücken, und überhaupt was man so nennt in das Haus metzgen?«

Der Alte schien wie närrisch, es war etwas ganz Seltsames mit ihm vorgegangen, und während Amrei an dem Halse der Mutter hing und gar nicht von ihr loslassen wollte, schlug der Alte mit seinem Rotdornstock auf den Tisch und schrie polternd: »Wo bleibt denn der nichtsnutzige Bub, der Johannes? Schickt uns der Bursch seine Braut auf den Hals und fährt derweil in der Welt herum? Ist das erhört?«

Jetzt riß sich Amrei los und sagte, daß man sogleich den Roßbub oder ein anderes nach der Mühle schicken solle, dort warte Johannes.

Der Vater behauptete, er müsse mindestens noch drei Stunden da in der Mühle zappeln; das müsse seine Strafe sein, weil er sich so feig hinter die Schürze versteckt habe. Wenn er heimkehre, müsse man ihm eine Haube aufsetzen; überhaupt wollte er ihn jetzt noch gar nicht dahaben, denn wenn der Johannes da sei, da habe er nichts mehr von der Braut, und es sei ihm schon jetzt ärgerlich, wenn er an das Getue denke.

Die Mutter wußte sich indes hinauszuschleichen und den schnellfüßigen Roßbuben nach der Mühle zu schicken.

Jetzt dachte die Mutter daran, daß doch Amrei auch was essen müsse. Sie wollte schnell einen Eierkuchen machen, aber Amrei bat, daß sie ihr gestatte, das erste Feuer im Hause, das ihr was bereite, selber anzuzünden, zugleich auch um den Eltern etwas zu kochen.

Es wurde ihr willfahrt, und die beiden Alten gingen mit ihr in die Küche, und sie wußte alles so geschickt anzufassen, sah mit einem Blicke, wo alles stand, und hatte fast gar nichts zu fragen, und alles, was sie tat, tat sie so fest und so zierlich, daß der Alte immer seiner Frau zunickte und einmal sagte: »Die ist in der Haushaltung auf Noten eingespielt, die kann alles vom Blatt weg wie der neue Schullehrer.«

Am hell lodernden Feuer standen die drei, als Johannes kam. Und heller loderte die Flamme nicht auf dem Herde, als die innerste Glückseligkeit in den Augen aller glänzte. Der Herd mit seinem Feuer ward zum heiligen Altar, um welchen andächtige Menschen standen, die doch nur lachten und einander neckten.

19. Kapitel.

Geheime Schätze.

Amrei wußte sich im Hause bald so heimisch zu machen, daß sie schon am zweiten Tage darin lebte, als wäre sie von Kindheit an hier aufgewachsen, und der Alte trippelte ihr überall nach und schaute ihr zu. wie sie alles so geschickt aufnahm, und so stet und gemessen vollführte; ohne Hast und ohne Rast.

Es gibt Menschen, die, wenn sie gehen und nur das kleinste holen, einen Teller, einen Krug, da scheuchen sie die Gedanken aller Sitzenden auf, sie schleppen sozusagen Blick und Gedanken der Sitzenden und Zuschauenden mit sich herum. Amrei dagegen verstand alles so zu tun und zu leisten, daß man bei ihrem Hantieren die Ruhe um so mehr empfand und ihr für jegliches nur um so dankbarer war.

Wie oft und oft hatte der Bauer darüber gescholten, daß allemal, wenn man Salz brauche, eins vom Tische aufstehen müsse. Amrei deckte den Tisch, und auf das ausgebreitete Tischtuch stellte sie immer zuerst das Salzfaß. Als der Bauer Amrei darüber lobte, sagte die Bäuerin lächelnd: »Du tust jetzt, als ob du vorher gar nicht gelebt hättest, als ob du alles hättest ungesalzen und ungeschmalzen essen müssen;« und der Johannes erzählte, daß man Amrei auch die Salzgräfin hieße, und fügte dann die Geschichte von dem König und seiner Tochter hinzu.

Das war ein glückseliges Beisammensein in der Stube, im Hof und auf dem Felde, und der Bauer sagte immer: es habe ihm seit Jahren das Essen nicht so geschmeckt wie jetzt; und er ließ sich von Amrei drei-, viermal des Tages, zu ganz ungewöhnlichen Zeiten, etwas herrichten, und sie mußte bei ihm sitzen, bis er gegessen hatte.

Die Bäuerin führte Amrei mit innerstem Behagen in den Milchkeller und in die Vorratskammern, und auch einen großen buntgemalten Schrank voll schön geschlichteter Leinwand öffnete sie und sagte: »Das ist deine Aussteuer; es fehlt nichts als die Schuhe. Mich freut's, daß du dir deine Dienstschuhe so aufgespart hast. Ich habe da meinen besondern Aberglauben.«

Wenn Amrei sie über alles fragte, wie es bisher im Hause gehalten worden, nickte sie und schluckte dabei vor Behagen, sie drückte aber ihre Freude als solche nicht aus; sondern nur in dem ganzen anheimelnden Ton, mit dem die gewöhnlichsten Dinge gesprochen wurden, lag die Freude selbst als innewohnender Herzschlag. Und als sie nun begann, Barfüßele einzelnes im Hauswesen zu übergeben, sagte sie: »Kind, ich will dir was sagen: wenn dir was im Hauswesen nicht gefällt, an der Ordnung, wie's bis jetzt gewesen ist, mach's nur ohne Scheu anders, wie dir's ansteht; ich gehöre nicht zu denen, die meinen, wie sie's eingerichtet haben, so müsse es ewig bleiben, und da ließe sich gar nichts daran ändern. Du hast freie Hand, und es wird mich freuen, wenn ich frischen Vorspann sehe. Aber wenn du mir folgen willst, ich rat dir's zu gutem, tu's nach und nach.«

Das war eine wohltuende Empfindung, in der sich geistig und körperlich jugendliche und altbewährte Kraft die Hand reichten, indem Amrei von Grund des Herzens erklärte, daß sie alles wohl bestellt finde, und daß sie hochbeglückt und beseligt sein werde, wenn sie einst als alterlebte Mutter das Hauswesen in einem solchen Zustande wie jetzt zeigen könne.

»Du denkst weit hinaus,« sagte die Alte. »Aber das ist gut, wer weit vor denkt, denkt auch weit zurück, und du wirst mich nicht vergessen, wenn ich einmal nicht mehr bin.« –

Es waren Boten ausgegangen, um den Söhnen und dem Schwiegersohne des Hauses das Familienereignis anzukündigen und sie auf nächsten Sonntag nach Zusmarshofen zu entbieten, und seitdem trippelte der Alte immer noch mehr um Amrei herum, er schien etwas auf dem Herzen zu haben, und es wurde ihm schwer, es herauszubringen. –

Man sagt von verborgenen Schätzen, daß darauf ein schwarzes Untier hockt, und in den heiligen Nächten erscheint auf der Oberfläche, wo solch ein Schatz begraben ist, ein blaues Flämmchen, und ein Sonntagskind kann es sehen, und wenn es sich dabei ruhig und unerschütterlich verhält, kann es den Schatz heben. Man hätte es nicht glauben sollen, daß in dem alten Landfriedbauer auch solch ein Schatz vergraben wäre, und darauf hockte der schwarze

Trotz und die Menschenverachtung, und Amrei sah das blaue Flämmchen darüber schweben, und sie wußte sich so zu verhalten, daß sie den Schatz erlöste.

Es ließ sich nicht sagen, wie sie's dem Alten angetan, daß er das sichtliche Bestreben hatte, vor ihr als besonders gut und treumeinend zu erscheinen; schon daß er sich um ein armes Mädchen so viel Mühe gab, das war ja fast ein Wunder. Und nur das war Amrei klar: er wollte es seiner Frau nicht gönnen, daß sie allein als die Gerechte und Liebreiche erschien und er als der Bissige und Wilde, vor dem man sich fürchten müsse; und eben das, daß Amrei, bevor sie ihn erkannt, ihm gesagt hatte: Sie glaube, es sei ihm nicht der Mühe wert, vor den Menschen gut zu erscheinen –, eben das machte ihm das Herz auf. Er wußte, so oft er sie allein traf, jetzt so viel zu reden, es war, als hätte er alle seine Gedanken in einem Spartopfe gehabt, den er nun aufmachte: und da waren gar wunderliche alte abgeschätzte Münzen, große Denkmünzen, die gar nicht im Umlauf sind, die nur bei großen Gelegenheiten geprägt wurden, auch unvergriffene und zwar ganz von Silber, ohne Kupferzutat. Er konnte seine Sache nicht so gut vorbringen, wie damals die Mutter zu Johannes. Seine Sprache war steif in allen Gelenken, aber er wußte doch alles zu treffen, und er benahm sich fast, als ob er der Annehmer Amreis gegen die Mutter sein müsse, und es war nicht uneben, als er ihr sagte:

»Schau, die Bäuerin ist die gut' Stund' selber, aber die gut' Stund' ist noch nicht gut' Tag, gute Woch' und gut Jahr. Es ist halt ein Weibsbild, bei denen ist immer Aprilwetter, und ein Weibsbild ist nur ein halber Mensch, darauf besteh' ich, und da bringt mich keines davon.«

»Ihr redet uns schönes Lob nach,« sagte Amrei.

»Ja. es ist wahr,« sagte der Alte, »ich red' ja zu dir. Aber wie gesagt: die Bäuerin ist seelengut, nur zu viel, und da verdrießt sie's gleich, wenn man nicht macht, was sie will, weil sie's doch so gut meint, und sie glaubt, man wisse nicht, wie gut sie sei, wenn man ihr nicht folgt. Sie kann sich nicht denken, daß man ihr eben nicht folgt, weil's manchmal ungeschickt ist, was sie will, wenn's sie's auch noch so gut meint. Und das merk' dir besonders: tu' ihr nichts nach grad so wie sie's macht, mach's auf deine eigene Art, wie's recht ist, das hat sie viel lieber. Sie hat's gar nicht gern, wenn's den Schein hat, als ob man ihr untertänig sei, aber das wirst du alles schon merken, und wenn dir was vorkommt, um Gottes willen, mach' deinen Mann nicht wirbelsinnig: es gibt nichts Aergeres, als wenn der Mann dasteht zwischen der Mutter und der Söhnerin, und die Mutter sagt: ich gelte nichts mehr vor der Söhnerin, ja die Kinder werden einem untreu – und die Söhnerin sagt: jetzt seh' ich, wer du bist, du läßt deine Frau unterdrücken. Ich rate dir, wenn dir einmal so etwas vorkommt, was du nicht allein hinkriegen kannst, sag's mir im stillen, ich will dir schon helfen; aber mach' deinen Mann nicht wirbelsinnig, er ist ohnedies ein bißchen stark verkindelt von seiner Mutter, aber er wird jetzt schon herber werden; fahre du nur langsam und laß dich's immer dünken: ich wäre von deiner Familie und bin dein natürlicher Annehmer, und es ist auch so; von deiner Mutter Seite her bin ich weitläufig etwas verwandt mit dir.«

Und nun suchte er eine seltsam gegliederte Verwandtschaft auseinanderzuhaspeln, aber er fand den rechten Faden nicht und verwirrte die Gliederung immer mehr wie einen Strang Garn, und dann schloß er immer zuletzt mit den Worten: »Du kannst mir's aufs Wort glauben, daß wir verwandt sind, ja wir sind verwandt, aber ich kann's nur nicht so aufzählen.«

Es war nun doch vor seinem Ende die Zeit gekommen. daß er nicht mehr bloß die falschen Groschen aus seinem Besitztume herschenkte; es tat ihm wohl, nun endlich das wirklich Geltende und Wertvolle anzugreifen.

Eines Abends rief er Amrei zu sich hinter das Haus und sagte zu ihr: »Schau, Mädle, du bist brav und gescheit; aber du kannst doch nicht wissen, wie ein Mann ist. Mein Johannes hat ein gutes Herz, aber es kann ihn doch einmal wurmen, daß du so gar nichts gehabt hast. Da, komm her, da nimm das, sag' aber keiner Menschenseele was davon, von wem es ist. Sag', du habest es mit Fleiß verborgen. Da nimm.« Und er reichte ihr einen vollgestopften Strumpf voll Kronentaler und setzte noch hinzu: »Man hätte das erst nach meinem Tode finden sollen, aber es ist besser, er kriegt es jetzt und meint, es wäre von dir. Eure ganze Geschichte ist ja gegen alle gewöhnliche Art, daß auch das noch dabei sein kann, daß du einen geheimen Schatz gehabt hast. Vergiß aber nicht, es sind auch zweiunddreißig Federntaler dabei, die gelten einen Groschen mehr als gewöhnliche Taler. Heb's nur gut auf, tu's in den Schrank, wo die Leinwand drin ist, und trag' den Schlüssel immer bei dir. Und am Sonntag, wenn die Sippschaft beieinander ist, schüttest du's auf den Tisch aus.«

»Ich tue das nicht gern, ich mein', das sollte der Johannes tun, wenn's überhaupt nötig ist.«

»Es ist nötig, aber mag's meinetwegen der Johannes tun; aber still, versteck's schnell, da tu's in deine Schürze, ich hör' den Johannes, ich glaub', er ist eifersüchtig.«

Die beiden trennten sich rasch.

Noch am selben Abend nahm die Mutter Amrei mit auf den Speicher und holte einen ziemlich schweren Sack aus einer Truhe, das Band daran war aufs abenteuerlichste verknüpft, und sie sagte zu Amrei: »Mach' mir das Band auf.«

Amrei versuchte, es ging schwer.

»Wart, ich will eine Schere nehmen, wir wollen's aufschneiden.«

»Nein,« sagte Amrei. »das tu' ich nicht gern; habt nur ein bißchen Geduld, Schwieger, werdet schon sehen, ich bring's auf.«

Die Mutter lächelte, während Amrei mit vieler Mühe, aber mit kunstgeübter Hand den Knoten doch endlich aufbrachte, und jetzt sagte sie: »So, das ist brav, und jetzt schau einmal hinein, was drin ist.«

Amrei sah Silber, und Goldstücke, und die Mutter fuhr fort: »Schau, Kind, du hast am Bauer ein Wunder getan, ich kann's noch nicht verstehen, wie er's zugegeben hat; aber ganz hast du ihn doch noch nicht bekehrt. Mein Mann redet immer darauf herum, daß es doch gar so arg sei, daß du so gar nichts habest; er kann's noch nicht verwinden, er meint immer, du müßtest im Geheimen ein schönes Vermögen besitzen, und du habest uns nur angeführt, um uns auf die Probe zu stellen, ob wir dich allein ohne alles gern annehmen; er läßt sich das nicht ausreden, und da bin ich auf einen Gedanken gefallen. Gott wird uns dies nicht zur Sünde anrechnen. Schau, das hab' ich mir erspart in den sechsunddreißig Jahren, die wir miteinander hausen, ohne Unterschleif, und es ist auch noch Erbstück von meiner Mutter dabei. Und jetzt nimm du's und sag' nur, es sei dein Eigentum. Das wird den Bauer ganz glücklich machen, besonders weil er so gescheit gewesen ist und das im voraus geahnt hat. Was guckst so verwirrt drein? Glaub' mir, wenn ich dir was sage, kannst du es tun, es ist kein Unrecht, ich hab' mir's überlegt hin und her; jetzt versteck's und red' mir kein Wort dagegen, gar kein Wort, sag' mir keinen Dank und gar nichts, es ist ja eins, ob's mein Kind jetzt kriegt oder später, und es macht meinem Mann noch bei Lebzeiten eine Freud'. Jetzt fertig: bind's wieder zu.«

Am andern Morgen in der Frühe erzählte Amrei dem Johannes alles, was die Eltern ihr gesagt und gegeben hatten, und Johannes jubelte: »O Gott im Himmel verzeih' mir! Von meiner Mutter hätt' ich so was glauben können, aber von meinem Vater hätte ich mir das nie träumen lassen. Du bist ja eine wahre Hexe, und schlau, es bleibt dabei, daß wir keinem vom andern etwas sagen, und das ist auch das Prächtige daß eins das andere anführen will, und jedes ist wirklich angeführt, denn jedes muß meinen: Du habest das andere Geld noch wirklich im Geheimen für dich gehabt. Juchhe! Das ist lustig zum Kehraus.« –

Mitten in aller Freude im Hause herrschte aber doch auch wieder allerlei Besorgnis.

20. Kapitel.

Im Familiengeleise.

Nicht die Sittlichkeit regiert die Welt, sondern eine verhärtete Form derselben: die Sitte. Wie die Welt nun einmal geworden ist, verzeiht sie eher eine Verletzung der Sittlichkeit als eine Verletzung der Sitte. Wohl den Zeiten und den Völkern, in denen Sitte und Sittlichkeit noch eins ist. Aller Kampf, der sich im großen wie im kleinen, im allgemeinen wie im einzelnen abspielt, dreht sich darum, den Widerspruch dieser beiden wieder aufzuheben und die erstarrte Form der Sitte wiederum für die innere Sittlichkeit flüssig zu machen, das Geprägte nach seinem inneren Wertgehalte neu zu bestimmen.

Auch hier in dieser kleinen Geschichte von Menschen, die dem großen Weltgewirre abseits liegen, spiegelt sich das wiederum ab.

Die Mutter, die innerlich am meisten sich freute mit der glücklichen Erfüllung, war doch wieder voll eigentümlicher Besorgnis wegen der Weltmeinung. »Ihr habt's doch leichtsinnig gemacht,« klagte sie Amrei, »daß du so ins Haus gekommen bist, und daß man dich nicht abholen kann zur Hochzeit. Das ist halt nicht schön und ist nicht der Brauch. Wenn ich dich nur noch fortschicken könnte auf einige Zeit, oder auch den Johannes, daß alles mehr Schick bekäme.« Und dem Johannes klagte sie: »Ich höre schon, was es für Gerede gibt, wenn du so schnell heiratest: zweimal aufgeboten und das drittemal abgekauft, alles so kurz angebunden, das tun liederliche Menschen.«

Sie ließ sich aber in beidem wiederum beschwichtigen, und sie lächelte, als Johannes sagte: »Ihr habt doch sonst alles so gut durchstudiert wie ein Pfarrer, jetzt, Mutter, warum sollen denn ehrliche Leute eine Sache lassen, weil sich unehrliche dahinter verstecken? Kann man mir was Böses nachreden?«

»Nein, du bist dein Leben lang brav gewesen.«

»Gut. Drum soll man jetzt auch in etwas an mich glauben, und glauben, daß das auch brav sei, was nicht im ersten Augenmaß so aussehen mag; ich kann das verlangen. Und wie ich und meine Amrei zusammengekommen sind, das ist einmal so aus der Ordnung, das hat seinen besonderen Weg von der Landstraße ab. Und es ist kein schlechter Weg. Das ist ja wie ein Wunder, wenn man alles recht bedenkt, und was geht uns das an, wenn die Leute heut' kein Wunder mehr wollen und da allerlei Unsauberkeit finden möchten? Man muß Courage haben und nicht in allem nach der Welt fragen. Der Pfarrer von Hirlingen hat einmal gesagt: wenn heutigen Tages ein Prophet aufstünde, müßte er vorher sein Staatsexamen machen, ob's auch in der alten Ordnung ist, was er will. Jetzt, Mutter, wenn man bei sich weiß, daß etwas recht ist, da geht man grad durch und stößt hüben und drüben weg, was einem im Weg ist. Laß sie nur eine Weile verwundert dreinglotzen, sie werden sich mit der Zeit schon anders besinnen.«

Die Mutter mochte fühlen, daß ein Wunder wohl als glückliche plötzliche Erscheinung gelten könne, daß aber auch das Ungewöhnliche sich allmählich doch wieder einfügen müsse in die Gesetze des Herkommens und des gewohnten stetigen Ganges, daß die Hochzeit wohl wie ein Wunder erscheinen könne, die Ehe aber nicht, die eine geregelte Fortsetzung in sich schließt. Sie sagte daher: »Mit all den Leuten, die du jetzt gering ansiehst und stolz, weil du weißt, du tust das Rechte, mit denen mußt du doch wieder leben und verlangst, daß sie dich nicht scheel ansehen, und dir deine Ehre lassen, und dafür, daß die Menschen das tun, mußt du ihnen das Gehörige auch geben und lassen; du kannst sie nicht zwingen, daß sie an dir eine Ausnahme sehen sollen, und du kannst nicht jedem nachlaufen und ihm sagen: wenn du wüßtest, wie's gekommen ist, du würdest mir rechtschaffen recht geben.«

Johannes aber erwiderte:

»Ihr werdet es erfahren, daß niemand gegen meine Amrei was haben kann, der sie nur eine Stunde gesehen hat.«

Und er hatte ein gutes Mittel, die Mutter nicht nur zu beschwichtigen, sondern auch innerlichst zu erquicken, indem er ihr berichtete, wie alles das, was sie als Mahnung und Erwartung ausgesprochen habe, wie »angefremt[10]« eingetroffen sei. und sie mußte lachen, als er schloß: »Ihr habt den Leisten im Kopf gehabt, nach dem die Schuhe da oben gemacht sind, und die drin herumlaufen soll, paßt wie gegossen darauf.«

Die Mutter ließ sich beruhigen, und am Samstag morgen vor dem Familienrat kam Dami, er mußte aber sogleich wieder zurück nach Haldenbrunn, um dort bei Schultheiß und Amt alle nötigen Papiere zu besorgen.

Der erste Sonntag war ein schwerer Tag auf dem Hofe des Landfriedbauern. Die Alten hatten Amrei angenommen, aber wie wird es mit der Familie werden? Es ist nicht leicht, in eine solche schwere Familie zu kommen, wenn man nicht mit Roß und Wagen hineinfährt und allerlei Hausrat und Geld und eine breite Verwandtschaft Bahn macht.

Das war ein Fahren am nächsten Sonntag vom Oberland und Unterland her zum Landfriedbauern. Es kamen angefahren die Schwäger und Schwägerinnen mit ihrer Sippe. »Der Johannes hat sich eine Frau geholt und hat sie gleich mitgebracht, ohne daß Eltern, ohne daß Pfarrer, ohne daß Obrigkeit ein Wort dazu gesagt. Das muß eine Schöne sein, die er hinter dem Zaune gefunden.« So hieß es allerwärts.

Die Pferde an den Wagen spürten, was beim Landfriedbauern geschehen war; sie bekamen manchen Hieb, und wenn sie ausschlugen, ging es ihnen noch ärger, und wer da fuhr, hieb drauf los, bis ihm der Arm müde wurde, und dann gab's noch manchen Zank mit der Frau, die daneben saß und über solch ungebührliches, waghalsiges Dreinfahren schimpfte und weinte. –

Eine kleine Wagenburg stand im Hofe des Landfriedbauern, und drinnen in der Stube war die ganze schwere Familie versammelt. Mit hohen Wasserstiefeln, mit nägelbeschlagenen Schnürschuhen, mit dreieckigen Hüten, wo bei dem einen die Spitze, bei dem andern die Breite nach vorn saß, war man beieinander. Die Frauen wisperten untereinander und winkten dann ihren Männern oder sagten ihnen leise: sie sollten nur sie machen lassen, sie wollten den fremden Vogel schon hinausbeißen, und es war ein bitterböses Lachen, das entstand, als man bald da, bald dort hörte, daß Amrei die Gänse gehütet habe.

Endlich kam Amrei, aber sie konnte niemand die Hand reichen. Sie trug eine große Glasflasche voll Rotwein unterm Arme und so viel Gläser und zwei Teller mit Backwerk, daß es schien, sie habe ganz allein sieben Hände; jedes Fingergelenk war eine Hand, und sie stellte alles so ruhig und geräuschlos auf den Tisch, auf dem die Schwiegermutter ein weißes Tuch ausgebreitet hatte, daß alle sie staunend betrachteten. Sie schenkte ruhig alle Gläser voll, sie zitterte nicht dabei, und jetzt sagte sie: »Die Eltern haben mir das Recht gegeben, euch von Herzen willkommen zu heißen. Jetzt trinket.«

»Wir sind's nicht gewohnt des Morgens!« sagte ein schwerer Mann mit ungewöhnlich großer Nase und flätzte sich auf seinem Stuhle weit aus. Es war Jörg, der älteste Bruder des Johannes.

»Wir trinken nur Gänsewein!« sagte eine der Frauen, und ein nicht sehr verhaltenes Lachen entstand.

Amrei fühlte den Stich wohl, aber sie hielt an sich, und die Schwester des Johannes war die erste, die ihr Bescheid tat und das Glas ergriff. Sie stieß zuerst mit Johannes an: »Gesegne dir's Gott!« Nur halb stieß sie mit Amrei an, die auch ihr Glas hinhielt. Nun hielten es die andern Frauen für unhöflich, ja sogar für sündhaft – denn es gilt beim ersten Trunke, dem sogenannten Johannestrunke, für sündhaft, nicht Bescheid zu tun – nicht auch zuzugreifen, und auch die Männer ließen sich dazu bewegen, und man hörte eine Zeitlang Gläser klingen und wieder absetzen.

»Der Vater hat recht,« sagte endlich die alte Landfriedbäuerin zu ihrer Tochter, »die Amrei sieht doch aus, wie wenn sie deine Schwester wär', aber eigentlich noch mehr sieht sie der verstorbenen Lisbeth ähnlich.«

»Ja, es ist keines verkürzt. Wenn ja die Lisbeth am Leben geblieben wär', wär' das Vermögen ja auch um einen Teil geringer,« sagte der Vater, und die Mutter setzte hinzu:

»Jetzt haben wir sie aber wieder.«

Der Alte traf den Punkt, der alle wurmte, obgleich sie sich alle einredeten, daß sie gegen Amrei so eingenommen seien, weil sie so familienlos dahergekommen. Und während Amrei mit der Schwester des Johannes sprach, sagte der Alte leise zu seinem ältesten Sohne:

»Der sieht man nicht an, was hinter ihr steckt. Denk' nur, sie hat im Geheimen einen gehäuften Sack voll Kronentaler gehabt; aber mußt niemand was davon sagen.«

Das geschah so unweigerlich, daß binnen weniger Minuten alle in der Stube es wußten, bis auf die Schwester des Johannes, die sich später viel zugute darauf tat, daß sie mit Amrei so gewesen sei, obgleich sie geglaubt hatte, daß Amrei keinen Heller besitze.

Richtig! Johannes war hinausgegangen, und jetzt kam er wieder mit einem Sacke, auf dem der Name: »Josenhans von Haldenbrunn« geschrieben war, und er leerte den reichen Inhalt desselben klirrend und rasselnd auf den Tisch, und alles staunte, am meisten aber der Vater und die Mutter.

So hatte Amrei also wirklich einen geheimen Schatz gehabt! Denn das war ja viel mehr, als jedes ihr gegeben!

Amrei wagte es nicht, aufzuschauen, und jedes lobte sie über ihre beispiellose Bescheidenheit. Nun gelang es Amrei, alle nach und nach für sich zu gewinnen, und als die schwere Familie am Abend Abschied nahm, sagte ihr jedes im Geheimen: »Schau, ich bin's nicht gewesen, der gegen dich war, weil du nichts hast, der und der und die und die haben dir's immer vorgehalten. Ich sag' jetzt, wie ich früher gedacht und auch gesagt habe: wenn du auch nichts gehabt hättest, als was du auf dem Leibe trägst, du bist wie gedrechselt für unsere Familie, und eine bessere Frau für den Johannes und eine bessere Söhnerin für die Eltern hätt' ich mir nicht wünschen mögen.«

Das war freilich jetzt leicht, weil sie alle glaubten, daß Amrei ein namhaftes bares Vermögen beibrachte. –

Im Allgäu redete man noch jahrelang von der wunderbaren Art, wie der junge Landfriedbauer sich seine Frau geholt, und wie er und seine Frau an ihrer eigenen Hochzeit so schön miteinander getanzt hatten, und besonders einen Walzer, den sie »Silbertrab« nannten, und sie hatten sich dazu vom Unterland her die Musik kommen lassen.

Und Dami? Er ist einer der ruhmvollsten Hirten im Allgäu und hat einen hohen Namen, denn er heißt hierzulande der »Geierdami«, denn Dami hat schon zwei gefährliche Geierhorste ausgehoben zur Rache dafür, weil ihm zweimal nacheinander frischgeworfene Lämmer davongetragen wurden. Wenn es noch Ritterschlag gäbe, er hieße: Damian von Geierhorst; aber der Mannesstamm derer Josenhansen von Geierhorst stirbt mit ihm aus, denn er bleibt ledig, ist aber ein guter Ohm, besser als der in Amerika. Wenn das Vieh gesommert hat, weiß er zur Winterszeit den Kindern seiner Schwester viel zu erzählen vom Leben in Amerika, vom Kohlenmathes im Moasbrunnenwalde und von Hirtenfahrten im Allgäugebirge; da weiß er besonders viel kluge Streiche von seiner sogenannten »Heerkuh«, die die tiefklingende Vorschelle trägt. Und Dami sagte einst seiner Schwester: »Bäuerin,« denn so nennt er sie stets, »Bäuerin, dein ältester Bub artet dir nach, der hat auch so Worte wie du. Denk' nur, sagt mir der Bursche heute: gelt, Ohm. deine Heerkuh ist deine Herzkuh? Ja, er ist ganz nach deinem Modell.«

Der Landfriedbauer Johannes wollte sein erstes Töchterchen gerne »Barfüßele« taufen lassen, aber es ist nicht mehr gestattet, daß man neue Namen aus Lebensereignissen bilde; der Name Barfüßele wurde nicht angenommen im Kirchenregister, und Johannes ließ das Kind »Barbara« nennen, änderte das aber aus eigener Machtvollkommenheit in »Barfüßele«.

Fußnoten

1. »Ich halte den Alten für das, was er gehalten werden sollte, für einen Deutschen und finde sein Geschick, das seine Laufbahn in dem antisemitischen Reste unseres Jahrhunderts enden ließ, geradezu tragisch. Der Mann fühlt sich einen Deutschen, zählt sich zu den Schriftstellern, die im deutschen Schrifttum etwas geleistet, genoß auch die Anerkennung nach beiden Richtungen hin, dezennienlang, plötzlich vor seinem Ende bekommt er es zu hören, daß er eigentlich denn doch gar nichts anderes sei, als ein deutschschreibender – Jude, ein Fremder.« *Ludwig Anzengruber.*

2. Speidel: Keile

3. Pfostig: untersetzt

4. Kunkelschenken: Hochzeitsgeschenken

5. and: sehnsüchtig

6. Danzig: tanz ich

7. g'sunntigt: sonntäglich angekleidet

8. net: nicht

9. Kirschenblust: Blüte

10. angefremt: bestellt